鏤空與浮雕 II

幻滅，
也是一種成全

范俊奇
Fabian Fom

推薦序

如同光的穿入，脆弱又華美

／楊惠姍

您在寫我的那篇文中說：「愛一個人愛得太深，其實不是一件太值得祝福的事，因爲結局很可能是妳必須先後死上兩次，一次是在他先妳而去的時候，另外一次，是妳形單影隻，撒手西歸之時……」

有傳說，人臨終的時候，他一生所經歷過的事，會一幕一幕快速地在眼前走過。人生像一本大的日記本，裡面記錄著曾經發生過的所有事情。我們總要經過一幅一幅不同的風景，而走過的人也已經成爲風景的一部分，可是走過也就走過了——走過了所有的風花雪月，不過也就是過眼雲煙。

但是，只要再回頭看一次，所有的生老病死，悲歡離合，這些人生八苦，好像又重新咀嚼一次！

回想起，「琉璃工房」多次在馬來西亞辦琉璃展覽，跟張毅在馬來西亞有很多懷念的時光。因爲展覽，有較深的接觸，非常讚歎他們以民族文化爲傲，努力維護傳承中華文化的精髓，國學基礎豐厚，有時覺得他們更有華人的文化精神。

因爲展覽，去過很多有名的景區，吃了數不盡的各個民族特色的小吃，尤其喜歡跟張毅在酒店房間，吃一碗冬蔭泡麵加一個蛋，配上一包馬來西亞香脆的花生！

在Pavilion前面的噴水池施作工程期間，我們特別在商場對面選了一家酒店，要了一個從窗戶就可以看到噴水池位置的房間，我跟張毅每天可以從酒店房間的窗口看下去，一點一滴地，像平地起高樓一樣，看著它從零到最後完成一個由三個往上疊加的大碗，碗上面以浮雕布滿了馬來西亞國花——扶桑花——象徵三大族群的融合。

以老子的《道德經》的「道生一，一生二，二生三，三生萬物」由無生有、生生不息的宇宙生成論思想，祈願國家安康富足的「大圓滿花開」噴水池，永遠矗立在那裡。

只是如今人事已非！張毅在天上，應該看得更清楚。

自己不是一個喜歡沉溺在過往的人，也不想被鎖在回憶的框架裡。讓過去成爲往前行的資糧！

每個人都無法預知未來會發生的事情，只能往前走。只有不停地往前看，不管是主動追求，或是隨順因緣，天時、地利、人和，缺一不可。必須隨時努力待命，隨時準備迎接新的命運。

如同說話及寫作從來不是我的事，現在碰上了只能整裝待命迎上。

努力地看完這本《鏤空與浮雕III》，書裡所有的人物在范俊奇先生用文字編織的天羅地網裡，每一個字都像是想要鑽到那個人的靈魂裡！又像是從那個人的靈魂走出來的精靈！每個人在裡面都像是透明的，被透視得一淸二楚。

那是一種讓人驚豔的文字語言混搭的魔力，完全被懾住，欲罷不能！經常會覺得范先生腦子裡的知識寶庫與情感倉庫，到底庫存了多少海量文字？隨時隨手抓來組合？你永遠不會知道他要用什麼文字句子去描繪去表達，也永遠不會猜到他下一句要說什麼。是那麼聳動，那麼狠，但又那麼好看，那麼直指人心深處的情感痛點。

到底鏡頭前是眞實的，還是鏡頭後面也是戲，我們也看糊塗了……

范先生用他豐富美好的文字讚美他筆下的主角，毫無忌憚地表達了他的喜悅、歡喜、高興、期待、遺憾、心痛、惋惜……，好像他自己已經跟他那些他深愛的人的身心靈都合在一起，成爲他們的知己了！

如同演戲，演員本身就必須具備很多不同的面相，才能面對一個嶄新的生命，要將探索的觸角全部打開，才能努力去思索研究著如何把自己變成那個人。

書裡我是你的主角，序文裡你是我的主角。我該怎麼寫你？我沒見過你！思索著什麼樣的機緣構築成你的生命軌跡，過著什麼樣的日子讓你想成爲這樣的性格，你也許曾經遇見過哪些人，在你的心裡留下了柔暖、喜悅，憤怒與傷痕？你高嗎？你應該感性開放？還是高雅內斂？你應該是壓抑的？或你是率直莽撞？……我都不知道……也才有趣！

這好比演員在面對一個角色時，先要認識這個劇中人，理解這個人生命背後的特質，然後一步一步地從個性、造型、動作、肢體及語言、眼神、情感上融入，最後將自己成爲這個「她」，讓她眞正地活出來。而隨著故事的鋪陳，還要爲這個角色，隱藏一條線，隱隱諭示未來可能的命運……

這樣的表演功課，觀察力的學習，當我學著抓起泥土，一點一點去揑塑、雕塑作品時，腦海裡浮現的，竟是那麼相同。像個偵探，拼貼一條條的線索，貼完滿滿的牆面，眼裡心裡全是這個人這件事的點點滴滴……然後，突然，模糊的身影，變清晰了，平面的照片轉爲立體，抽象的文字從紙上躍出——成了一個無比眞實的存在。

當然，這個存在，終究是創作者心中的眞實。究竟是不是眞正的眞實？其實已經不重要。重要的是，創作人他的深情，他的感性，他的體悟，他想傳達生命裡諸多無奈的愛情與故事。

在馬來西亞雜誌界擔任時尚及女性雜誌主編的二十五年，范俊奇先生一定是，分分秒秒地用他深深的愛，花了很長很長的時間，一直一直地看著，看著……深情地，細緻地，欲望地，照看著閃光燈裡的每一個人，也看著光熄滅背後的，夢想、矛盾、掙扎、幻滅、堅持與渴望……

他用他深情獨特的筆，一筆一筆地繪著，一筆一筆地雕著，在浮雕與鏤空裡，百轉千迴，進進出出，將每位筆下的人物，凝結成停格的雕塑，卻又在一個神情一種姿態裡，道盡了千言萬語，悲歡離合，讓觀者動容，讓觀者流淚，讓觀者將它刻在心裡，成爲永恆的記憶。

范俊奇先生與我像是沒有見過面的筆友，又像是多年的老友一樣的熟悉！他寫的我，或者我寫的他，每一個人物，究竟是不是眞實？或者更眞實！或許可以是個有趣的辯證。

他在文章裡曾這麼寫道：「一個人的肉體是統一的整體，但一個人的靈魂，卻從來不是統一的靈魂，它可以承載太多不一樣的懸疑與眞相。」他說，熱烈地用想像，去塡補那些縫隙……

就像琉璃作品，因爲透明，可以容許光的穿入。因爲光的穿入，在不同的角度裡，產生了千變萬化的光與折射的影像，似眞似假，如夢如幻，愈看愈有趣，愈看愈著迷。到底哪一個景，才是眞相？等待著你一層一層地去穿越，去凝望，又一次一次地沉浸到內部，探尋新的答案。

透過范先生魔術般的工筆，雕琢了一件一件，如同色彩光影變化萬千的琉璃作品，那麼炫目，那麼讓人迷惑，那麼脆弱又華美。他創造了也許連被撰寫的人，也都沒有看見過的另一個折射裡的自己。

因爲這份自以爲的相似，我鼓起勇氣提筆爲范俊奇先生的書寫序。

翻開我看到的范俊奇先生的這一章，來告訴你，在他深情的筆觸裡，他所雕刻的作品，終將成爲一種永恆的，光的切角，像鑽石般的耀眼，你會想永遠戴在手上。

二〇二三年四月二十七日，於台北

楊惠姍

楊惠姍，演員，曾獲第二十一屆及二十二屆金馬獎最佳女主角獎、第二十九屆亞太影展最佳女主角獎。現爲琉璃藝術家，「琉璃工房」創始者之一及藝術總監。

目次

輯二、幻滅，也是一種成全

輯一

最是煙火靜默時

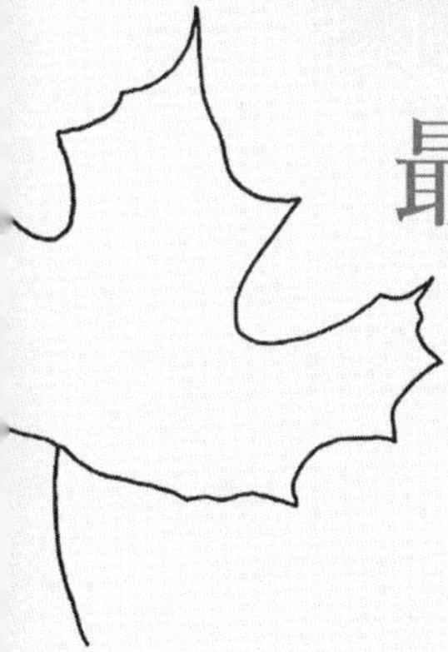

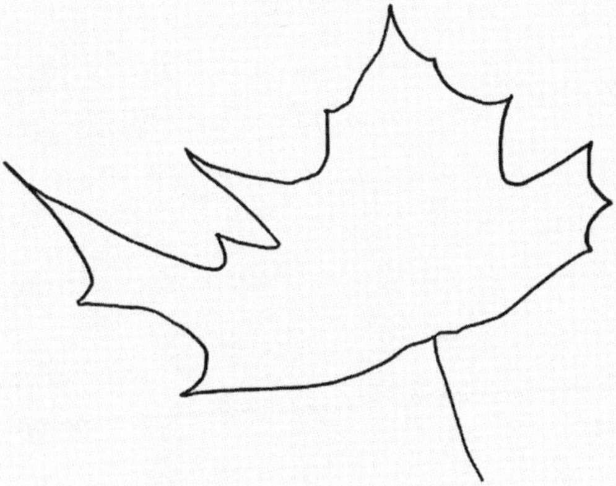

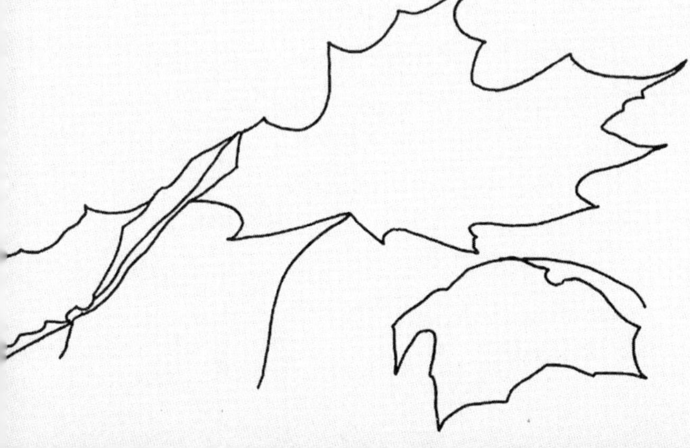

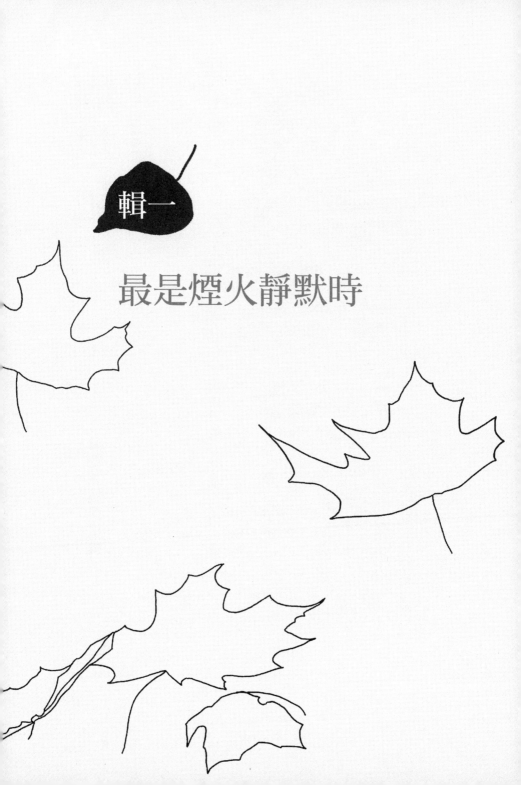

周星馳

Stephen Chow

香港有個周星馳

（——你還記不記得，香港曾經有個周星馳。我有點好奇。很多很多年以後，很可能我們都已經不在了，到時有人提起舊時香港，提起香港獅子山下的生氣勃勃，提起香港的燒鵝菠蘿油絲襪奶茶，提起香港的雨傘和連儂牆，提起香港「咦不如坐下喝杯茶食個包」的無厘頭文化，甚至提起香港人曾經虎虎生風，一邊吸著市井地氣一邊眺望無敵海景，他們會不會也提起，你還記不記得，香港曾經有個周星馳？）

是同一天。有人在北京見過他。地點是北京一個規模很小的畫展，展廳設在一座從窄窄的胡同拐到盡頭的四合院裡。他一個人，安靜地對著一幅畫發呆。而他看上去是那麼的憔悴，那麼的孤獨，連他的背影，也是那麼的孤藤老樹昏鴉。然後兩個大學生模樣的女孩趨前去，輕聲向他求證，「請問你是不是周星馳先生？」他轉過頭，雙眼滿滿的都是紅絲，明明把口張開，卻說不出一句話來，將那兩個女孩嚇得倒退了一步——而那一天，正是羅慧娟在香港舉行下葬儀式的同一天。

後來吧，聽說全香港的八卦雜誌因爲拍不到周星馳出現在靈堂上炒不了新聞而多少有些惱怒，不約而同，把鏡頭都對準他托人送過去的花圈，企圖捕抓可以大作文章的蛛絲馬跡，但上面只夾了張素淨的卡片，安靜地寫著，「致劉羅慧娟夫人」。不知道爲什麼，我看到卡片上的字，禁不住別過頭去，這麼避重就輕的卡片，這麼雲淡風輕的花圈，其實特別的哀傷，也特別容易將有過雷同際遇的人割傷，因爲人生和愛情，其實都一樣，都一樣，往往都是卡在喉嚨說不出口的，才最深刻，最沉重——

之後時間悄無聲息，移動了周星馳心裡的擺設，有些人給挪開了，有些事被摘掉了，唯一移不動的，是周星馳的哀傷。羅慧娟離開之前，勇敢地面對死亡，給自己拍了部短片，說是給將來想念她的人留個念想，她在片裡頭戴著假髮，一邊用手背抹掉被睫毛膏染黑的眼淚，一邊語重心長地笑著說，「如果想要人生沒有遺憾，那就好好地生活，好好去愛，不要再給自己後悔的機會——」我想，周星馳比誰都更清楚，羅慧娟這一段話，很明顯是說給他聽的。先是愛的支離，然後是人的破碎，她不希望周星馳再一次因爲不敢承擔不敢面對，而錯失了愛的機會。

朝花夕拾。愛情只爭朝夕，誰稀罕一萬年？所以周星馳的電影，一說到愛情，很多都是讓你看完之後笑著離場，然後隔了許多年，你經歷了好一些人好一些事，才慢慢將電影裡的畫面和現實中漸行漸遠的那一個背影串聯起來，才慢慢地流著眼淚回味那恍如隔世的光年。

我從來都覺得周星馳對愛情的理解其實比王家衛更深刻。從來。王家衛對愛情的刻畫，是音樂是隱喻是旁白，是鏡頭美學的掩飾，是明星光環的折射，不會是周星馳在荒無人煙的沙漠裡熊熊地燒出一朵漫天紫霞——周星馳電影裡的愛情，是一個人不斷辜負另外一個人的懺情錄，是自戕之後傷痕纍纍的展示，是至尊寶義無反顧戴上的那一副金剛箍，也是藏在廟街那一碗黯然銷魂飯裡頭，雙刀火雞沒有辦法說出口的對愛的渴望與荒涼。

記得嗎？《西遊．伏妖篇》裡頭有一幕，唐僧一個人在月光下一錘一錘地雕刻著佛像，豬八戒嘟起嘴嘟囔，哎那禿驢又有心事，沙僧接上一句，沒辦法，他心裡放不下一個人——周星馳心裡放不下的那個人，不是莫文蔚，也不是朱茵，而是羅慧娟。

羅慧娟去世後葬在老家深圳大鵬灣，而周星馳隨後開拍《美人魚》，地點就選在大鵬灣，只是——水仙已乘鯉魚去，羅慧娟喜歡潛水，並且因爲潛水而傷了耳膜從此再也聽不見任何聲音，這一切的一切，周星馳都叼在記憶裡，久久都不肯放下。有一次在《西遊．降魔篇》的記者招待會，周星馳禁不住深情地說，我也牽掛段小姐，很希望她今天還在。眞正的段小姐，和周星馳甘苦與共在無線拍《蓋世豪俠》，周星馳當時是多麼的意氣風發，終於給當上了電視劇第一男主角，而羅慧娟則笑得比他還高興，在劇裡飾演他的夫人，正巧姓的也是段。

周星馳總讓我想起一句話，我平素不愛人，我愛一個人，愛很久，愛很深。可他總是在銀幕上滔滔不絕，但銀幕下卻一點都不擅長爲自己辯解。包括感情。包括人品和性情。既然選擇了一路孤絕，那就得先學會從此不發一言，把聲帶也一起割絕。於是所有好的壞的。所有偉大的卑微的。所有關乎他鏡頭一roll就生人勿近，既狂躁又霸道，像個暴君似的。片場裡幾乎沒有一個人不躲著他不避開他，說是害怕和他的目光交接，而所有對他的斥責和負評和誤解，他都不吭一聲，他都照單全收——

而收工之後的周星馳，總是等到攝影師把燈都滅了，才拖著精疲力盡的身體離開片場，他喜歡聽大光燈熄滅之前「波」的那一聲，像是人生初始，又像是故事結束。他沒有兄弟，沒有跟班，沒有片場外坐在跑車上等他的火辣美女，只有他自己一個人，有時候開著他的古董法拉利，有時騎著自行車——他說，跑車太快了，不但看不清楚周圍的風景，也聽不見自己，他其實更喜歡騎自行車，因為可以一路騎，一路撞見不一樣的事，一路遇見不同的人，甚至可以半路停下來，在小小的老店鋪吃一碗燙嘴的粥，然後再慢慢騎上很斜很險的路回家去——於是我漸漸相信娛樂圈子裡所說的，揚名立萬之後的周星馳其實是一片安靜的沙漠，明明名氣如日中天，偏偏周遭卻渺無人煙。

就好像吳孟達離世，大家都義正詞嚴地對他進行道德綁架，鼓譟著，鞭笞著，好像如果他不親自到靈堂弔唁，就該把他屋子給燒了似的，可又有多少個人願意去相信，其實在吳孟達彌留之際，他曾經戴著口罩大半夜到醫院提前和達叔告別，化開兩個人之間的猜忌和遺憾，讓吳孟達走得了無牽掛？可周星馳終究不辯一言，不置一詞。沉默，是最響亮的解釋。而真正的朋友，是擱在心裡，不是掛在嘴邊。我記得有一次黃秋生實在看不過眼，站出來替他說了兩句公道話，「你們整天在說周星馳怎麼怎麼的，周星馳什麼時候說過誰的不是了？」

我喜歡周星馳，是因爲周星馳是一個只有謎面而沒有謎底的男人。他沒有劉德華八面玲瓏的公關手腕，也沒有梁朝偉我見猶憐的文藝氣質，從星仔攀到星爺這個位置，除了看見歲月在他頭上撒下一大把雪和鹽，似乎沒有人關心周星馳到底摔破了什麼，跌碎了哪裡？我記得羅慧娟說過，「他總是心不在焉，和他在一起，你必須要很有耐心，也必須接受他就算對著你說話，腦子裡轉動的全是電影裡的走位和對白——」

這樣子的周星馳，莫文蔚也經歷過。他可以一句話都不說，靜靜地望著滔滔不絕的莫文蔚一整天，眼裡遠山含笑，心裡其實萬馬奔騰，腦子裡卻全是打算拍進電影裡的分鏡，常常讓愛過他的女人懷疑，那恍惚的笑，會不會只是寫在水面上的溫柔？蕩過就消失，一點眞實感都沒有。

是王晶說的吧？能夠把喜劇拍好的導演，恰恰都是悲觀的導演，都憂鬱，都孤僻。有沒有人告訴過你呢？小時候的周星馳不愛說話，有點潔癖，也有點自閉。而他那一種自閉，是閉起眼睛，快樂地張開雙手，像準備迎接一樹林的桃花，然後踩著滑板一路從山坡滑落懸崖邊，只要再往前一步——是的，再往前一步，就要掉進山谷裡去的自得其樂的自閉。我記得周星馳的母親難得星期天帶他到茶樓喝早茶，每次都要把周星馳一坐下來就急忙拿起來蓋在臉上的餐牌搶過來，低聲斥罵，「你到底有什麼見不得人啊？」

其實我也好奇。小小的周星馳，頂多七

歲，為什麼每次一進到茶餐廳或酒樓，第一件事就是把餐桌上的餐牌拿來蓋著自己的臉，不想看大人世故而險詐的臉孔，也不想被周圍的大人看見他的憂傷與怯弱？即便到了十歲，周星馳還是十分的害羞，總是躲到母親背後，不敢跟人交談，也沒有要好的玩伴，他的童年裡被燒焦的，除了一隻沒有父親陪著一起提的燈籠到底還有什麼？而且誰也想不到的是，當年那張藏在餐牌背後的臉，將來竟成為全香港人的共同記憶和全華人電影界的驕傲？

或多或少，我們都被周星馳深刻的演技懾服，也都一致推舉他為代表了一整個時代的東方喜劇泰斗，但他卻說，他最好的一場戲是在七歲那年——那時家裡窮，但母親總會想辦法讓孩子們吃得好一些，偶爾晚餐加餸，添一些肉給周星馳和姊姊妹妹們吃，但周星馳每次把放進嘴裡的肉，咬一兩口又吐回碗裡，母親以為不合他口味，姊姊和妹妹見了覺得噁心死了當然不敢吃，唯有母親為了不想浪費，就把周星馳嚼過的肉放進嘴裡。有一次過節，母親特地買了一人一個大雞腿分給孩子們，唯獨周星馳咬了兩口就把雞腿丟到地上說不好吃他不想吃，母親見了，氣得狠狠將他打了一頓，罵他不該糟蹋食物，不該把雞腿丟到地上，然後小心翼翼地將雞腿撿起來，沖一沖水，一小口一小口地，把雞腿給吃了。然後臨睡前母親問周星馳，剛剛打你痛不痛？以後還要不要犯同樣的錯？還敢不敢糟蹋食物？周星馳反而奸計得逞似的，一臉賊笑，開心地說，一點都不痛，我要睡了，明天還要上課呢。很多年以後，周星馳帶著母親一起上電視，母親回答主持人的訪問時說起，周星馳小時候也頑皮，不懂得珍惜食物，經常惹她生氣，周星馳這才笑著把眞相攤開來，說他如果不是故意嫌棄雞腿不好吃，將雞腿丟到地上，母親怎麼肯把肉留給自己吃呢？母親聽了，一時把持不住，感動得眼淚在鏡頭面前滾滾落下，連主持人聽了也禁不住紅了眼眶。

所以周星馳的孝心，在圈子裡是出了名的，他甚至告訴當初和他在一起的莫文蔚，「妳可以對我不好，但妳不可以對我母親無禮」。莫文蔚聽了，心裡一沉，多少掂估到了將來如果作爲周星馳的女人，在他心目中的位置永遠都要與另一個人平分。而莫文蔚是個感性的人，周星馳在《算死草》裡問莫文蔚，我很孤獨英文應該怎麼說，莫文蔚說，I Love You，於是周星馳就抱著莫文蔚不停地說 I Love You，I Love You，I Love You，說著說著，流下眼淚的那一個反而是莫文蔚——愛上周星馳，大抵很難不孤獨，因爲他太難捉摸通透，因爲他太習慣了孤獨，只有依偎著孤獨才讓他覺得自己不孤獨。

周星馳初初入行的那個時候，演員沒什麼了不起，只是一個有工開就有免費飯盒吃的職業而已，當時劉德華還沒走紅，周潤發剛剛冒出頭來，但周星馳躊躇滿志，拉著梁朝偉一起投考無線訓練班，他對電影的憧憬比梁朝偉宏偉，野心比梁朝偉磅礴，他不要人們只記得他是一個演戲的。他記得，那時候九龍城福佬村道有間很出名的茶餐廳名叫「洞天冰室」，開在龍蛇混雜的城寨裡頭，卻是娛樂圈人的落腳處，常常會有開戲公告貼在茶餐廳的布告處，那些苦候機會的龍虎武師和臨時演員，每天都蹲在地上盯著牆壁，點一杯奶茶就坐上一整天，等看有沒有機會開工。要是有哪個演員的新戲上映了，大家就合資叫幾道菜替他慶祝，要是有哪一部新戲上了畫卻不賣座，大家就坐到一塊，一邊評戲一邊唏噓，那個時候，也許因爲大家都年輕，又也許因爲大家都有力氣扛著夢想翻山越嶺，從來沒有人爲了不紅而失意，也從來沒有人爲了懷才不遇而半途而棄，而他們其中一個，恐怕你會驚訝，包括劉德華。

因爲小時候在單親家庭長大，父母離異，父親只是被刪掉所有戲分只用旁述模糊帶過的一個角色，因此周星馳鏽跡斑斑的童年，從來感受不到這個世界對他釋放的善意，是於他長大之後常藉他的電影，嘲諷這個世界的冷酷，然後爲自己的缺憾和委屈一一做出反擊。但我記得周星馳說過，他跟父親相處的時光雖然有限，但那些畫面和細節卻在他的記憶裡無限地放大了又放大——他記得父親很愛煮一種叫紅山芋的菜，裡面的番茄很鮮很甜，特別好吃。還有父親喜歡將他舉起來，僅用一隻手，把他舉到半空大大力地搖晃，然後眼睛裡滿滿都是笑，看著小小的周星馳又害怕又歡喜地尖叫，所以長大之後的周星馳很愛坐過山車，他喜歡坐在過山車上回味他和父親僅有的美好記憶，而這，恐怕也是父親留給他的唯一的禮物。

因此你如果看得仔細，就會發現周星馳在電影裡每一個爆破開來的笑料，背後同時迸射出來的，其實還有眼淚。尤其是典型周星馳對白的「鹹性」，「做人如果沒有夢想，那和鹹魚有什麼分別」；還有人物的「活性」，《長江七號》裡窮困潦倒的父親，一邊撿破爛一邊把兒子送進貴族學校，然後撿到外星船遺留在地球上的智能生物給兒子當禮物——這其實都是因爲周星馳自小沒有享受過父愛而在電影中烘焙出家庭完整的溫度，給童年那個害羞而又自閉的自己一個虛擬的光影擁抱。

有些人說，識於微時又如何？現在的周星馳和梁朝偉，動若商與參，已經是隔著一條銀河系的人了，他倆交情沖淡或友情變了質，其實都是可以理解的事。但怎麼會呢。

我記得周星馳說起梁朝偉，眼裡還老是帶著笑，我朋友不多，他說，眞的不多，但我有位朋友，傻佬來的，平時沒什麼見面，但每次喝醉了酒，就一定給我打電話，然後重複說一大堆以前的事，一直問我還記不記得，記不記得。我當然記得。人生再長，值得記得的事情怎麼都不會忘——而這個傻佬，我很相信，其實就是梁朝偉。

我也記得梁朝偉說過，當年如果不是周星馳一直慫恿他報考無線訓練班，他最大的志願是當電器店的銷售經理，而且那時候他正在電器行裡當銷售員，業績不錯，升級的機會其實很高，後來周星馳雖然比梁朝偉遲了三年才正式考進電視台，可他演戲的熱愛遠遠超過梁朝偉，並且很早就透露出他想當導演的野心。梁朝偉年輕的時候在台灣接受蔡康永的訪問，談起和周星馳的交情，梁朝偉笑得很開心，然後說那時候周星馳三不五時就編個短劇逗他演，然後周星馳自己既是導演也是演員，整部劇顯然在他的操控之中，梁朝偉臉上滿滿都是湧上來的笑意，說星仔這個人很狡猾，每次都把壞人丟給我演，他自己就演好人，而且因爲他是導演又是編劇，所以總是安排我很快就被他打死，然後接下來的戲就由他一個人演下去——

這就是爲什麼，有人問梁朝偉，有沒有跟周星馳合作的可能，梁朝偉答，不是不想，而是不可能，因爲周星馳的戲都在他腦海裡，都是他自己在導在演，容不下其他的演員。這也完全不關周星馳大不大方，或梁朝偉有沒有氣度，而是當一個導演兼任演員的時候，他自然而然就會交給自己去駕馭整部戲，因爲沒有人比他更懂得這部電影要往哪裡走，要走到哪裡就喊停，因爲好的喜劇，要一擊卽中地抓準笑點，多一句對白多一格底片都不可以。

我記得艾未未說過，所有的創作都是孤獨的，在黑暗中一閃一爍，一閃一爍，然後很可能就墮入永遠的寂滅。無論是拍戲還是寫書，都是一段長途跋涉，都是一場原地煎熬，但你隱約覺得，應該有人在看著，在最黑的黑暗當中，被另外一個孤獨得接近絕望的人看著，而這個人，可能你永遠也不會認識，他也不希望被你識出。

周星馳不也一樣？他習慣把所有的悲劇都用喜劇手法來拍攝，藉無厘頭的低俗，替現實生活中無所不在的孤獨找到歸宿，然後壓縮在九十分鐘的電影裡頭，一再暗示我們，人生到頭來，不過是一個不是你愧欠了自己就是你愧欠了別人的劇本。而我們總是在笑完一輪離開電影院的很多很多年以後，才發現周星馳所有的笑料，在歲月發酵之後再重新撈上來，原來都浸泡在眼淚裡頭。生活欠我們一張可以兌現的夢想清單，卻塞給了我們一張周星馳的戲票，他的戲再怎麼無厘頭，總有一幕和曾經的你似曾相識，然後明明在鏡頭前面一晃而逝，卻點點滴滴，滴落在心頭。

尊龍 John Lone

看上去很美

尊龍一絲不掛地站在鏡子面前。像一隻美麗的鹿，左右擺動著鹿角，安靜地端詳鏡子裡的自己。是冬天了。加拿大的冬天城府很深。深得明明以爲已經走到了盡頭，已經不可能再往下冷了，但其實還沒有，其實還有下文。尊龍關掉電燈，將壁爐裡的火撥得更旺一些。於是那火就像情人，暖烘烘地撲到他身上來。尊龍獨身。獨身常常替一個人的傳奇性多加幾分。然後他順手將擱在壁爐台上的信帶進臥室，打算臨睡前再讀一遍。已經好久了，尊龍沒有再收到從北京寄來的信。他想起婉容皇后在紫禁城的那兩年，幾乎每天都用英文給溥儀寫信，並且落款爲「伊麗莎白」，那是她專給溥儀一個人專用的暱稱，作風洋派得很。而且到現在尊龍還記得，婉容夜裡睡覺，寢室的門從來都不關，頂多只是把門簾垂下來，她讓服侍她的宮女都睡覺去，只留下一個太監在屋外守夜——

只是尊龍到現在還是不明白，溥儀爲什麼非得要發了瘋似地把婉容爲他生下的孩子丟進烈火熊熊的火爐裡？雖然溥儀懷疑那孩子不是他的，雖然——溥儀有足夠的理由相信，那孩子絕對不是他的。可孩子終究是無罪的，尊龍對導演說，即使因爲貧窮而被裝在竹籃子裡準備丟棄在香港街頭上的孩子，也是無罪的——說完，尊龍怔怔地看著手中剛抽上一口的紙菸，突然在沙發扶手上的菸灰缸裡暗中使勁將它掐滅，就好像掐滅他曾經沒有辦法對人開口的灰暗童年，然後尊龍站了起來，唰地一聲拉開窗簾。

尊龍後來說，有好長一陣子他在加拿大的日子安靜得像個修道士。每一天，其實就只有兩個日程：遛狗，還有就是推著輪椅，陪養母散步。尊龍說，大多時間他和養母都沉默著。他們遠遠地望著白色教堂的尖頂，卻一直都沒有動過朝教堂走過去的念頭，而是直接穿過樹林，往河岸邊走去。卽便是春天，我幾乎可以想像那景象，高高的蘆葦中間，應該還懸掛著薄薄的冰層。偶爾養母覺得冷，想縮短散步的路程，就會輕輕收緊頸上的圍巾，然後回過頭，用一種奇怪的，帶點祈求的眼神，溫柔地望著尊龍——

這樣的眼神尊龍十分熟悉。他記得，他也有過這樣的眼神。不發一言，望著養母急速丟下他背轉身離去，並且隱約察覺，他將又一次被人丟棄，像丟棄一雙破了個大洞已經縫無可縫的舊鞋子——尊龍不知道自己的親生父母是誰。他的身世，從一開始就是一宗沒有頭緒的冤案，剛出生沒多久，看上去簡直就像一頭身子還沒來得及舔舐乾淨的小牛，赤條條地裝進一個竹籃子裡，被遺棄在香港的街頭。

而願意把尊龍帶回家去的養母，其實是個逃難到香港的上海人，窮困，潦倒，且身有殘疾，收養尊龍不是因爲她喜歡孩子，而是尊龍到後來才知道，當時香港社會福利署設下開放收養小孩的條例，只要肯收養沒人要的小孩，就可以每個月申索政府津貼，尊龍的養母，就是專門依靠收養小孩的援助金過活——可她根本就沒有照顧小孩的愛心和耐性。被她收養的小孩，挨餓是小事，挨打是常事，還經常從碌架床上摔跌在地上哭得臉色發紫也無人關顧。

後來尊龍稍微長大一些，開始像鹿一樣敏感，常常覺得養母其實一直都在找機會將他丟棄，好讓她可以去收養更小的孩子然後申請更高的援助金。有一次她把尊龍帶到人聲喧譁萬頭攢動的車站，突然一聲不響就撤手丟下尊龍一個人，然後迅速轉身橫過街巷急步離去，尊龍知道，養母其實已經不要他了，可他始終不哭不鬧，安靜地立在原地，看著跛腳的養母逐漸遠去的背影，也看著上天如何在赤日底下，來來回回烘烤著他的命運——結果尊龍的養母不知爲何，忽然回過頭來，看見尊龍安靜地立在原地，而尊龍當時正是用這種奇怪的，帶著祈求的眼神，溫柔地望著她，於是她心頭一軟，邁開倒八字的腳步倒回頭，一邊大聲咒罵著尊龍，一邊粗暴地用力把尊龍拽回家去——直至八歲那年，家裡來了個陌生的女人，養母這一次別過頭不看尊龍，只對那女人說，「妳好好看清楚，他長得不難看」，然後把一個準備好的包袱塞進尊龍手中，硬把尊龍送進劇院裡去，也因此鬆開了藏在尊龍身體裡面另一個光芒萬丈的他自己，尊龍當時看見眼前洇開來的，奇怪，竟然是一片玫瑰色的光影流轉。

很多很多年以後，尊龍成了大明星，竟還千方百計打探養母的消息，然後一聽說有點眉目就不辭勞苦，從美國專程飛回來找他晚景淒涼的養母，養母見了他，把頭垂得低低的，沒有勇氣正視尊龍，而尊龍發現養母滿口的牙齒都脫光了，卻怎麼都捨不得花錢配上一副假牙，忽然想起自己小時候難得可以捧著一碗拌著半顆鹹鴨蛋的飯就開心得什麼似的日子，禁不住就別過頭去，第一次爲自己的命運流下了眼淚，並且決定把養母帶在身邊，侍奉她的風燭殘年，同時也侍奉自己破碎不堪的童年——一直到養母離世，尊龍都表現得像個體貼的孩子，常常蹲下身子，替母親把鬆脫的鞋子套上，也天天把熬得稀爛的小米粥，一口一口吹涼，然後送進養母嘴裡。

後來吧，養母不在了，常常到了晚上尊龍就一個人坐在客廳，窗簾封攏，地板上覆有一張東方刺繡的地毯，牆上還掛著兩幅瘦長的中國字畫，尊龍到現在還是沒來由地想念著中國，想念三十年前北京長安街上觸目驚心的全都是自行車，而那時候尊龍還可以自由自在地越過馬路到對面友誼商店買中國雜貨打算帶回美國去，可現在他在加拿大偌大的屋子裡，滿屋的燈都給一一亮著了，可他的心卻是黑黝黝的一片，他安靜地坐著，悠悠地替自己點根菸，聽著菸紙燃燒的聲音，然後把酒一杯一杯送到嘴邊，搶著在被孤獨嗆倒之前，先把自己灌得酩酊大醉。尊龍是寂寞的。那麼驕傲，那麼翩翩美公子地寂寞著他不可一世的寂寞。

而尊龍這一生什麼都不缺，名和利，還有才華跟美麗，別人巴不得擁有的，對他來說未免有點太多了，他唯一缺少的，他自己說過，「是愛上另外一個人的欲望和本能。」可惜我沒有見過尊龍。沒有在尊龍的俊美俊美得近乎千刀萬里殺氣騰騰的時候見過他，於我而言，這終究還是遺憾的。如果我見到尊龍，我想我會告訴他，他的孤獨是正體字的孤獨，筆劃比較繁複，也比較沒有轉折，但也只有這樣堂堂正正的孤獨，才勾勒得出他一生的迂迴。

我記得尊龍說過，孤獨也挺好的，因爲擅長孤獨，所以不必太過入世——

但只有被孤獨腐蝕過的人才知道，孤獨是就算家裡常年亮著燈，也並不代表燈下有等你的人。常常，尊龍對著一大群人眉開眼笑地感慨著說，單身的唯一壞處是，高興的時候，傷心喝醉酒的時候，也沒有一個號碼可以隨時打過去，而號碼對面永遠不會有一個殷殷期待電話響起的人，就算風風光光拿了一個獎回家，到最後酒會散去，也只是一個人捧著獎盃，坐在客廳裡看著孤獨慢慢漫過耳鼻——不知道為什麼，聽到這裡，我心裡面響起的，喀啦一聲，全都是尊龍跟這個世界斷裂的聲音。並且我這時候才想起，尊龍的英文名字John Lone，雖然乍聽之下不就是中文名字的音譯嗎，可只有尊龍知道，當初那個Lone字，其實是他故意挑來紀念自己的——既然孤獨是宿命，何不就此清風明月，安之若素？

我也聽說過，年輕的時候，有女明星跟尊龍說願意不計較名分替他生個孩子，尊龍笑了笑，禮貌地給推辭了。尊龍說，「我知道我沒有當父親的天分，我太自我，太不相信人，所以為了不要讓孩子將來失望，倒不如先拒絕婚姻，甚至索性把愛情也一起給斷絕，誰也不放進來。」所以陳沖當年撇了一下嘴巴，替自己叫屈，我和尊龍？怎麼可能？尊龍根本是一個擠不出半點愛的男人哪。而且陳沖和尊龍拍著《末代皇帝》的時候，身邊已經有男朋友了，每天和鄔君梅在片場裡交換的都是女孩們的愛情故事，而尊龍告訴記者他喜歡的陳沖已經被人搶走了，陳沖聽了就笑笑說，「他一定是被逼得慌了，把我捉來塞住記者的嘴巴」。

陳沖知道他們兩人是怎麼都走不到一起的，何況陳沖擺明是個野心很大的女人，跟尊龍的與世無爭和淡泊名利怎麼都套不上，而且尊龍自小沒有父母，或多或少，對人生有太多的不信任，陳沖回憶說，那時候她和尊龍還有鄔君梅都是好朋友，一起遊過羅馬，也一起駕車到佛羅倫斯的小城小鎮瘋玩兒，而那時候的尊龍因爲名氣如日中天，特別的志高氣昂，特別的意氣風發，成天鬧著請大伙吃飯，有時候玩得興起，尊龍還會大聲唱歌，滿場抓著別人陪他跳舞——但尊龍其實是抓摸不定的，就連他的熱情也是，一忽兒就消失無蹤，然後人影都不見，把自己藏起來，連陳沖也找他不著。我記得陳沖說過，尊龍性情孤僻，雖然有錢又有才，並且又浪漫又體貼，可他骨子裡終究是個自私的人，是個冰冷的利己主義者，而我比較願意讓自己去相信，這其實和他顛簸的身世有著絕對的關係。

尊龍常常抱怨，說自己不懂世故，不懂得如何長袖善舞八面玲瓏地做人，明明渴望

接近人，卻又害怕被身邊的人傷害和遺棄，到現在還是摸不太清楚愛情的路數。一直到後來，他才慢慢從巨大的籠罩他大半生的童年陰影裡摸索著走了出來，慢慢把心結解開，慢慢地，學會了流眼淚，也學會了把另外一個人往心裡頭擱——尊龍其實有過一段只維持了五年的婚姻，對方是他的大學同學，但尊龍對愛情和婚姻都是不問耕耘也不計較收穫，他說過，做人愈簡單愈好，甚至還說，將來有一天離開這世界，他的墓碑上不需要留下任何

一行悼念他的文字。不被悼念，其實也是一種悼念。

而將來如果尊龍不在了，天空依然藍得像一塊塊登上天堂的地磚，而燕子輕巧地飛過，用尾巴剪開雲的裙角，我偶然抬起頭，也許可以看見零零碎碎的雲朵，湊巧正拼湊出尊龍的容顏，看上去很美，但其實滿滿的都是悲愴。而我喜歡尊龍，因爲尊龍是少數可以用「美麗」來形容的男人。有些人的美麗太過文靜，但不會是尊龍。尊龍的美麗，是排山倒海的美麗，是飛沙走石的美麗，常常讓人心頭一緊，不知如何反應。

但尊龍總是脆弱的。他曾經對一個他特別談得來他特別喜歡的女性朋友，中國最早的時尚教母宋懷佳說，「妳千萬不要放手——因爲妳就好像是觀音菩薩，而我就是妳手裡握著的水晶念珠，妳只要一放手，我就一定粉身碎骨。」後來宋懷佳去世，媒體朋友把當年尊龍忍不住抓著宋懷佳的手一口咬下去的照片帶給尊龍，他看了不發一言，像一隻被海水打濕的海鳥，哆嗦著收起翅膀，安靜地走到爐火邊給自己的潮濕的回憶取暖。

尊龍從來不敢勇敢地喧譁愛，也從來不懂得該如何在人群中安放他自己。他現在帶著兩條狗和幾隻鳥，還有兩棵在樹林裡被他認作祖父祖母的老樹過日子。尊龍不年輕了。但在我腦海裡歷久彌新的，盡是尊龍盛年時削鐵如泥的美麗。晚年的尊龍，也許就只能在瀕臨乾涸的記憶裡，選擇記憶想要被記憶的，盤旋單飛，雁渡寒潭。而不管尊龍愛的是誰，或者是被誰愛著，我一直希望尊龍可以繼續當一個驕傲的異數，抑或永遠不會枯萎的異色，照亮許多和他一樣命運的人欲暗未暗的天色。現在的尊龍，在偏遠的北美洲，蹀躞在空曠的漫長的記憶涼亭，風還是很涼很輕，唯獨星光，自尊龍這張世界最美麗的臉孔不再飛揚跋扈之後，就不曾特別燦爛過——可惜的是，尊龍只是別人的明星，照亮別人，但從來不曾照亮過他自己。

我想起尊龍在《蝴蝶君》裡恢復男兒身之後和傑瑞米．艾恩斯飾演的法國大使館官員面對面坐在囚車上被押走，他突然站起身把身上的衣服都脫掉，然後蹲下來把臉埋進傑瑞米的兩腿之間，抓起傑瑞米的手在他臉上溫柔地來回廝磨，輕輕地問傑瑞米，「如今我西裝革履，不再是裊裊繞繞的京劇女伶，你還會不會愛我如昔？」在那一刻，我想起愛情的堅固與脆弱，原來不過是一張宣紙那麼薄，一戳即破——有時候你甘心為它萬劫不復的，其實就只是個假象而已。就好像傑瑞米，他永生不會忘記宋麗伶在戲班後台掀開簾子一角露出小半張臉要他為她點菸的風情，他的手微微顫抖，認定這東方戲子就是他跋涉千里來到中國的因由，可後來知道宋麗伶的真身原來是個間諜，是個男人，怒目金剛是他，宛轉蛾眉也是他，傑瑞米反而整個人崩潰下來，因爲他的愛情徹底被毀滅，因爲他嚮往的——是他爲自己鑄造的愛情的金身，而不是愛情本身。我看見尊龍在戲裡全裸跪倒在囚車裡的卡位上，背對著鏡頭，哭得渾身抖索，眞正的愛，愛上誰不重要，而是這樣一份卷著漩渦的愛，爲什麼值得你去要？

飛往美國之前，尊龍師拜京劇武旦粉菊花，在對方門下當學徒，粉菊花對尊龍一點即通的戲劇天分甚爲看重，而在劇團裡，尊龍平時沒什麼機會吃肉，有一次因爲排練時表現出色，難得師傅高興，賞了塊豬肉給他，偏偏他太久沒吃肉，吃不慣豬肉的油膩，忍不住就吐了出來，師傅見了以爲他不識好歹，反手就給了尊龍一記響亮的耳光，尊龍不敢反抗，兩隻手垂得工工整整的，把臉迎上去。而且尊龍因爲長相西化，加上他性格孤僻不合群，經常被戲班裡的師兄們欺負，笑他是個小雜種，而尊龍寡不敵眾，常被打得皮開肉綻，因爲沒有錢看醫生，又不敢讓師傅知道，只好咬著牙要求裁縫替他把傷口用針縫起來——誰也沒想到尊龍這猶如沒落貴族的翩翩美公子，背後卻是如此千瘡百孔。

於是我想起尊龍失之交臂的《霸王別姬》，裡頭程蝶衣的角色根本就是在講著尊龍自己，尊龍說，他一看到劇本，就覺得這角色是爲他寫的，可惜最後這角色還是被張國榮拿了去，裡頭有一幕，說程蝶衣當妓女的母親把他賣到京戲班裡學唱青衣，可班主發現程蝶衣長了六根手指頭，青衣的手就是戲裡的靈魂，手指有缺陷怎麼能把戲演下去，當場就把程蝶衣打發回去，程蝶衣的母親一聽，即刻把程蝶衣攆出庭院，然後二話不說，舉起刀就將程蝶衣多長出來的那根手指給大大力剁下去——我猜尊龍讀到這一段，一定遍體生寒，一定禁不住打了一個接一個的冷顫，不知道爲什麼，這情節老讓我覺得其實已經在尊龍的生命裡發生過無數、無數次，而尊龍應該還記得被剁掉手指那蝕骨歸心的痛——雖然到最後，程蝶衣成就的是張國榮，而不是尊龍，命運的耐人尋味，往往就是在有心栽花花未必發與無心插柳柳卻成蔭之間的千般滋味。

但也沒什麼。最終每個人的生命都將以不同的速度走向結束。一切總會一閃而逝。不同的只是，尊龍曲折的傳奇的美麗的一生，像是在結冰的湖上開了一槍，那槍聲在冬天空曠的湖面上安靜地迴盪著，我們因此都記得——記得尊龍曾經一個人，趕赴一場又一場的鴻門夜宴，對著高朋滿座的賓客舉杯暢飲，一面談笑風生，一面克制自己眞情不動，在紅塵裡走遍山南水北，在孤獨中穿越人山人海。我記得尊龍，是記得他是所有東方人的審美終點，尊龍以外，再往下走，就是懸崖，而不是風景了，尤其他那遺世孤立的沒落貴族的氣質，總是住在我記憶的密室裡，野蠻生長，像個發燙的靈魂，怎麼澆，也澆不熄。

鞏俐 Gong Li

大紅鞏俐高高掛

——菊豆套著紅繡花鞋的腳因爲被天青壓倒在身下然後一陣淫亂的扭竄一不小心踢開了染布機的銷栓，於是掛在木條上的布匹應聲奔瀉而下，紅色的布像瀑布一樣唰一聲往下直衝，既浩蕩又澎湃，把染池裡的水一汪一汪的，都汪成了姿顏媚色，象徵著不倫的歡愉，也象徵著命運的狡詐，以及人性的卑微和悲澀。

拍完這場戲之後，鞏俐站了起來，

鬢角散亂，一臉的紅潮還來不及褪去，身上全都沾滿了水和汗——而張藝謀從仰角逆光的角度往上望，那時候的鞏俐多麼年輕多麼秀麗啊，上身僅穿著一條紅色的肚兜，飽滿肥沃的胸脯和纖細卻毫無避忌的腰肢，像一道閃電劈開來，霎時之間，萬條光束穿透鞏俐，她臉上春意蕩漾的稚氣和身上張牙舞爪的媚氣，在激烈地撕纏拉扯推擠。張藝謀張大著眼，直勾勾地看著看著看著，直至他那一張飽經滄桑和寫滿「苦」字的臉突然痲辣辣地燒紅起來，他這才趕緊低下頭，假裝忙其他的事去了——鞏俐是一塊天生的陷阱，不是一隻迷路的狐狸，到最後斷尾而逃的，往往是獵人，而不是她自己。

後來張藝謀提起，拍《菊豆》的時候，他把攝製組拉到安徽黟縣一個叫南屏村的地方，鞏俐更是提早一個月就到村裡和當地的村民住到了一塊兒，脂粉不施，把袖子捋得高高的，像個農婦似的，混在村民堆裡體驗生活，誰也沒把她認出來，連擠到她身邊專程從外省趕來看明星拍戲的小伙子還湊前去問她，「咋沒見著鞏俐呢」——

樸素，才是最天然的精緻。我到現在還特別懷念那個時候的鞏俐，臉上有一圈天然的靈魂的光。而誰會把戲裡頭滿面塵垢然後把麵條吸得悉悉作響的農婦和那個走遍國際影展紅毯佩戴六十八克拉「蕭邦」花式切割鑽石星光閃耀如一隻大紅燈籠的鞏俐聯想在一起呢？我還記得，那時候因爲《紅高粱》掀起張藝謀熱潮，村子裡愛趕時髦的青年小伙個個都爭著理了個大光頭，說是因爲他們看見張藝謀頭上也是光禿禿的，於是不分青紅皂白，效仿著把和尚也似的光頭當作了潮流。鞏俐見了，笑得特別開心，因爲她自己不知道，她心裡漸漸有了張藝謀。

而拍攝《菊豆》的時候，鞏俐其實還算是新人，但她把劇本刨得滾瓜爛熟，把角色吃透了，一進到片場，就甩掉她自己，凶猛地往角色身上貼過去——印象特別深刻的是，中段有一場戲，說她兒子在外頭聽見村裡的人唱戲般到處唱鞏俐和他叔天青私通，怒氣沖沖地提起刀要追著人來斬，結果人斬不著，反而傷了自己的手，回到家裡他叔天青關切地趨前來硬是要給他料理傷口，他轉過身，目露凶光，狠狠地踹了他叔一腳，把他叔的額頭都給踹穿了，流了好多好多的血，碰巧叫鞏俐給看見了——

原本按照張藝謀的設定，他要把那場戲的張力拉沉，藉大塊大塊染布坊裡張掛著的布，交疊出天青的委屈和鞏俐的憤激，可鞏俐不同意，要求張藝謀讓她依照角色當下的直接反應來演——結果她躲進樓上的屋子裡，劇組則在樓下，燈光全亮，一片肅靜，就等著她入戲，然後鞏俐給了個訊號，攝影機開始轉動，鞏俐推開門走下幾級樓梯，突然轉過身衝著已經躲進屋子裡的兒子厲聲叫罵，「──楊天白呀，你聽清了，你打的是你親爹，是你親爹！」罵著罵著，她突然心頭一酸，大顆大顆的眼淚滾滾而下，趕緊低下頭用衣袖抹去──而這一場出屋、下樓梯、怒罵、抹淚水的戲，鞏俐的動作一氣呵成，暢快淩厲，並且中間突然爆發的情緒，把憋在心裡這麼多年的「他是你親爹」這句話嘶吼出來，攝製組一群赤裸著上身的男人全屏住了氣，沒有人敢吭聲，直到底片一格格地走完，才囁嚅著說，鞏俐剛才那場戲眞夠嗆，哪像個新人？

單從外形上看，鞏俐也許不夠劉曉慶潑辣，也不及斯琴高娃霸氣，可就因爲她還保有一種讓人疏於防範的清純，笑開來的時候偶爾還會露出伶俐的一對虎牙，所以在演出個性特別剛烈，在命運面前死都不肯把頭低下的角色時身上爆發出來的剽悍，才會將人牢牢地摁在椅子上，遲遲反應不過來──連陳沖也說，鞏俐應付每一個不同角色的技巧，精準得讓她覺得害怕，而陳沖擔任金馬評審的時候，更是把三輪的票都投給了鞏俐。而陳沖和鞏俐最大的不同是，陳沖是融入美國，用美國的方式改變自己，而鞏俐則是以絕對東方的標識，贏得國際的刮目與敬重，一口氣擔任無數個重量級國際電影節的評委會主席──

我記得鞏俐說過，做演員不能夠太柔順，太柔順就沒有火氣，沒有了火氣，演員就會被角色爬到頭上來欺。所以接下一個新的角色，鞏俐第一件事就是要咬住角色的特性，並且爭取角色的完整性。就連已經和大導演陳凱歌先後合作過《霸王別姬》和《風月》，但鞏俐對角色的要求還是一如既往的嚴厲，後來接拍《荊軻刺秦王》，因爲演出的趙姬是個虛構的角色，鞏俐對劇本提出了苛刻的意見，務必要讓角色在戲裡頭的存在性合乎情理，前前後後盯著陳凱歌修改了三十場戲，才肯答應把戲給接下來。對鞏俐來說，愈是虛構的角色，愈是必須對劇情的推進有一定的推波助瀾的能力，在戲裡頭才會有存在的意義。

而鞏皇在乎的，從來不是戲分的輕重和電影本身的商業號召力，否則她也不會在楊紫瓊出演邦女郎之前，推掉了〇〇七找她擔綱的其中一集，笑著說，邦女郎的角色怎麼到現在還是那麼沒趣——演戲是享受，如果演的過程不享受，演起來就不帶勁。鞏俐演過日本藝伎，演過古巴女毒販，也演過白骨精和女巫，那些角色除了必須個性飽滿，也必須骨肉均勻，才能刺激鞏俐想要如狼似虎地去演的欲。而鞏俐的固執還有強悍，始終是女演員當中特別少見的。就算去到好萊塢，如果搞不清楚一場戲的來龍去脈，她也一定要問個清楚，先問導演，再問製片，到最後鍥而不捨地追著編劇來問，爲什麼一定要這樣演，爲什麼不可以那樣演——「對方如果推說沒有時間，我會說沒關係，時間我有，我不介意等——就算坐在對方的辦公室乾等，我還是堅持要問明白，你要是說服不了我，這場戲就必須得改，不改我就進不了角色，進不了角色就根本演不下去」，這樣子的鞏俐，頑韌得嚇人，簡直把秋菊打官司的那股蠻勁全帶到好萊塢去了。

因此我想起《大紅燈籠高高掛》。一開頭的那場戲，鞏俐梳著兩條粗辮子，提著藤箱子出現在院子裡，管家趕緊迎上來對她說，「四太太，花轎去接妳了，妳沒等著？」

鞏俐臉上蒸騰出一抹淡漠的剛毅，抹了抹額前的汗，然後蹲下來在丫鬟搓衣的木盆子裡洗了洗手說，「我自己走來了」——鞏俐的成就，從來都是她自己走出來的，沒有誰阻礙得了她想要拿到手的東西，也不需要有誰爲她的前途指東道西。所以我常看著鞏俐，看著她在如刀尖般鋒利的歲月面前，事事瞭然於心地微微笑著，一點也沒有兵荒馬亂的如臨大敵。而大家都說鞏俐性感，卻很少人看得出來，鞏俐的性感，不在她的眉眼和身段，也不在她的骨子裡，而是在她寫在額頭上的固執與果斷，她什麼時候都比誰活得理直氣壯，也什麼時候都比誰活得目中無人，我一直認爲，是鞏俐，讓性感有了耐人尋味的意義。

就好像莫言也說過，說鞏俐像狐未免太客氣，實際上鞏俐更像一頭狼，她在《菊豆》主動把身子貼過去撩撥起小叔天青的欲火，劈頭第一句話就是，「嬸子像狼不——」，然後一把奪過天青咬著的白蘿蔔塞進自己的嘴巴——戲裡戲外，莫言說，鞏俐渾身都是山東女人的大器和霸氣，反而周迅則是小狐仙似的，靈慧而狡黠，她倆把《紅高粱》裡的九兒帶到不一樣的境界——

莫言還說，他第一次見鞏俐，留下的印象實在一般，當時鞏俐十分年輕，穿著不倫不類的的奇裝異服，在高密縣招待所的大院子裡挑著木桶來回轉圈，臉上模擬著憂心忡忡的表情，看上去也就只像個不諳世事的女學生，跟莫言小說裡心懷叵測，如紅玫瑰般渾身帶刺，扎得對她心懷不軌的男人退避三舍，根本靠近不得的九兒，到底有點距離，難免擔心張藝謀選錯了角，九兒這角色恐怕會砸在鞏俐手裡。後來正式開拍，鞏俐穿上戲服，一顛一顛地挑著水在高粱地裡健步如飛，加上片場張藝謀讓人種出來的高粱在風裡唰唰作響，那小說裡描不出來的視覺效果頓時撲面而來，完完全全把莫言給震撼住了，而他這才知道，張藝謀的眼光是對的，九兒的角色在前頭爲鞏俐張羅吆喝，好讓她放膽地往前走，並且一走就走向國際，從此不再回頭，潑剌剌地走進外國人眼中就只識得的中國三寶：「故宮，長城，鞏俐」——至於鞏俐，就像一抹最搶眼的中國紅，激烈，奔放，豪邁。

後來鞏俐說起，因爲是新人，拍攝《紅高粱》的時候，她主動要求提早到高密體驗生活，那是鞏俐第一次到這麼荒涼的一個地方，也是第一次見到高粱，並且也是第一次知道，啊，原來高粱並不是麥子呢——爲了投入角色，鞏俐報到後第一件學的就是挑水，張藝謀要她挑水不准挑空桶，必須注上至少半桶的水，因爲空的桶光只是搖晃，挑起來不費力，桶裡有水，那桶才會顛起來，並且水桶壓在肩膀上，走起路來的節奏才生動才好看，結果單是練挑水，鞏俐就練了一個多月，練得肩膀都破了，只好左邊破了換右邊，右邊損了再換左邊，每拍一部戲，鞏俐都學會一招新的伎倆，像一隻住在海裡而不是樹林的蠍子，推翻所有人對她的既定假設。

我讀過莫言和王安憶某一次的對談，說起高密的顛轎，原來並沒有在電影上看到的那麼粗野，而且那些顛轎的轎夫其實一點都不魯莽粗獷，反而都是莊上長得特別風流特別標致的男子，並且打扮得十分講究，都是穿一身黑色的綢衣綢褲，每次抬轎都會穿上新鞋子，鞋底更是納了不同的花案，所以他們一踩一踏一顛一覆，那鞋底的花案就一張一合的，煞是好看——但我們永遠記得的是，《紅高粱》裡的鞏俐坐在紅彤彤的轎子裡，被轎夫一邊高聲唱歌一邊耍流氓似的全是戲弄和挑逗地顛著轎子，而鞏俐對轎子外的未來，又是滿懷期待，又是一臉驚懼。

好的電影，需要好的故事，而好的故事，則需要好的傳達者——演員本身就是。而鞏俐之所以被封爲「鞏皇」，是因爲再難演的角色她都駕馭得住，因此外頭那些個不痛不癢的流言蜚語根本干擾不了她，也沒誰夠膽抹黑她，因爲鞏俐靠的是實力，她的每一

部電影，每一個塑造出來的角色，以及每一個在鏡頭前刻畫在大家腦海裡的表情和神色，都讓鞏俐活成一個不朽的標誌。我記得班雅明說過，故事在流傳之中不消耗自己，故事的骨架、線索、皮肉和枝節不變，變的是演員的醞釀、構想、謀劃和調度——而鞏俐就有這種本事，透過演出，在故事中凝聚出裡頭的因果循環和邏輯延續，即便事過境遷，仍然能夠叫觀眾記住故事的始末和感情的濃淡。

鞏俐演過和侄子亂倫並且在

命運的百般戲弄之下引火自焚的菊豆、演過嫁進豪門當四太太結果被大紅燈籠逼瘋的女大學生頌蓮、也演過上北京打官司的秋菊，以及患上失憶症每個月五號舉著寫上「陸焉識」的牌子到火車站等著接她愛人的馮婉瑜——鞏俐說，她必須在這些角色裡銷毀掉鞏俐，這些個角色才能在觀眾們的心裡翻騰滾躍地再活上一次——明星會老，也會黯淡，甚至會凋零，但明星們演過的角色不會，好的角色不會被歲月消耗她的容貌和經歷，只會增添角色的傳奇性。

而鞏俐的強悍，並不只是展現在銀幕上，還體現在她的職業精神。我記得拍攝《霸王別姬》的時候，鞏俐姊姊鞏雯患乳腺癌去世，鞏俐十分自責，老覺得自己為家人做得太少，如果她當時不是忙著拍戲，如果她當時能夠花多一點時間陪姊姊，哪怕只是陪她複診或者陪她找更好的醫生，鞏俐心裡的愧疚感，可能都會減少一些。後來重提此事，鞏俐再怎麼堅強，臉上還是漫起了一大片悵然，而且她說，姊姊去世第二天，她拍的正巧是菊仙從良嫁給段小樓的那場戲，平時很少介入鞏俐演藝生涯的鞏爸爸，也勉強撐著不太好的身子堅持要到片場去，因為他知道鞏俐和姊姊特別親，擔心她受不了，但鞏俐化好妝，站到鏡頭前面，攝影機一推過來，遮著菊仙的紅頭巾被掀開，鞏俐滿臉按耐不住的喜氣，把菊仙那股索性連鞋子也押上去光著腳丫自己將自己從妓院裡贖身出來嫁給段小樓當新娘子既蠻狠又自得的神情，拿捏得精準得不得了，而背後響起的，全是喜氣洋洋的一片鼓樂鬧喧天，更是讓鞏俐狠狠壓下來的悲愴，顯得分外蒼涼——

後來重提《霸王別姬》，鞏俐說，直至把戲拍完，匆匆下了妝她才隨父親離去，也只有在那短暫地掙脫角色的時刻，鞏俐才可以放聲痛哭，才可以趕著回去給姊姊祭奠——而當時鞏俐經歷著姊姊離世的哀痛，儘管她知道整部片的焦點不在她身上而是在張國榮那裡，但眞正專業的演員，絕不會敷衍自己在鏡頭面前的每一個瞬間，每一場戲，都要把人物吃透，每一個表情，都要把情緒咬緊，鞏俐不要將來在銀幕上看見自己的演出才來懊悔：怎麼當時這麼草率，沒有把那瞬間的情緒掌握好？而且鞏俐知道，即使只是一秒鐘的鏡頭，一句微不足道的對白或一個過場的表情，將來都會永遠地被存檔被保留下來——鞏俐嘆了一口氣，「所以我怎麼可能因爲自己的私人情緒而壞了那一場戲？」

鞏俐性子剛烈，是典型大剌剌的山東女子，可她畢竟是家裡五個孩子當中最小的，也是她父親最疼愛的，她想起她爸去世也快二十年了，當時是急病，說走就走，她到現在還不敢和人談起她爸的離世，覺得很多東西錯失了就怎麼都彌補不了了，她一直覺得對父親的陪伴太少，那時候爸爸偶爾會給她電話，就爲了聽聽她的聲音，然後捉弄她說，「小俐，妳啥時候回來看我呀？」鞏俐如果回答最近拍戲忙，老人家馬上體諒地回答，「那沒事，妳啥時候得空就啥時候回來，反正我都在家裡等著。」因此接到父親去世的消息，鞏俐人在坎城影展，沒辦法趕得回來，她大方地得體地，微笑著撐到影展結束，其實心裡特別難受，因爲她知道，那個總是答應會在家裡等她回來的父親不在了，所以現在每次提起，鞏俐總是移開目光，禁不住沉默下來，然後仰起頭靠在椅背上，久久不再說話——最微不足道的陪伴，往往才是最珍貴的回報，而失去了陪伴你最心愛的人的機會，就好像看著一架車子在你面前慢慢地沉落河底，而車子的車前燈一直都沒來得及熄。

至於愛情，愛情其實不過是一部劇本。既然可以挑，有資格挑，爲什麼不挑個讓她可以投入一些、奔放一些、並且淋漓盡致一些的對手？鞏俐說過，她不喜歡重複同一個角色，因爲失去了新鮮感，也就沒有了挑戰性，我相信她的愛情也是，不同的對手，才能刺激鞏俐的情感反應，讓她在愛情裡頭溫順得像一趟清晨開進小鎮的火車，樸實而日常，鞏俐說，只要值得，她可以爲她當時心愛的男人蹲下來把地板刷乾淨，也可以爲她以爲終將天長地久在一起的男人拍一部戲而在一座島上淋足一個月的雨。可惜的是，眞正和鞏俐交過手的男人，能夠用才華震懾住她的，沒有辦法給她一個承諾；可以用財富來安穩她下半生的，卻又給不了她信任和體恤——鞏俐是一個需要不斷依靠愛情來提神的女人，她要的男人，至少在目前這個階段，當她幾乎千帆都過盡，已經視名利爲煙雲的時候，可以用溫柔馴服她的狂傲，用愛情安定她的漂泊——很多時候，人生不過是自圓其說。有些男人，表面上看起來好像毀掉了一個女人的前半生，其實是間接替女人旋開通往她後半生的門鎖，完整了她的這一生。

沒有人比鞏俐更明白這個道理，也只有鞏俐，才完全明白，愛一個人，其實是在冒險中進行的冒險，這世上往哪找終年常綠的愛情，除非高粱地裡長出來的是麥子，又或者高高掛著的大紅燈籠轉成了綠——所以不要試著找鞏俐，雖然成千上萬的窗戶看上去都隱藏著暗示性，可它們一扇一扇被打開，又一扇一扇給封閉，你還是找不著眞正的鞏俐，因爲鞏俐願意提供給我們的線索並不多，就好像一部好看的電影，不一定有漂亮的結尾，甚至不一定有結尾——不一定。

湯唯 Tang Wei

湯唯沒有夏與冬

湯唯去過河邊了。她回來的時候只是微笑，並沒有打算告訴我。但我看到她身後那條大白狗的四條腿都打濕了，身上還黏了好幾根犁頭刺。於是我說，大白看起來又餓又渴的，我還是給牠拿杯牛奶吧。湯唯聽了，扭過頭來說，才不，牠剛喝了一肚子河水，還脹著呢，然後就轉過身，徑自踩著木梯上樓去了——我抬起頭，剛好看見湯唯的腳跟有幾道被茅草劃開的血痕，很細很細，細得像天使的髮絲。

我突然想起姜文。姜文承認自己有戀足癖，喜歡看女人精緻的腳丫子，他可以在電影《太陽照常升起》給女主角的腳足足五分鐘的特寫，甚至還用女人光著的腳丫子設計成《一步之遙》的特別版海報，並且那海報裡頭，女人的腳跟還扣上用來刺痛馬腹好讓馬兒跑得更快的馬刺——很明顯，這是給雄性主義和男人的革命情意結明目張膽地鑽開了一個情欲噴發的出口。

但湯唯光著的腳跟似乎沒有在電影裡被特寫。即便是《色戒》也沒有。我記得她到虹口赴易先生之約，赤腳走進日本的居酒屋，鞋子脫了，但腿上還是穿著絲襪，而且那年代的絲襪，接口都是在腿背後車成一條黑線，一旦走動起來，很自然地將腿部線條給拉長，扭出一種就算力持端莊也鎮壓不住的性感，於是我想起張愛玲寫的——一種失敗的預感，像絲襪上一道裂痕、陰涼地在腿肚子上悄悄往上爬。

但我望著銀幕，第一個朝我撲過來的反應是，湯唯的小腿也未免太結實了，而這或許是因爲她熱愛運動，少女時期更曾經是羽毛球的國家二級運動員有關吧？甚至後來，湯唯結了婚，生下一個名叫夏天的女兒，偶然看見她在社交媒體上載一家三口在沙灘上腳疊腳的照片，我禁不住啞然失笑，啊湯唯的腳丫子原來一點也不纖細呢，而且毫不性感，看上去敦敦厚厚的，反而有一種憨直的村婦總是懂得怎麼把生活結結實實踩在腳底下的踏實感。

或許是因爲演員的身分，湯唯在上一部戲銜接下一部戲的中間，總會有一段或長或短的間歇期，足夠讓她閃身退出，對這個世界保持一種客氣但銳利的觀察。而她有意無意拉開來的策略性距離感，和她善用清冷撞擊出來的堅韌個性，不知道爲什麼，最後總造成湯唯無論是穿著優雅的禮服走在華麗的紅地毯，還是戴上九翬四鳳的鳳冠演大明皇妃，在我心裡刻印的，永遠是她身上那件半舊的土色風衣，以及她背後發出沙沙聲響的蕭索秋天——

湯唯在我眼裡沒有夏與冬。就連春天，離她也是極遠極遠的。她太秋天了。而秋天偏偏是最難猜透的季節。我每一次看見湯唯，就好像看見遠山過雨，荷葉在池裡安靜地翻動，而她盤起頭髮，凌亂著鬢角，穿一件土黃色風衣——而風衣，風衣必須是屬於秋天的。一件穿舊了的風衣，就等於一個人穿在身上的半本自傳，承載著故事的始末，也記錄了離合的因由，所有的天涯海角，也都藏在了裡頭——並且我一直記得，那部讓湯唯一鼓作氣在韓國橫掃近十個最佳女演員獎項的《晚秋》有那麼一句，「你所以爲的巧合，不過是另一個人用心良苦的結果」——而這句話，分明就是後來把湯唯娶回韓國的導演金泰勇，在那個時候已經預言了愛情的發生才悄悄加進去的吧？

可惜的是湯唯一直都不相信「信仰」。她甚至不信仰理想，更妄論愛情。如果硬要給她挑一個，她寧可信仰的，其實是生活——她後來淡淡地說起，即便因爲《色戒》被封殺的那段時日，她手裡抓著整副家當到英國進修戲劇，她當時根本不知道這種流落異鄉的日子還要過多久，心裡卻一點惶恐也沒有，她只是在暮色久久不肯四合的秋天的倫敦河畔坐下來，來回扳著手指頭，笑著低聲對自己說，沒事，會過去的，但看來得想想辦法，該如何賺錢過生活才是——

於是她決定跑到人來人往的街道，用筆往自己臉上畫一副京劇臉譜、用舊報紙撕成衣服再用大頭針別在身上當成紙片時尚、用厚厚的白粉塗在臉上妝扮成藝伎，甚至還試過拎一桶水用海綿製成的大毛筆在人行道上揮毫寫書法，然後搬一張椅子喊住過路的人替他們畫像——湯唯說，還好倫敦是個對藝術極其友善的城市，會主動把任何與創作相關的舉動當作是藝術，於是她把自己在街頭賣的藝都定爲行爲藝術，而這些她都當作將念書時候學會的才藝拿出來複習，所以一點也不覺得在街頭賣藝就是眼看著一個明星淪落了——

後來有人把湯唯在街頭賣藝的照片傳了回來給李安，李安看了，緊皺著眉頭，心疼得不得了，李安最不忍心看到的就是眞正愛電影的人爲電影受了委屈，於是積極爲湯唯拉線鋪路，怎麼都要把湯唯重新帶回大家面前，這才輾轉有了湯唯後來被推薦加入「香港優才」計畫，也才陸續有了湯唯正式獲得香港居民證，重新回到中港台電影圈的連環舉動，而接下來發生在湯唯身上的，都是後話，也都是看她自己的造化了。

當然我們都知道，一個女演員的形成，愈光芒四射的愈不眞實，很多時候她們都是處於被動的位置，任由其他人對她們的想像分裂然後砌合，裡頭不排除臆想和猜測，甚至也有她們自己也不知道原來自己竟然可以是這個樣子的——凡所有相，皆是虛妄。更何況女明星。很多時候，女明星的虛妄色相，其實就是認識一個女演員最合理的解釋。是我們一廂情願，把她們安頓在虛妄的形象當中，以至最後，她們都住進這虛妄的形象裡頭漸漸出不來了。

何況湯唯除了色相，還有膽識和才識，我記得她在坎城用港腔粵語接受鄭裕玲的訪

問，大大地驚豔了許多人，而這還不包括她在不同城市不斷切換應用的英語與韓語——懂得愈多語言的女人，其實愈迂迴愈深沉，因爲她們一定有每一個不一樣的自己，藏在每一個不同的語言背後，語法就是她們的性情，抓摸不定，欲擒故縱。

至於湯唯，湯唯最吸引我的，不是她的美麗總是美麗得那麼漫不經心，也不是她在最焦慮的時候看上去依然是那麼的雲淡風輕，作爲一名女明星，她沒有剔透玲瓏的嬌媚，反而有一股讓人捉摸不透的吊詭，她似笑非笑地站在棚裡，燈光打上去，卻怎麼都擊不中她的心思愼密，並且她在不斷替自己尋找各種可能的同時，也不停爲導演們提供各種可以被開發的可能——我想起小津安二郎說的，現在的演員並不缺乏表情，缺乏的只是，性格的養成和掌握，這恰恰是湯唯最擅於表現的，把感情適當地壓抑下來，而不光是控制臉部肌肉的收放而已。

而現在的湯唯，家庭與婚姻是那麼的美滿，演藝事業也扶搖直上，簡直就是處於她個人的黃金時代，並且提起湯唯，我們第一個聯想起來的，幾乎都是是感性中帶點韌性的東方神韻，以及碧水含空的文藝氣息，這些其實已不單單只是湯唯的標籤，也是好一些人對東方女子的想像和嚮往了。我還聽說，韓國新近流行一句讚美女孩子的話，只要說「妳長得很湯唯」，女孩們很少會不開心的——

而湯唯的魅力，就是她一點都不遙不可及。只要妳願意，其實也可以活得像湯唯那樣，一樣安然自若，一樣一笑而過，但前提是，妳必須具有像湯唯那樣的修爲，懂得斷捨和割離。湯唯比誰都明白，生命中所有的偶然和徒然，其實都是必然，並沒有太多被隱藏的神祕密碼，也不需要像歐洲人迷信的那樣，半夜走到老舊城門，往右走一百卅三步，然後摸黑摸到的第三塊磚頭朝內一推，就可以破解人生所有的猜疑和困惑——

簡單的人生，首先就是「減」掉欲望清「單」，僅用美好的事物來打磨時光，這樣子本一不二的本質，就像養一枝荷花在院子正中的天青色池塘，湯唯自然懂得這道理，就好像她一直都懂得如何活出那種神滌意閒的愜意。

而我也聽說了，湯唯喜歡田園，喜歡農莊，喜歡河流，喜歡依靠著大自然放縱她自己，讓山水樹林和幽谷，承接她沒有辦法在繁華都市徹底宣洩的那一股天性中「野因曠而冷舒」的野氣——我看過湯唯如何從土裡挖出幾顆土豆；如何在午後河裡潺潺的流水聲中赤腳靜靜地站著彷若走失了魂魄；如何在風把晾在院子裡漿過的衣服吹得沙沙脆響差點就要飛走的時候趕緊把衣服緊緊攬進懷裡笑得像個剛剛收成滿樹果子的農婦——

因此我猜想湯唯會喜歡在她小小的農莊裡種上一排排的大樹，然後樹與樹之間的距離，都維持固定下來的步數，就好像我曾經讀到馬可波羅的敍述，說當時的大可汗頒布過，要在所有中國的道路都種上排列整齊的大樹來撫慰長途跋涉的旅人，而湯唯想透過種植的樹來撫慰的，應該是她自己。

其實湯唯自己不知道，她已經不自覺地間接把樹當成一種依靠，樹的挺拔和包容，其實已經在心裡撐開一傘蔭，庇護她一抽一抽升高的徬徨和起伏。而我們誰都一樣，倘

若能夠虔誠地在心裡種上一棵茁壯的樹，下半生的平和悠靜，於是就有了著落。並且湯唯有一次笑著在一場電視訪問中說，只要認眞把生活過好，其他一切，就會順理成章地順應而生，比如愛與快樂，比如笑與幸福，比如悲傷——到最後你會明白，悲傷原來也是一種祝福。

因此不知道爲什麼，我覺得李安也許稍微看偏了，他曾經說過，湯唯長著一張願意爲了愛情而去做傻事的臉，並且和張愛玲寫的，那個長著六角形臉的王佳芝一樣，可以一旦對愛情動了惻隱之心就願意犧牲自己的一生。其實湯唯不。湯唯對愛情總是避重就輕，她眞正想成爲的，是一條兩邊都在奔流的河——

我聽湯唯提起過，那是印第安人的迷信，他們相信只要找到一條兩邊都朝不同方向奔流的河，傍河而居，餓了就捕魚果腹，情欲一旦隨著河水高漲了就雙雙撲倒在蘆葦瘋長的河畔——那種暴烈的原始，猶如天地初開，上天拉開一條縫，人們通過這條縫躍入河裡，恣意暢遊，那才是人世間最豐美的幸福。而我猜湯唯嚮往兩邊都在奔流的那條河，其實是同一條河岔開來，一邊吧啦吧啦地流向比遠方更遠的遠方，一邊不聲不響，愈流愈清澈地流向她自己——

而所有的河，都是一樣的，或澎拜或流淌，不外是少年渡己，中年渡情，老年渡心。每一條河，總會在不同的河段，毫不遲疑地衝開彎曲的正在發育中的河道，澎湃著直奔河口。

因此湯唯的丈夫，據說花了十多億，在偏鄉買下一塊地給她，讓她可以把地一分爲二，劈成農場，耕成菜園，然後把家安置在一個只有七十多戶人家的小村莊，圓滿湯唯一直嚮往的莊稼生活，開來種菜務農，也不一定要採菊才能住在東籬下，因爲湯唯在氣質上，根本就是最典雅的女陶淵明。

甚至我相信，湯唯是一個連隨手把明星光環摘下的動作都可以省略下來的女人。她偶爾也會拍些照片鋪到社交媒體上，那動機就好像一個普通的女人，結了婚，有了孩子，日子過得簡單而踏實，於是就想替自己把日子記錄下來，我看過她分享的那些照片，比如她替剛從自家的小小農場裡採下來準備做飯的小白菜拍了一張照片，陽光嘩啦啦地灑在那菜葉上，閃耀出比鑽石還要耀眼的光芒。

我記得湯唯說過，年輕的時候，她曾到唐山住過幾天，說是要體驗農家生活，因此特意在一戶農家借宿，最後一天準備著要走，農家硬是熱情地留她吃中飯，她看著那農家主婦隨手把廚房後門推開，然後走到後院子裡蹲下來隨手一摘，就摘了一把肥嫩青翠的大白菜，直接洗乾淨了就丟進大鍋裡，湯唯當時震驚得張大了口，完全說不出話來，這根本就是她嚮往的、給自己畫的生活繪本哪——

後來她嫁到韓國，也有了自己一個小小的農場，種菜洗衣做飯打掃，她幾乎一樣都沒少地做得格外嫻熟，常常戴著女兒Summer的大草帽，就在田園裡蹓躂，一邊聽著傍在屋邊的小河潺潺地流，一邊看著風吹起一隻金龜子在眼前飛過，而小孩的衣服無憂無慮地晾在屋外的草坡上被風鼓鼓地吹著，這樣的畫面，就是她想像中最美好的生活。

我只是好奇，一個屬性像秋天一樣蕭肅的湯唯，怎麼會把女兒取個名字叫夏天呢？也許每一個做母親的，都希望女兒的性格不那麼拐彎抹角，都晴朗光明，都喧鬧歡樂吧？

但更多時候湯唯是安靜的。湯唯靜下來的時候，是專心一致的萬籟俱靜。那種靜，我後來想起來，就好像小時候到外婆的村屋過夜，半夜乍醒，我把耳朵貼在樓板上，可以聽見樓板一片一片被風企圖撬開來的聲音，好像準備把村屋裡被隱藏的什麼掀開來似的——印象當中，性格偏靜，可以擁抱一整片荒涼的女明星也並不是沒有的。比如周迅。周迅說，她可以抱著膝一動也不動地坐著，眼前的劇本唰唰地被風吹過來又吹過去，她一個字也沒有讀進去，然後一天就過去了。但周迅的靜是暗暗隱藏著喧譁的，那種人來人往，車水馬龍，記憶與記憶互相叫囂聒噪的喧譁。

而我其實在寫湯唯之前，腦子裡的引擎在吧嗒吧嗒轉動著的，有一半是周迅。湯唯和周迅，如果兩個只能寫一個，我也很好奇，我會選誰呢？雖然她倆年紀有點差距，但照理應該也聽說過彼此零零碎碎的故事，就好像我認識的那些女明星們，平時再怎麼不相往來，依舊是雞犬相聞的，而她們誰不是把美麗當作一張引火紙，點燃後丟進爐子，馬上就看見火苗竄了出來，然後一邊轟轟烈烈地和青春一拍兩散，一邊冉冉地和歲月白頭偕老——青春只有一次，你沒有狠狠燒過，就不算眞正擁有過。

楊惠姍

Loretta Hui-Shan Yang

彩雲易散琉璃脆

一開始我就打算好了，打算好，跟林青霞借她的眼睛——因爲我明白，總有一些人，你必須得借另外一雙眼睛，才能看清楚她背後的那一棟黃鶴樓，也才能看清楚，她現在這一張臉，是歲月替她打掃乾淨後的一座廟堂，清素僻靜，遠離江湖，已經不適合問起曾經是如何的香火鼎盛。

後來聽林青霞說起，張毅大去，楊惠姍在電話那頭嚶嚶哭泣，說她在張毅住院的時候拉開家裡的抽屜，發現了一張紙，紙上仔仔細細記錄的，是他準備爲楊惠姍慶祝生日的餐單，於是楊惠姍起了一種不祥的預感，隱約覺得，這大概會是張毅陪她過的最後一個生日了，然後農歷七月十六，楊惠姍生日，張毅人還在醫院，請他侄兒替他買了束花，並在花束裡藏了一張卡片，上面寫著，「永遠沒有來不及的愛」——

愛一個人愛得太深，其實不是一件太值得祝福的事，因爲結局很可能是妳必須先後死上兩次，一次是在他先妳而去的時候，另外一次，是妳形單影隻，撒手西歸之時——而只有等到妳也死去，你們的愛，才會不垢不淨不增不減，像初生一般，冉冉地再活上一次。

——因此我喜歡看林青霞寫女明星，尤其喜歡看她寫那些和她一樣，比煙花還要燦爛，比整個天空的星星突然消散了去僅餘下的那一彎比冷月還要淒惶的女明星。這也是爲什麼，我一開始就打算借林青霞的眼睛看楊惠姍，因爲她看到的楊惠姍，好大一部分，其實是她沒有勇氣去完成的她自己——楊惠姍當年強悍的氣燄、霸道的美豔、狂放的個性，遠遠不是林青霞可以招架得住，也遠遠不是林青霞有勇氣去效仿的，後來兜了好大一個圈，輾轉再見楊惠姍，我記得青霞有過這麼一寫：

我仰望惠姍，她長高了，不，她變高了，她彷彿變得跟觀音一樣高，這時候我明白了為什麼她牽著我的手的時候，有股直透我內心的能量。

——兩個曾經驚濤拍岸的女人，鐵馬嘶風，氈裘淩雪，那一份各自滄桑半生修回來的從容與恬靜，看上去分外舒心，分外悠然。人生本來就不會處處花團錦簇，也本來就不會步步平定圓融，林青霞在楊惠姍走過的路上，電光火石，看見一個洗盡鉛華的女明星，把過去的自己丟進烈火熊熊的熔爐，焊接成另一座雕塑，而這雕塑不是萬念俱灰，而是在歲月的折射之下，透光重生。楊惠姍在琉璃的剔透與輕脆當中，徹底釋放曾經被捆綁在介入他人婚姻而被道德拷問的盲動與錯謬之中，一直到現在，她依然堅守一段抵觸世俗但最終贏得欽羨的愛，來救贖餘生的她自己。

而創立琉璃工房卅五年，楊惠姍不單用琉璃來安定一度心性流離的她自己，在困頓中匍匐，在摸索中修行，並且在琉璃的通透中看見佛性，讓她思考怨憎與無常，體悟慈悲與放下。所以後來在感情上落了單的楊惠姍，彷彿一瞬之間枯萎下來，但一直都感激張毅體貼地用生病，來換回最後一程和她形影不離，讓她扶他、摸他、照顧他、安慰

他，讓她打針前爲他用熱毛巾敷血管，讓她把他當嬰孩一樣，爲他洗臉刷牙——楊惠姗知道，張毅用肉身的痛苦換回和她最後一程的朝夕相處，目的就是要她接納死亡，要她預習別離，她的哀與慟，一部分是因爲她終於被褫奪和張毅共依存相依附，被張毅依賴著的強大存在感，另外一部分，是張毅走了，她之前爲了維護這一段愛情的圓滿而弓起背匍匐前行的委屈與甜蜜，也一片一片地剝落了下來——

有些女人的強大，我必須說，是因爲在所愛的人面前，她沒有辦法也不願意捅破自己對愛情承諾過的，溫柔得接近暴烈的虔誠。

於是我想起在慶生肩膀上咬了一口之後溜下來，端莊地換上了黑夾衣，一如往常，文靜而嫻熟地在客廳裡兜轉著照顧菸茶的玉卿嫂。她眼裡愈是煙波千里，心底愈是張牙舞爪，緊緊地扣壓在慶生身上。尤其元宵那一晚，玉卿嫂到慶生那兒包湯圓，外頭的炮仗聲一陣比一陣密，想必外頭的提燈會已經開始了，慶生的額頭沁出汗光，心裡惦記著約好的戲子金飛燕，嘴唇顫抖著向玉卿嫂說他要出去，玉卿嫂冷冷的聲音重重地壓下來，不，你今晚上不可以出去，可慶生終究還是用力一掙，頭也不回地跑了去——

後來吧，我來來回回，不知讀了多少遍白先勇的《玉卿嫂》，耳邊老是「碰」地響起慶生摔門而去的聲音，可始終不比戲裡頭，楊惠姍那一臉醉紅，而且額頭上盡是汗水，髮髻鬆開來，一大綹烏黑的長髮跌到胸口上，然後用力把慶生的頭揿到她胸前，恨不得把慶生的頭塞進她心口裡去的模樣，那麼牢，那麼緊，把白先勇的文字燒焊成畫面，熱堂堂地嵌進我的記憶裡——《玉卿嫂》公映那一年，我十七，慶生床頭上熊熊燒著的那一盆火，到現在都還沒有澆熄，完全是因爲楊惠姍。

過了好多好多年，我看過一張楊惠姍專注為觀世音琉璃雕像精描細繪的照片，她戴著黑框眼鏡，鉛華洗盡，已經把女明星和影后的外衣，一件一件，全都給褪了下來，在那當下的一雕一琢，吐納出細節的了了分明，也在那屏神的一描一繪，安住了自己的相我兩空。並且對著法相莊嚴形態慈悲的觀世音，她手裡明明握著筆，其實卻完完全全鬆開了自己，不再雕琢自己的光芒，而是雕琢滿滿的法喜。

我始終沒有辦法想像，到底需要花上多少個晝夜，需要耗盡多少的精神，才能一筆一劃，一分一釐，把這麼一尊以琉璃製成的觀音法相，雕琢成讓人心生敬仰，虔誠膜拜，繼而終生皈依的信仰？而且我相信，一個人的耐心和毅力能夠去到多遠，以及一個人的慈悲和修為能夠得多深，基本上，只有時間才擔當得起最苛刻也最精準的檢測師。

張毅離開後的第三個星期，楊惠姍第一次當策展人，為張毅的紀念特展布展，我印象特別深刻的是，開幕當天，楊惠姍穿上張毅生前最愛穿的服裝站到台上，話還沒來得及說出口，眼淚已經滾滾地落下來，她淚眼婆娑地告訴大家，她那陣子每天在家裡戴著張毅最喜歡的毛線帽子，相信這樣就可以體會到他的智慧，而過去廿多年，她就是這麼樣的依賴著張毅，因此就算人不在了，她還是打開衣櫃，把張毅的衣服穿在身上，感受著他還沒有完全消散的、貼附在衣服上的體溫，然後跪在佛堂前爲張毅誦經，對著張毅的照片問，「你的展要怎麼布置，要怎麼呈現，要怎麼傳達，你一定要告訴我啊——」常常，楊惠姍在夜裡想事情的時候，她說她一直感覺到張毅的眼光還是和往昔一樣，罩落在她身上，徘徊不去。

而曾經，楊惠姍在銀幕上是一個多麼霸道強悍多麼豔麗嗆辣多麼地連眉毛也一動不動就把世俗眼光都踩在腳底下的女子，連林青霞也說，和一大班女明星拍群戲，唯一讓她感受到所謂威脅力，擔心光芒被削掉一半的，這麼多年來，就只有楊惠姍一個。而且不單單是楊惠姍悍豔得可以把人逼到牆角去的美麗，還有她半生跌宕起伏的經歷和橫眉冷對前夫的個性，青霞在她背後望過去，也震撼於她的背影其實已經是一句最有力的對白，一幕最鋒利最飽滿的空鏡——

而我也被林青霞貼出來的一張照片所觸動，那是楊惠姍和張毅爲了護全他們的愛，甘心雙雙隱退電影圈，第一次在香港舉辦的琉璃作品展，他們仨不約而同穿了一身白，站在楊惠姍創作的千手觀音雕像旁合照，那觀音的法相在燈光映照下，既祥和又慈悲，上面還刻有金箔刻就的書法，字是張毅的字，一顆顆光彩剔透，有著張毅對人生的證悟與思考。於是林青霞一下子就被感動了，看見他倆如何因爲愛而甘心在道德倫理的拷問底下，一重一輕，相輔相成，活出愛情和生命另一種晶亮而剔透的面貌——

青霞何嘗不是差一點在愛情裡溺斃沉淪，所以她都看得出來，是楊惠姍縱身躍進火海，燃燒自己，照亮張毅，在沒有對與錯的愛情裡，成就兩個人日後如琉璃般剔透的人生，而我們從楊惠姍和張毅合力創作的琉璃作品望過去，穿透的已經不僅僅是生命的本質，而是「見山不再是山，見水也決然不再是水」的平和境界。因此張毅和楊惠姍的琉璃作品，從來不單單只是藝術的創作，而是文化的布道，至善前行，推己及人。而那個時候的楊惠姍，因爲了悟了人性，透過琉璃燒製，實踐了生命的修行，反而已經演不出戲來了，以前那個鋒利地在銀幕上把別人的恩怨情仇和喜怒哀樂演繹得淋漓盡致的楊惠姍消失了，往後就只能夠在數碼復刻的影片中被重溫而已，她已經不願意在別人的故事用熟練的技法，演出陌生的自己了。就好像後來楊惠姍說起，琉璃藝術不像演戲，它不單純只是一種技巧，也絕對不是一種創意的炫耀，而是對生命的參與。

因此我常在穿過吉隆坡著名商場「柏威年」入口處，穿過那座時時刻刻都擠滿遊客拍照的噴泉的時候想起楊惠姍，這座取名「大圓滿花開」，集合了琉璃、噴泉、光影構

成的裝置藝術，是楊惠姍第一件巨型戶外公共雕塑，採用的是脫蠟鑄造技法，而材質更是僅次於鑽石的碳化金剛砂作爲基材，而嵌在三個圓碗上的扶桑花——馬來西亞國花的琉璃浮雕，象徵馬來西亞三大民族的多元文化，並且藉由充滿東方古典寓意的八方水源，祝禱國運福澤昌盛，絕對讓我懾服於楊惠姍精妙的設計概念和飽滿的創作魄力，還有她對馬來西亞風土人情的尊重，巧妙地替廣場高冷先進的建築風格，注入溫暖的文化藝術。

而我只是好奇，當遊客和馬來西

亞人趨前拍照，捕抓琉璃透過光影綻放的姿彩迷離，以及噴泉在城市盛色繁景底下盡顯華麗與絢爛的同時，有多少個人知道它背後的設計師曾是連續兩屆的金馬影后，是白先勇口中最溫婉也最強悍的玉卿嫂，更是爲了愛情水裡來火裡去，就如琉璃一樣，最終才從燒破的窯裡，燒出對愛情的執著，以及人生的佛性和禪意？如果說鑄造琉璃是一條修行之路，不斷考驗心智和毅力，生命何嘗不是？而精巧的技藝，堅定的意志，後來都成爲楊惠姍最深沉的生命語言。

楊惠姍七十了，歲月漸漸往前走，我很是相信，她會希望這個世界不知道曾經她是誰，她也希望所有知道她的過去的人樂於見到她撲滅自己的光芒，反而去了解她創作琉璃背後脆如紙片薄如蟬翼的禪意。我記得二〇一五年琉璃工房受到法國藝術聯合會邀請，到巴黎大皇宮參加國際與藝術創新雙年展，楊惠姍穿一件樸實的黑色長裙，戴一副黑框眼鏡，初次見面的人，誰也不知道她活色生香顛倒衆生的過去，她面對法國藝術媒體的提問時，臉上的笑容誠懇而驕傲，她落落大方地告訴國外的藝術同盟，琉璃工房當時的資源是很小很小的，但不會阻止她從人的角度出發，創作有益人心的作品，尤其在人性愈來愈薄弱、同理之心愈來愈匱乏的時候，她希望透過創作，反映回歸生命本質的檢視，結果很多外國人站在她創作的佛像面前，久久地站立著，久久地凝視著，久久地，流下了眼淚。

楊惠姍說，不是她的作品多麼震撼多麼細緻，而是觀者內心的一些什麼被觸碰、被挑撥、被感動——不知道爲什麼，那一刻的楊惠姍，明明已經褪去明星光環，卻在攝影師的燈光打上去的時候，她釋放的寬容和慈悲，其實遠遠比她風光正茂萬千寵愛地站在金馬頒獎台上的時候，更加光芒四射——她似乎已經在這一世的宿緣與命定當中，透過琉璃的鑄造，然後讓窯爐裡的紅火做證，預先遇見來生的自己。

胡因夢

Terry Hu

——如夢令

她接了一通來歷不明的電話就抓起門匙趕著出去。臨走之前，還隨手在頸上圍上一條脖巾。我沒有忘記她一走動起來就蕩漾的髮絲，像水藻一樣，柔情萬縷。而且那麼細，那麼直，總是保留著及腰的長度，撩撥著那一代的少年郎像鼓聲一樣，愈追愈緊、愈追愈緊、愈追愈緊的遐思——

我記得很清楚，她還有個習慣，總是先將頭髮溫柔地夾在三根手指上，再輕輕撥到肩後，然後才側過頭來，低著聲音說話。我喜歡聽她說話的聲音。或者更應該說，我喜歡她說話時的語調和節奏，總是把一個短短的句子拉長，帶一點端莊的挑逗——尤其在面對她欣賞的男人的時候。彷彿每吐一個字，都是死生契闊的約定。

而她的美麗你若見識過一定會知道，就好像附在蟬翼上的露珠，所有對她的凝視，都必須小心翼翼，因爲你根本不知道它什麼時候會滾落下來，或什麼時候會被太陽蒸發開去——有一些女人的美麗，就好像一個詞的詞性，會隨著時間的推移而更迭，當詞句的時態已然是過去式，那麼你遠遠看上去，也就不那麼鋒利，但依然還雕刻在記憶。

結果再倒回來的時候，胡茵夢摘掉了「茵」字的草蓋頭，叫自己胡因夢。她說，「既然已經不準備再拍戲了，實在沒有必要承載一個這麼嫵媚的名字。」而她的意思是，所有的聲影交疊，再怎麼目眩神迷，都只是片段，都只是時序，一旦放棄就當機立斷剪碎開去，不該把自己釘在同一個時間刻度不再前進——而當然我明白，一個女明星燦若寒星的美麗，到最後也將是一封被時間背叛的遺囑，留下來的感慨和唏噓，就好像結在遺囑上的緞帶，誰都不忍心去拆開。

於是當我看見她架起一副清秀的細框眼鏡，把短髮削得短短的，而且也不漂染也不矯飾，讓歲月在頭頂上卽興地播撒細碎的雪花，我的第一個反應是——眞的是胡茵夢？我留意到她替讀者簽書的十隻手指，不塗蔻丹，乾乾淨淨，連一隻戒指都沒有，就連她標誌性的嬌慵無力並且誰見都猶憐的細長娥眉，也全已銷聲匿跡。胡因夢的任性，是任性地自行終止了美麗可以爲她帶來的源源不斷的名利，而藉著靈修，犁開一畝又一畝從精神直通心靈的田地——她說，與其在銀幕上說一些言不由衷的對白，還不如看到更多人在她的帶領之下，找回失散的自己。

因此我終於明白下來，歲月的刀鋒劃破的，只是胡因夢的側臉，而胡因夢的側臉，其實一直都比她面對水銀燈的正臉好看。我唯一感嘆的是，胡因夢不再是胡茵夢之後，後來冒起的女明星，幾乎沒有一個在氣質上跟她相近，以前不老是聽人這麼形容胡因夢與林青霞的美麗嗎？

說青霞的美像國畫，劍眉星目，有大幅潑墨的氣魄，而胡因夢則是小品，筆法雋永古典——

後來吧，後來反而是我特別喜歡的中國超模杜鵑，在神韻上，頗爲接近胡因夢的空靈——都瘦，都飄逸，都彷彿永遠雲深不知處。尤其是胡因夢不畫眼線不在眼角暈開煙薰妝的時候，杜鵑和她看起來更是像極了。而且在我們流行把女孩們的瘦，恭維爲「瘦得像一束光」之際，胡因夢當年的瘦，瘦得像一株楊柳，完全把「渭城朝雨浥輕塵，客舍青青柳色新」那種意境全給漾開來。

也難怪口不擇言的李敖一直都把胡因夢的美，當作他往後審美的基本標準，見到衆人讚歎湯唯深入淺出的典雅，把王佳芝演得實在引人入勝，就禁不住啐了一聲，「這算哪門子的美麗，你們一定是沒見過我的前妻。」確實。單以嘴角和眉峰來對照，湯唯太過剛烈太過倔強，少了胡因夢的嫵媚和輕柔；但胡因夢遠遠不及湯唯的是，湯唯眞的太熱愛演戲，可以一頭栽進角色裡死賴著不出來，一點都不後悔爲了一部《色戒》賠上兩年被徹底封殺的時間。

可胡茵夢不，她對演藝從一開始就表現出僅屬逢場作戲，再怎麼投入，多少帶點敷衍的意趣，連她自己也承認，「光頂著一張漂亮的臉演戲是特別痛苦的事」，胡因夢不是沒有天賦，剛出道不久就拿下金馬獎最佳女配角，但她理性的那一面總會隨時對她進行自我監督，而所有的角色，往往都是先騙得了自己才能夠騙得倒觀衆的。

而胡因夢自小就把所有事情都看得特別通透淸明，就連十五歲那年父親有了外遇，打算和母親分居，胡因夢就很冷靜地給父母分析，「既然感情都沒有了，就沒有必要勉強生活在一起。」我不確定胡因夢的敏和智，是不是來自當過前立法委員的父親？還是來自家境優渥加上書香門第的生活環境演練？有媒體形容胡因夢，說她前半生是女神，後半生卻成了女巫，她身上的巫性也不是完全沒有根據的，尤其是背轉身離開水銀燈之後，她寫書、翻譯、演講、教課、靈修、辦讀書會，不再需要導演給她遞劇本，也不再需要劇組把她當明星侍候，而今她坐在講堂上，流利地中英語切換，像切換她從明星到學者的身分般舒暢愜意，並侃侃而談，談她寫過的哲學和心靈修養書籍，也談她埋頭疾書，透過大量翻譯，把印度哲學大師克里希那穆提的著作都引進中文世界。

有好幾次，我看見胡因夢坐在布置簡單，甚至簡單得接近簡陋的講堂上，主持人只簡短地做了個開場，說她會有一個小時的演講，另外半個小時，開放給台下的聽眾發問，然後就把講台完全遞交給胡因夢，好像忘記了她曾經是亞太區最受歡迎的女明星，也忘記了她曾經受過巨星一般的招待和禮遇。

但胡因夢一點都不在乎，流利地以中英語侃侃而談，談她寫過的哲學和心靈修養書籍，也談她翻譯過的烏塔・哈根寫給演員們的聖經《尊重表演藝術》，我看見她臉上除

了專注和紛紛如粉筆灰般落下的滄桑和閱歷，完全沒有一絲多餘的表情，她不再是一個演員，已經沒有巧笑倩兮以迷惑和吸引觀衆的必要。她心裡特別明白的是，她用自己前半段人生的風流和靡麗，換來下半段人生的清醒和智慧，這是上帝撥給胡因夢的那一通電話裡，已經私底下達成的協議。

而關於她名字的由來，我也約略聽說了，那故事玄虛得不可理喻，也浪漫得不可思議。我記得她提起過名字的由來，說是她媽媽常年念佛經，尤其喜歡《大藏經》，特別是經書裡面提到的「因因」兩個字，就是了悟一切事物和煩惱的原因，於是信手拈來，用這兩個字爲她取名字。而胡茵夢的父親曾在日本帝大留學，樣子像混血兒，很有一種玩世不恭的帥氣，他則堅持給胡因夢取了個帶點日本味的名字，叫她「因子」──

至於「因子」這名字，其實還有另外一層意思，「因爲某種因素，而得到這個孩子」。原來當年婚後久無喜訊，是氣功高人樂幻智老師，替她母親把輸卵管給打通了，這才懷上胡因夢。另外從影後改名，則是因爲胡因夢大學專修德文，而德國有部很著名的小說《茵夢湖》，她一加入中影公司，高層突然靈光一閃，啊妳乾脆把「茵夢湖」倒過來，改名叫「胡茵夢」好了。胡因夢對有個草字冠頭的「茵」字，覺得有一種翠綠的浪漫，因此也就不抗拒，後來一直到她決定息影，打算安靜孤冷地生活，知物哀，悟幽玄，不會再爲一彎鋒利的月亮沒有了當年的皎潔而感傷，就隨手把草字頭摘掉，讓自己回復那個因緣而生的胡「因」夢。

甚至乎後來胡因夢未婚生女，決定當個單親媽媽，卻怎麼都不肯暴露孩子父親是誰──她笑著回憶，當年她已經立定主意，第二天就要獨自到醫院把孩子拿掉，不想孩子的父親爲難，也不想長年背負著介入他人家庭的愧疚，偏偏半夜三點乍醒，身體翻騰著一種說不上來的傷感，一種離別前說不上來的惆悵，讓她感應到其實體內的小孩不想走，想留下來陪她，想留下來跟她一起看看這世界到底長成什麼一個樣子，胡因夢於是才決定把孩子生下來，並且跟孩子父親說，不擔心，孩子是衝著她來的，她不會和孩子的父親有任何情感上和經濟上的糾葛，可以一個人獨立把孩子帶大。

後來在好幾場分享會上，胡因夢說起產後憂鬱，以及好一些大大小小反反覆覆的病痛，甚至後來又開了一刀，說是卵巢有顆非除不可的畸胎瘤，其實那是胡因夢的母親生她的時候，懷的是雙胞胎，結果這未成形的胚胎進入她的卵巢，等到胡因夢後來懷孕間接滋養了它而壯大起來這些聽起來特別玄奇的經歷，很多是胡因夢善感的體質招引而來的因果和業障。我想起胡因夢不自覺的靈氣和巫性，以及她坐下來不發一言，可你卻聽得見她經歷的人生其實灌滿了風，呼呼地吹過竹林，像浪濤一樣，泛起平靜得接近詭異的聲音。

我讀《山海經》的中次六經，提到瘣山有一種鳥，長尾巴，狀似野雞，身上羽毛無一不奪目鮮豔，且通體通紅，遠看就像一團丹火，並且還有著青綠的嘴喙，非常美麗，

名字叫鵸鵌，牠大聲啼叫的聲音聽起來就像在呼喚自己的名字，據說誰要是吃了牠的肉，不但可以避邪，還可以不做噩夢——

不知道爲什麼，《山海經》記載了四百多種異獸，可這鵸鵌偶爾會在我腦海盤旋，覺得牠分外美麗，並且我認定牠一旦化身美豔女子，那女子的豔色也只有胡因夢才擔當得起，因爲胡因夢的美麗，像一口老井，映照出既婉約又迂迴的年代久遠的狐媚，即便她的名字也一樣，有種在夕霧瀰漫的廢墟，

鑽進古舊老窟，然後抬起頭，在洞壁上遇見依稀在前世打過照面的人像，那感覺是纏綿之中帶著驚懼。

而今回歸本眞、洞見自我的胡因夢，褪去華麗，進入枯單清寂之境，與冷豔絢美對立。我想起日本獨特的審美，以幽玄的空靈與神祕，回應繁花似錦，不再行雲回雪，而是雄壯了生命的本質，甚至胡因夢的眼睛也已經丟失了迷幻的瑩亮，僅剩下對這個世界的諸般原諒，更已經沒有了《六朝怪談》的迷離和躲進夢境裡不出來的黝暗和潮濕——

我想起第一次遇見胡因夢，就是她在《六朝怪談》演的長髮馬女，住在一座架空的木屋裡，身穿白衣，對著白馬嬌著聲音說話，喚那一匹偶爾扭著脖頸嘶叫幾聲的馬兒「小龍」，而她幽豔如女鬼和白馬私通繾綣相許的狐媚，遠比我初見林青霞第一次扮古鏡裡的幽魂，對著鏡子顧盼自憐的清純還要震撼——即便是日後見到王祖賢演的阿嬰，塗白了臉，穿一件花袍把頭懸掛在村路口的大樹上，那人、那境、那豔麗，都只是驚悸，而不再是震撼了——

人們對同一類型的美表示震撼就只有一次，隨後再來的，都只是複習和重逢罷了，雖然我從來沒有忘記台灣女明星那一張張寫滿美學主義實驗的臉，每一張，都是爲一個時代刺繡的秀麗風景。

而後來的胡因夢把頭髮絞短，把眼神清正，把美色收起，顯然是在莊嚴的生命裡學會了噤聲的意義，也把她風流不羈的過去，全都一併沉進湖底。可我念記胡因夢，是念記她的美麗在那嚮往自由的七〇年代，於朦朧之中炸裂開來，像隔著玻璃看一場滅了音並且很快就消散的煙花，她總是讓我聯想到日本的秀歌，那畫面是流動的，像是秋日著件單衣，在白雲的催促之下行色匆匆，而穿過蘆葦的風迎面撲過來，她嬌羞地抬起頭，看見搖搖欲斷的蜘蛛絲就掛在樹葉間——

這樣的美，飄逸如清明裊柳之姿，也迷濛如五湖煙水之態，至今近半個世紀過去了，就算桃花如林，也遠遠不及那一潭水波粼粼的茵夢湖。

陳昇 Bobby Chen

如果隔壁住著陳昇

如果隔壁住著陳昇——我是說如果。那麼偶爾拍打牆壁當作暗號，然後赤腳跑過去，按響門鈴蹭杯酒喝，應該不算是件太唐突的事吧？

而且我是那麼相信，陳昇應該比誰都明白，蒲團讓人野，清酒令人遠——而那遠，對現在的陳昇來說，是「自無車塵馬跡」的那種遠。所以他應該會拉開門，把你請進屋裡去。聽說喝酒的人都有一種道義，知道這世上最難熬的，正是正襟危坐的孤單，所以陳昇沒有理由不樂意對你借出一瓶酒的陪伴。

但作爲一個滴酒不沾的人，我對酒的量詞，向來都是用詩句來估算的。比如「玉碗盛來琥珀光」，那麼那酒應該是婉約的，是可以用碗來量的；又比如「明月清風酒一船」，那麼那酒恐怕是澎湃的，需要用船才載得動——而陳昇，當他還是淵才亮貌的少年，草色遍溪橋，我不是不好奇他的酒量到底有多豪邁？還是，其實和蜻蜓一樣，只要被春色一醺，就醉得翅膀都軟了下來，抱著一缸酒睡倒在酒吧後巷？

我只略略聽說過，陳昇愛喝葡萄酒，可以一邊喝酒一邊解開上衣踢掉鞋子，在台上鬆開嗓子唱歌，並且常跟辦演唱會的單位開玩笑說，欸你票賣那麼貴，可不可以在每個座位底下藏一瓶葡萄酒，我想請來聽歌的朋友一起喝——

後來我見到陳昇，酒他還是喝的，但再怎麼喝，恐怕都是清醒的時候比醉倒的時候多了。我笑著試探，昨晚和馬來西亞玩音樂的朋友喝了酒麼？他有那麼一下子會不過意來，微微地愣了一愣，然後才笑著說，「也不確定算不算喝了，反正就那麼幾杯。」

畢竟六十了。陳昇很心裡有數，剩下來的歲月要做到的是，披沙揀金，去蕪存菁——所謂的「菁」，不外是在不必要的場合絕跡，把次要的人禮貌地請出生命裡去。

年輕的時候，我猜陳昇喝酒，是看見有人把融掉一半的冰塊加進馬丁尼就會跳起來大吼一聲，「你這樣是會撞傷馬丁尼的你知道嗎？」

但現在不了。現在的陳昇和你我一樣，偶爾有人在敬你的酒裡兌了白水，你明明喝了出來，卻不動聲色，連眉毛也懶得挑一挑，笑著接過杯子，一仰而盡，漸漸活出一種隱忍的大氣——湖既然太深，那就盡量往淺的地方走。況且我一直認爲，陳昇是個寫字的人，他寫的東西漸漸和他現在過的日子一樣，句子愈來愈短，句號愈用愈多，已經戒掉頻繁地使用「逗號」和「然後」，因爲很多事情對他來說，那些沒有說出來的，其實才是說了最多的。

奇怪的是，偶爾我讀卡繆，第一個想起的不是別人，而是陳昇。這絕對是始料未及的事。爲什麼是陳昇？而最大的震驚，是震驚於卡繆實在比陳昇英俊得太多太多太多，我怎麼可能把陳昇代入卡繆的人生，並且那麼理所當然地，將他們活過的人生重疊在一塊，聯想在一起？

後來我想起卡繆說過，人性是虛僞的，而人類，也是唯一不願意接受他們本來面貌的——應該就是這一句，讓我腳底一滑，溜了下去將陳昇和卡繆聯想在一起。我想起陳昇的飄忽和卡繆的荒謬，他們說話的語氣，其實是那麼的相近。而陳昇和卡繆最相似的地方，是他們都一樣的善於歡快地與人打成一片，但更善於詭異地在空無一人的廢墟雀躍地拼湊散落四地的自己——

而且我很明白，陳昇其實和卡繆說的一樣，他除了甘願承受自己的與衆不同之處，也樂於承受自己的脆弱無助——就好像獨處，其實也是一種社交手段，不過是把對象縮小，縮小得只剩下和自己面對面而已。而陳昇不一直都是何謂人際管理表現拙劣的模範教材嗎？他連私奔，對象也只能是他自己。而且到現在陳昇還是一樣：一樣的嬉皮笑臉，一樣的玩世不恭，一樣的滑不溜秋，用輕佻和孟浪，來掩飾他的用情至深，並且他無論出現在哪裡，那眼神那肢體，都是處於一種隨時準備遠離的狀態。

我不確定陳昇知不知道，我也沒有準備特意告訴他，在我們這裡，還是有人喜歡陳昇比喜歡李宗盛多，原因有點奇怪，多少帶點鋤強扶弱的江湖義氣，就好像我們知道羊的視力不好，而且沒什麼方向感，很容易就落單，而陳昇給人們的感覺就像一隻落單的白羊，在靠近湖邊的草叢咩咩地叫，叫得並不是那麼積極，好像不著急讓人將牠趕回去，但那叫聲，你如果聽得仔細，就聽得出來，裡面有一種惆悵的憂傷，吸引你向他

靠近。

而陳昇的情歌，誰沒有多少都聽過一些呢？並且怎麼聽，都聽出他少了那一點點的市場謀略和那一些些的商業計算，而這一些些少了的，他明明都可以填回去，但他就是不願意。沒有格局，往往就是陳昇的布局，他喜歡自己在俗世中清澈，在流暢中惆悵。惆悵舊歡如夢。

很多時候，陳昇從口袋裡掏出口琴，隨手往衣角一擦，像個落魄的詩人，把寫爛的詩剪一小段出來，譜上曲就唱給我們聽，而散落四周的我們，不吭一聲，在不同的時間和空間，來來回回地聽，也來來回回地讓那歌詞那旋律，在我們心口馬蹄達達的，明知道外頭的夜色已經整片砸了下來，卻也不準備開燈，一直蹲坐在那裡，動也不動，最後等到憂傷都快溢出門外了，才忍不住抹了一把臉站起來，到廚房拉開冰箱，拔開一罐冷啤酒給自己——

就好像那一首把〈悲傷留給自己〉，如果單讀那歌詞，其實也就是一首辛波絲卡了。而陳昇的情歌，明明那麼淺白，但那淺白漾開來的憂傷，偏偏又是那麼的深沉，那麼的璀璨，那麼的瑩瑩然，閃耀著詩的屬性，像母親留給你的一塊掛墜映照著祖母綠，不管什麼時候掏出來，永遠都比上一次握在手裡的時候更冰涼更清澈更神祕。

而陳昇，我們都懂得，他是用情歌克制自己，用情歌口不對心，不肯讓自己在愛情面前多走一步，因爲他知道，再往前多走一步，就是兩個人的萬劫不復——他扣押著那一步，寧可和所愛的那個人最終漸行漸遠，也不肯讓誰去承擔一個殉情者的風險，因爲他知道，後來的一切遺憾，都是爲了成全心愛的人而對自己決裂不委婉。

不知道爲什麼，我老是覺得，陳昇和村上春樹在某程度上都有著相似的窩囊，一種大叔們心照不宣的窩囊，但我看得出來，他們對生活的窩囊，裡頭其實都藏著對愛情的俠義心腸，讓我禁不住在想，他們這種不上不下、不進不退和不鬆不緊的心神，不正是大叔群體共同皈依的精神偶像嗎？窩囊，有時候也是一種美德。他們都習慣在節節敗退的歲月裡喋喋不休，也都享受在喋喋不休的嗟嘆裡，盡一己之力活得欣欣向榮。而大叔們的過敏性彆扭，他們也從不缺這特徵，並且總是煩躁，總是憋屈，總是看誰都不順眼，也總是任誰看了都覺得不順眼——尤其是陳昇，他的才氣孵養了他的傲氣，他曾經暗示，這江湖有沒有他的藏身之地是一回事，關鍵是，誰也沒有資格審判他的靈魂處境。

但命運有時是由一連串的吊詭編織而成，後半生的陳昇，才剛大病初癒，就把自己活成一系列色彩繽紛的行爲藝術似的，重啓跨年演唱，辦畫展，出新書，畫繪本，甚至又開始寫起了詩——企圖用各種各樣的方式來證明，一副危機潛伏的身體，如何在一個危機四伏的時代，卯盡全力拉伸出已經盡了全力的動機——陳昇懷抱的，其實是最樸素的野心，「好玩的，就好好的再玩一遍」，他說。並且希望在有限的時間，讓所有的想法傾瀉出去，如果能夠泛濫成災那當然最好，如果不能，「至少只潑濕了那麼一塊土地

也是好的」。當時他說話的神態和語氣，我都仔細記錄在眼裡，那是人到搖搖欲墜的中年，大叔極力爲自己搞砸或燒焦的年少夢想，好好補回一張破網的堅持——

我回看上回陳昇到馬來西亞爲自己的演唱會發布預售做宣傳，我們特別安排和他拍攝的幾條短影片，他穿一件藍色碎花的夏威夷衫，鬆開了兩顆紐扣，還把兩管衣袖都微微往上折起，看上去很有一點大叔們最是念念不忘也最是不肯放棄的少年氣，而頭髮好像是忘了梳理或本來就不打算梳理，並且他應該是度完假剛從海邊曬了回來而且防曬霜塗得不夠，沒有上妝的臉上，很明顯看得出膚色有點暗沉，而那暗沉，我選擇解釋成「一種不發亮的光」——那麼粗糙，卻又那麼原始，那麼暖和。

我偶爾想著的是，陳昇的溫柔應該都被他過度消耗在他的歌裡。演唱會現場，我因工作需要剛巧在後台，看見他在台上把麥克風夾回麥克風架，臨轉身前還翹起一隻腿對觀眾扮了個鬼臉，然後一回到後台，他整張臉就累得掛了下來，眼神空洞得像一樽睡倒在樹林裡的伏特加的瓶子——每個唱慣情歌的男人，會不會都是這個樣子的呢，空有愛情的知識，卻總是對女人的心思判斷錯誤？

但偶爾，陳昇還是會像個在歲月裡掉了隊的衝浪少年，打赤上身，露出曬得挺健康的膚色，穿著一條花花綠綠的沙灘褲，一絲排完畢立刻不拘小節地衝到洗手間的尿兜上將褲頭往下一拉——我剛好在同一間洗手間清洗一隻咖啡杯子。那場一波三折改在下午舉行的演唱會，我很肯定陳昇在台上的服裝除了有一定的高人指點也有他自己意見的參與，他穿白色短褲穿七彩襪子穿古靈精怪的領帶，走的明顯是日本時尚大叔路線，很多應該都是他自己挑選的，因為穿在一個大叔身上的衣服是不是他自己挑的有沒有他自己的個性還是全都是旁人塞給他硬要他穿的的其實很容易就看得出來。

男人一走過中年，那些值得留給自己的悲傷，其實也所剩無幾。陳昇現在連酒吧也不大去了，寧可帶一張唱片和一瓶酒到朋友家，也不肯再買一百朵玫瑰送給喜歡的女人。有時候，適當的不解風情和善意的鐵石心腸，也是一種防衛本能，特別是對那些動不動腳底一滑就掉進愛情廢礦湖裡的男人，最好還是帶著一塊橡皮訂製的靈魂傍身——

於是穿縫越隙的歲月，到最後還形容俱在的，一定是男人沒有能力去撫養的一段年少氣盛的愛情。我往陳昇的肩後望過去，看見他忠實愛過的人站在他背後的一棵樹蔭底下，因為日正當空，那臉孔就只剩下一個光圈，我只看見一雙垂下來的軟綿綿的手，以及藍色的百褶裙。那時後台還是可以聽見正在前台演奏的音樂震耳欲聾，陳昇側過頭來，我禮貌地向他微笑點頭，如果他這時開口問，是不是看見有人站在他背後的樹蔭底下，我會告訴他，沒有，我沒有看見有什麼人——

愛情不是跨年演唱會，不是唱了廿多場說結束就可以結束了，而是就算烽煙淡化，還是感覺有個人隱隱約約，撿起被風吹落的一隻來歷不明的風箏，然後轉身走入呼呼的、語無倫次的風聲——眞正愛你的人，有時候，他必須背棄你才能夠入駐你。而所有不屈不撓的愛，是不是都要在百花深處，穿著腐朽的鐵衣午夜問路，才能把城門給呼喚開？是不是這樣呢，陳昇？

李宗盛
Jonathan Lee

情歌普照，愛情萬歲

我還是要一瓶啤酒吧，李宗盛坐下來的時候說。他並不渴呢其實。他只是想見識這家老舊的、暗啞的、帶點波西米亞情調的台南小酒館的開瓶器。愛情不也一樣嗎？有時候愛情的發生，不過是因爲它想滿足你的好奇，讓你聽一聽它最終坍塌下來的聲音——

就好像年紀還很輕人還很浮的時候，愛情就像一段躁動的天雷，在你腳邊突如其來地滾過，而你從一開始又驚又喜地跳著叫著，到最終呆呆地怔在原地，感受著雷聲喧譁之後無邊無盡的寂靜，於是你背轉身，揀了一塊乾爽的地方坐下來，訕訕地繫緊靴子的鞋帶，並且奇怪——怎麼有股後來的日子不知道爲什麼一直在你周圍瀰漫不去，彷彿什麼東西被燒焦了的味道。

我們都不懂愛情。因爲不懂，所以才覺得愛情應該很美麗。而那是什麼時候的一次談話呢？青春摔門而去，留下的只是煙塵四起的記憶。甚至對象是誰，我也模模糊糊記不眞確了。我只記得有人失戀，於是我們K了整整一個晚上的李宗盛以示慶祝，慶祝愛情劫後餘生，也預祝愛情乘願再來。然後失戀的那個人突然抓著麥克風，癱坐在廂房的地上掩面哭泣，房裡立刻有人熟練地站起身，將室內的燈光調暗一些，再暗一些，再一些——

傷心是一個人的黑箱作業。但眼淚不是。眼淚並非一無是處。眼淚像摔破的瓶子飛出上千隻螢火蟲，每一隻都通體瑩亮，每一隻都埋有晶片，都藏著故事的起承轉合和前塵往昔。

我因此嘆了一口氣，側過身，對身邊的朋友說，還好我沒有女兒——我沒有辦法看著我疼愛的女兒因爲愛上另一個人而被愛糟蹋得不成個樣子。尤其在她頻頻背轉身，開始壓低聲線講電話，不太希望我聽見她的談話內容，然後一個人，沒有導航系統，沒有統帥也沒有同謀，卻迫不及待地連奔帶跑，投向危機四伏的愛情的時候，我想我唯一來得及做的，就是飛快給她傳一則短訊：多留神天氣；要注意路標；還有，如果有時間——聽一聽李宗盛。

打從什麼時候開始的呢，我竟漸漸相信，李宗盛的情歌，在一定的程度上，可以是愛情的寧神劑？很多老李從他還是小李的時候寫的情歌，當初聽進耳朵裡，不過是他潦草的愛情筆記，可是等到情過境遷，等到千帆徐徐過盡，等到有些塵埃根本來不及落定，我卻終於明白下來，李宗盛唱的，都是給我們這些在愛情面前吃過暗虧挨過子彈的，狠狠一記迎面痛擊。

而老李老了。老李的情歌並沒有跟隨老李一起老去。歲月垂垂老矣，只有情歌，依然燦若明燈，句句分明。就好像隔了這麼長久的光陰，現在再聽到，「有些事情你現在不必問，有些人你永遠不必等」，我猜我們好多人嘴裡還是忍不住掀起訕訕的笑，明明已經跨越了好幾個世代，那兩句歌詞卻始終像劍一樣，鋒利地刺中愛情的要害，始終沒有被誰嫌棄。情歌從來不限制於時代，也從來不計較於愛情的形態，而是在最通俗的旋律底下，注入最寫實的愛情常態。

李宗盛不是林夕，也幸好他不是林夕，他歌詞裡的愛情沒有林夕高度象徵性的壯麗景觀，雖然老李一直很抗拒人們喊他「情歌教父」，可是他的愛情閱歷，以及他對愛情的無能爲力，一次又一次，像神諭，解開了我們對愛情來回反覆的辯證和質疑，因此李宗盛的情歌，動人的不是氛圍，不是意境，而是愛情發生的場景裡頭留下前人的呼吸，總是和我們特別靠近。

而我當時挺喜歡林憶蓮，因此也留意了李宗盛「男人久不見蓮花，開始覺得牡丹美」的戀情。那時候李宗盛把林憶蓮領到他替她準備的閣樓，偏僻，但是精緻，而在還沒有正式旋開愛情的門把之前，林憶蓮和所有的女人一樣，總是想像愛情理應居高臨下，坐北朝南，然後窗口一推開，底下河水潺潺，是一間看得見風景的房間——可後來林憶蓮接過鑰匙走進去，才發現所有的愛情不外是兩種格局：新落成的往往設備不全；二手遷入的則怎麼翻新都還是陰影幢幢，太多刷不乾淨的前任留下來的舊跡，斑斑駁駁，躲在門後與牆角暗自嘆息。

偏偏女人和男人不同。女人最先愛上的，往往是愛情的風景，而不是生活的實景。

當有一天女人終於明白，愛情這事兒根本就不是那麼一回事兒的時候，愛情擅作主張，替你留下來和你相敬如賓的，從來就不是之前和你風捲雲湧的那個人。從來都不會是。

我突然記起印象中看過李宗盛分別和三個女兒一起吃過飯之後被媒體逮著的照片。三個女兒都清秀，都得體，名字也和李宗盛塡的詞一樣，都不故作深奧，都取得十分平實，就叫純兒安兒喜兒，聽起來好像對人生沒設定太大的宏圖大計，一付既來之則安之的從容淡定。特別是林憶蓮女兒喜兒。因爲遺傳了母親的小眼睛，小得很嫵媚，很東方，很銷魂，而且上圍該怎麼說呢，同樣的傲人——

這恐怕是題外話了。好多年前我在新加坡見過林憶蓮，那時候她是以日本高級護膚品牌代言大使的身分出席活動，說話的聲音十分清脆，夾帶著悅耳的旋律感，臉上的肌膚如果用吹彈可破來形容其實還是太過敷衍了，我記得那時候的攝影大哥好像都習慣把明星們請到泳池邊拍照，戶外的陽光打在池面再映照在林憶蓮的臉上，那時我記得我用了「波光粼粼」來形容她臉上肌膚的光澤。印象更深刻的是，林憶蓮的身材非常之好，可以聲色不動地將一件簡單的白色襯衫穿得千軍萬馬，穿得驚心動魄，而喜兒傲人的上圍很明顯是母親的遺傳，所以喜兒偶爾喜歡將性感照上傳到社交媒體其實也是情有可原的事，到底年輕，到底可以氣魄豪邁地將青春虎虎生風地揮霍得香汗淋漓。

但我沒和李宗盛見過面。沒見過面有沒見過面的好處，那就可以理直氣壯地將一個人的基本印象定格在自由選擇的角度。善意的。面光的。陽光普照的。而在我成長的時代，是羅大佑動了我其實可以對社會提出質問，是李宗盛告訴了我愛情原來可以有那麼多的風雨故人，最後才是陳昇——陳昇讓我明白施施然對人情世故不屑一顧並不是一件什麼壞事。

我是先見過羅大佑，才見陳昇。羅大佑的機敏和永遠處於充電狀態的正能量確實讓我微微地吃了一驚，他的叛逆和剛正在我遇見他的時候其實已經七零八落，我甚至已經鼓不起勇氣問他，他曾經耿耿於懷的現象七十二變，到底還剩下多少現象是他希望還可以看見有所改變的？相對之下，沒有酒精刺激下的陳昇實在閑靜，閑閑靜靜地微笑，閑閑靜靜地晃神，閑閑靜靜地勉強將自己拉回現實和衆人寒暄客氣——

至於李宗盛，我唯一可以確定的是李宗盛的雄性荷爾蒙總是一路呼嘯著遠遠比其他男人超標好多好多。他兩顆門牙中間裂開的縫，他壯實粗獷的脖子，他手背上濃密的汗毛，他躲在茂密的鬍子底下靦腆但性感的臉盤，他像個孩子似的，慣常蕩開來沒有機心的笑，還有，他寬厚得彷彿再怎麼大的罩杯都可以一手緊握的手心——都印證了春風再美，也比不上女人們頻頻對他投過去的嫣然一笑其實是眞的，絕對是眞的——

李宗盛的女人緣像熱帶的雨林，很南洋，很蒼翠，很茂盛。更何況愛情本來就是李宗盛的母語，雖然他創造的世界改變不了世界，他寫的愛情再飽滿再細膩再哀怨，也改變不了愛情，但女人們依然願意央求他爲她們的愛情陳情，因爲把愛情看得最通最透的總是李宗盛，他太知道，所謂愛情，不外是承諾太早，領悟太遲，而男人們誰沒有那麼一兩次因爲沒有抓得住而跌碎了酒杯？

況且，情歌怎麼會有代溝呢？只要愛情不被遺棄，情歌就有繼續流傳下去的意義。而情歌的代溝從來不在於愛情，而是愛情在這個時代到底被賦予什麼樣的意義。因此後來的李宗盛不只一次強調，他不是什麼「情歌教父」，眞的不是，任何跟過去緊密相關的情歌和情事，現在提起，都會讓他受到突如其來的刺激——雖然年輕時做音樂的過程，其實和中年後造吉他一樣，但吉他的木塊用手摸得著，而音樂的旋律是在腦子裡橫衝直撞，用手抓不到，你總得要推翻之後才能一件一件重組。李宗盛要的就是放開之後的重新開始。正如李宗盛後來在平靜的生活裡最高興的事情就是剪頭髮和刮鬍子，他說，他特別喜歡那種「一切如新」的感覺。可人再怎麼往前，愛過之後，就有依戀，就有鄉愁。愛情裡面怎麼可能沒有鄉愁？愛過的那個人帶你一起抱過的那一棵古樹，或者和你一同濯足的那一條河，其實都是愛情的鄉愁。

因此我逐漸明白下來，爲什麼許多人喜歡將自己搞丟之前，安靜地坐下來，聽一聽李宗盛唱的千迴百轉的人生，而李宗盛每一次的喋喋不休，聽進耳朵裡，就好像長久未見的老朋友盡在不言中的欲說還休，明明沒有將話說滿，可開車回家的路上鼻子就無端

端地酸了。

就好像最近一次見到越過了山丘的李宗盛，是他專程錄了一條短影片給張艾嘉的節目祝賀，言笑晏晏，在鏡頭前面自稱小李，然後親切地喚張艾嘉「姊姊」，他說，人生就像雀局，以現在的年紀，大概也已經打到北風，最後一次做莊了。言下之意，一個男人到這個時候該成爲什麼樣的人，該過什麼樣的人生，其實已經成爲定局。至於他自己，他完全沒有後悔曾經風流輕狂的少年，也沒有要擺脫曾經莽撞多情的自己，他只是不想再住進「李宗盛」這個角色裡，所以才開始和音樂漸漸拉開距離——

其實男人很多都一樣。走過一大段路之後，都會從人群退開，一個人坐下來，靜靜地修剪自己的日子，也靜靜地縫補讓被歲月磨損了的影子。李宗盛也是。有一段時間，他重複掉進「尋找、反省、質問」的漩渦，活得比村上春樹寫的男主角還要窩囊。可窩囊不正是一個中年男人不需要怎麼灌溉也長得欣欣然特別茂盛的魅力嗎？基本上跟陳昇不遑多讓。

而且在那一段影片，我看見李宗盛穿著工作服，略略清減了一些，可眼角還是有桃花攀長著的痕跡。他現在讓自己活得像個新人一樣，特別是在造吉他的時候，享受初來乍到盡情摸索的喜悅，而這其實比什麼都奢侈，比什麼都讓他開心。以前的小情小愛和大悲大喜，他都已經擱在了一邊，換回來的是今天風輕雲淡的老老實實。尤其是淡出音樂圈子之後，李宗盛相當沉迷於手工吉他製作，常常一坐下來就像個匠工似的，忙完一整天才深深嘆一口氣，小心翼翼將工作台收拾乾淨，然後回家陪小他接近卅歲的妻子吃頓家常晚飯。間中吧，還是會跟玩音樂的朋友見見面喝喝酒，但都努力把日子過得波瀾不興，要有多平靜就有多平靜。

而製琴需要的是一整塊的時間，以及一大盆的耐心，我聽一個住在西安姓「解」的新疆人說過，他是內地挺有名氣的製琴師，他擅長的雖然是手藝，但真正熱愛的是音樂，因此他造的吉他，無論是音色和手感都特別注重音色，甚至還說過，如果音色夠美，那吉他造成方形還是一樣有人搶著要的，因此他的手藝讓專業歌手們驚爲天人，單是周華健，就一口氣要他連造五把，還有齊秦也是，所以李宗盛學造琴其實還挺讓我詫異，造琴除了需要懂得音樂，也會牽扯到物理、化學、機械和音律，單單是音樂感夠強也是行不通的，一名好的吉他造琴師，也必須是好的木工、鉗工、油漆工，因此這位姓解的製琴師被周華健請到北京李宗盛的製琴工坊出席歌友會的時候，他看見李宗盛聚精會神地在做琴，可是坊裡有紅酒櫃，有雪茄櫃，裡邊製琴的行頭應有盡有，他拿起一把琴，試了一下就馬上放回去，然後就不再發一言，不肯對那琴做任何評論了，而那把琴，據說是請了馬來西亞的一位製琴師傅造的——

我很明白，造琴是要將自己的心往很遠很遠的地方丟開去，專心是不夠的，非得把自己的心完全丟掉才可以。而李宗盛如果是藉造琴來修心，方向是對了，但路途將會很遠很長很荒涼。而且，李宗盛自小就很嚮往當一名木匠，覺得木匠是很高尚很有創造性的工作，造琴最難的是對木頭的了解，優秀的製琴師需要掌握每塊木頭的音色和特性，然後需要尋找適合的木頭，以造出音樂人特別要求的音色。

這和寫情歌都是一樣的，你總得了解不同的女人，聽過許多遍發生在她們身上的故事，才能將爲她們寫的情歌聽起來就像是度身訂造的。手工吉他的道理，也是一樣的，一樣的。李宗盛的歌詞，如果你聽仔細了，就聽得出那是女人柔軟的心情和生命嚴謹的輪廓相互結合，不單單只是來歷不明的愛情修辭和耳鬢廝磨的情話，而是無數個不同來歷的人同時出現在同一首歌裡，給聽歌的人劈開一片屬於他自己的風景，讓他在歌裡安心地棲息，也讓他安心地活成一張在另一個人的記憶裡沒有辦法被取代的臉孔，更讓放開手的愛情，變成一座被菩薩凝視的島嶼，有一種慈悲的憂心忡忡的詩意。

我突然記起有一次有人問搖滾的崔健，要他說說對生活的基本要求是什麼，崔健拉了拉他的招牌鴨舌帽說，就高高興興寫歌賺錢生活，然後要將身體照顧得健健康康的，否則什麼都是白搭，最後，啊，對了，就是平平淡淡的愛情——愛情有什麼難呢？我如果眞碰上崔健我想我會向他建議那就找李宗盛去，李宗盛的口袋裡，都是過了期的愛情的船票，都是滿滿的愛情的鄉愁，常常塞在口袋裡，一掏出來就漂洋過海，一收回去，就是一朵永遠都不凋零的花。

莫文蔚

Karen Joy Morris

——莫失莫忘莫文蔚

（可是無所謂，你總會喜歡莫文蔚。）

莫文蔚不喜歡陰天。啪的一聲，她把房間裡的燈全給亮開了，然後坐下來，時間像一層薄薄的膜，將她赤裸的全身裹得緊緊的。你應該沒有忘記吧，莫文蔚背部全裸的那一張唱片封套，當年是如何壯闊了看似歌舞喧鬧但其實美學品味相對拘謹的香港樂壇？而今她轉過頭來，恰好接住你好奇的眼神。於是你發現，歲月雖然把她的稚氣和天眞都打掃得乾乾淨淨，但她的額頭依然陡峭如山壁，並且兩隻比黑瑩石還要晶亮的瞳孔，裡頭電光火石一閃而過的，全都是我們寄存在莫文蔚身上蔚然成海的青春和記憶——

怎麼不是呢，我們那些被莫文蔚一句歌詞就唱穿的愛情，終究會依依不捨地垂垂老去，但莫文蔚依然如鹿般狡黠靈通清麗，她輕巧地避開了歲月設下的圈套，倒回頭來看一看我們，然後微微一笑，然後不作一聲，然後——一切瞭然於心，一切昭然若揭。莫失莫忘。有時候不一定是對另一個人，有時候也可以是對你自己。我只是好生羡慕，莫文蔚千錘百鍊的肉體和靈魂，是怎麼練就一種「白玉爲堂金作馬」，絲毫不被鋒利如刀劍的時光凌空騎劫的本事？

因此莫文蔚不喜歡陰天。她推開窗，英國的天氣再怎麼晴朗，也還是有一種陰陰翳翳的潮濕感。而這之前，如果不是因爲遭遇世紀災疫，如果不是所有的飛行被逼癱瘓，莫文蔚不會和丈夫朝夕相對在英國待上十個月——「十個月咧，三百多個日子吶，好長啊，」莫文蔚咔咔地笑著，邊笑邊說，身上總還有洗不脫的洋味兒，「以往我們都是遠距離的彼此惦念，因爲太多事情值得回味，所以就算分隔兩地，其實思念的滋味還是甜蜜的。」而惦念，怎麼都比相戀踏實。太習慣了和一個人長久相處是件危險的事。莫文蔚晃了晃她那一頭濃密烏黑絲縷繚繞的長髮，只管玩弄著新上色的指甲，語重心長地說，「眞愛一個人，若卽若離，其實才最合適。」愛情也有愛情的原則，這道理我們都懂得，在愛情面前太過堅持自己的原則，再怎麼說，都是頂撞了作爲一個合格情人的基本守則。

因此歌手莫文蔚也好演員莫文蔚也罷，從一開始，莫文蔚就只不過是想在凋謝之前，好好地爲自己綻放一次——就一次。用一次的綻放，讓大家記住她的巴掌小臉她的靈動眼睛她宛如塗滿一層薄薄巧克力油的玲瓏身段，一生一世。我記得趙薇拍《致青春》的時候說過，「青春就是用來懷念的。」我聽了，特別想把句子再修飾一下，「青春就是要痛快地荒廢才更値得懷念的」——尤其我們的青春激素，很多都是在莫文蔚的情歌裡翻來覆去，並且催熟的速度被加速。我一直在想，旋律爲陽，節奏爲陰，但節奏比旋律更有「物質」的實在感，擅於提醒，方便記憶，而莫文蔚情歌裡的節奏，有時候好像有人在赤壁吹著洞簫，有一種淒惶的惆悵；有時候則像活潑的嗩吶，有一種淺薄的嘹亮，輕快得像是誰家在慶祝什麼似的，歡悅又奔放，遊蕩著人間的洋洋喜氣。

也許這就是爲什麼，偶爾想念起莫文蔚，我想念的總是《墮落天使》一看見雨就歇斯底裡的那一個莫文蔚。像個野孩子似的，在麥當勞前面手舞足蹈，非得要把自己淋濕了才高興。因爲知道那應該是最後一次見面了，於是她穿著剪得極短的裙子頂著金髮狠狠地咬了黎明一口，她說她要黎明就算忘記了她的樣子，也不會忘記她曾經咬過他的那一口——這樣的愛，是最淒涼的反撲，也是最狂妄的溫柔。愛得太暴烈，最後的下場，不過是輸得更慘烈。是誰說的呢？有時候徹底的絕望，反而讓人更高貴。因爲你知道追不回來了，或因爲你知道追回來也已經支離破碎了，於是你終於願意放開手，放過對手，也放過自己。周星馳後來對莫文蔚說，「要不妳飛過去台灣專心發展音樂吧，也許更適合妳。」她聽了，馬上聽出了弦外之音，回報周星馳一個燦若蓮花的微笑，然後慢慢旋過身子，慢慢在周星馳身邊不攪動一絲波紋地漸漸淡出，也慢慢地，雲淡風輕，稀薄掉他們兩個曾經的蜜意濃情——

胡蘭成在《今生今世》裡說過，女人一旦動了眞心，就會處處覺得自己受了委屈。胡蘭成暗示的應該是張愛玲，但絕對不會是莫文蔚。

我記得拍《墮落天使》的時候，王家衛由始至終沒有教過莫文蔚任何一場戲，就只丟給莫文蔚一個問題，「想想這個場景，想想妳是當事人，想想面對這樣的一個男人，妳會以什麼樣的心態應對，妳會有怎麼樣的反應？」結果莫文蔚在戲裡的歇斯底里和不停的分裂不停的撕裂她自己終於替她贏回了香港金像獎和金紫荊獎兩座最佳女配角，也贏回了不會在任何失落和失意面前落魄沮喪的她自己。

王家衛說，莫文蔚是最沒有包袱的女演員，她的沒有包袱，幾乎到了可以爲角色奮不顧身的地步。莫文蔚可以爲了讓自己更輕易滑進天使No.5這個角色，堅持要穿上有點東方但又不希望太過東方結果一剪就剪得比迷你裙還要短的改良版旗袍，她甚至因爲看上瑪丹娜和梅艷芳在演唱會戴的假髮覺得眞好看而自告奮勇跑到旺角的砵蘭街三十八號買了個一模一樣的——而且天使No.5原本有兩個花名，一個叫「年晚煎堆」，一個叫「夜鶯」，莫文蔚聽了就興奮得不得了，在片場裡蹦蹦跳跳的不停叫著自己戲裡的名字——而這兩個名字，不知道爲什麼，我聽著也很歡喜，覺得它們有一種自嘲一種什麼事都不放在心上什麼事都不在意的豪氣，又覺得它們其實很前衛，很時尚，很像莫文蔚在鏡子裡哀傷地映照出來的耳朵的輪廓，細巧，剔透，看上去特別的性感，也看上去特別的傷感。

於是我想起《心動》裡頭有那麼一幕——他們結了婚，金城武騎在莫文蔚身上用力衝撞，莫文蔚偏過頭，形容枯槁，全無快意，她知道她並沒有眞正愛過這個男人，她只是碰巧和這個男人同時愛上了同一個女人，而她竟天眞地以爲她可以在這個男人進入她身體的時候，間接承受那個女人對這個男人付出過的愛——當時我坐在不超過十個人的電影院，兩隻手微微顫抖，並且感覺背脊有汗，那汗水鋒利得像一把刀，在背上一行一行地劃開，我這才知道，原來愛得那麼卑微，愛得那麼委屈，反而使那愛拔地而起，長出了一種近乎自虐的莊嚴。

還有《大話西遊》。

至尊寶昏迷的時候，一共叫了七百八十四次紫霞的名字，卻只叫了九十八次白晶晶的名字，於是白晶晶最終發現至尊寶心裡面原來一直保存著紫霞仙子滴下的一顆眼淚，知道至尊寶眞正愛的人從來不是她，所以她像六月裡的柔桑，搖曳著選擇了離開，可儘管如此，白晶晶抬起頭，恰巧看見天上的白雲如群狗一般四散，五百年的時光過去了，至尊寶早在五百年前還是孫悟空的時候就已經贏走了她的心，她只不過是追著過來，爲了還給自己一個眞相——很多時候，莫文蔚和白晶晶一樣，心裡都明白，她們選擇的愛情，只是一份憧憬，一份假象，而不是眼前的那一個人，就好像白晶晶臨終之前對至尊寶說的那一句，「我找到了一個很像你的人」，也不過說明了她心裡始終放不下的，是五百年前遇見的孫悟空，而不是眼前的至尊寶，因此至尊寶聽了，整顆心頓時裂成碎片，他願意等白晶晶忘記了孫悟空才愛上他，可惜白晶晶卻不願意再等了。

至於走出戲外，莫文蔚最讓人心念爲之一動的是，她總是予愛情以文明，她總是予時光以憐憫，她對愛錯的人過往不究，她連一分一寸的歲月，也不願意辜負。愛情的結束，其實不過是一個生活場景的轉移或丟失。不同的男人來了又走了，就像拍戲時場景必須隨著劇情的推進而全盤拆散然後重新布局，莫文蔚是個鹿般精靈的演員，她太懂得如何在最短的時間將自己丟進一個全新的場景然後把同一個角色貫徹始終地演下去——

宣布和馮德倫九年的愛情已經結束的那個時候，莫文蔚正在台灣舉辦新歌發表演唱會，她面對著歌迷，還是一臉的春風沉醉，然後突然像介紹一首新歌似的，在舞台上毫無先兆地向大家交代她和馮德倫的愛情已經煙飛灰滅，她扭著頸，側著頭，笑靨如花地說，「沒事，人生就是場現場表演，你完全沒有辦法預測接下來會發生什麼事——」而莫文蔚其實沒有把話說完，有些愛情，過程就是收成，即便勤勤懇懇開墾，也未必守得到它金黃燦爛的收成。而我喜歡莫文蔚，因爲落在我眼裡，莫文蔚是個心裡面有一片海的人，心裡面有海，就不會覺得世界太小，就不會覺得人間太嘈雜。

甚至後來，有一次莫文蔚和舒淇在鄭秀文的演唱會碰上了，並且還坐到了一塊，兩個心裡面各自有一片海的女孩們，都表現得十分得體，都意外地相知相惜，她們聊家裡養的貓，聊最近看的戲，聊台上的 Sammi 太過分怎麼可以瘦得像一束光，輕巧地避開了一前一後愛上過的同一個男人，而在那一刻，我相信就連吳彥祖，馮德倫最好的哥兒們，也會忍不住一拳捶到馮德倫的胳膊低吼，「你眞他媽的有夠幸運。」

我還記得莫文蔚有一次提起周星馳，她說他們在一起三年，其實她最懷念的，不是和周星馳談情說愛，而是和周星馳談天說地——有一次周星馳送她回家，車子經過中環

某條路口，明明開了過去卻突然又急急地將車子煞住，然後周星馳打開車門，向人行道上一位席地而臥的流浪漢走過去，並且還蹲下身，默不作聲，靜靜地看著那位累極入睡的流浪漢，莫文蔚記得，香港那時候是冬天，空氣稀薄清冷，周星馳接著搜遍衣褲的口袋，把身上所有的鈔票都疊得整整齊齊的，輕輕塞進流浪漢胸口，隨即連奔帶跑地回來，一言不發地急急忙忙把車子開走。隔了好一會，莫文蔚才開口問他，「你們認識？」周星馳搖頭說不，眼神卻有一股說不上來的哀戚，這才告訴莫文蔚，「我只是突然想到，如果我不夠堅持，如果我少了點運氣，如果我沒有咬著牙挺到今天，也許剛剛躺在地上的那個人就是我」——至於爲什麼到最後並沒有和周星馳走到一起，莫文蔚笑了笑，他外邊的緋聞太多，給我的時間太少，再大方的女人，也不可能愛一個男人的緋聞多過愛他的靈魂吧？只是電影之外，莫文蔚說，我們恐怕都誤會了，周星馳並不是全天候的喜劇之王，他愛靜，愛談一點點哲學，愛說很玄很玄的人生，很多時候甚至比梁朝偉還要感性還要孤僻，動不動就會掉眼淚。

至於結了婚之後的莫文蔚，她和她的丈夫都是彼此的初戀，兜了一個大圈又碰到了一塊。卅年過去了，他離了婚，她又剛分了手，除了緣分——這兩個字雖然要命的缺乏誠意，但實在是翻箱倒櫃都找不到更恰當的因由來交代兩個人的復合。而莫文蔚喜歡的是，他們十七歲就認識，分享彼此的純眞和青澀，第一次出國旅遊，還傻傻兩個人站在威尼斯著名的里阿爾托橋上笑得多甜的拍了張照，後來他倆結了婚之後再回去，聖馬可廣場的鴿子還是不可一世的驕傲著，在遊客面前拍打著美麗的翅膀，可他們彼此已經千帆過盡，也彼此成爲了對方恰恰在燈火闌珊之前趕回來的歸人——

我突然想起義大利有名的尤物 Monica Bellucci 曾經說過，「婚姻是什麼？婚姻是他的朋友是他的朋友，我的朋友是我的朋友，不一定要重疊，也未必要彼此分享一切，兩個獨立的人碰在一起，才會有一段穩定的婚姻。」這說法套在莫文蔚身上基本上也是合適的。她和德國丈夫之間存在的，與其說愛，還不如說是珍惜，莫文蔚知道，如果不是他，也就不會再有其他人了，所以莫文蔚舉案齊眉，怎麼都不會再意難平，反而鐵下心，要讓自己定下來老老實實過日子。愛情有時候是一種鄉愁。莫文蔚跑遍了大半個地球，世面看多了，對愛情的執著反而都鬆開了，她不要再當一次愛情的新移民，決定回返愛情的原鄉，當年自己掙脫的，如今俯下身去，自己去撿，並且自此往後，認定一個人，白頭倚柴扉，在歲月裡順手牽羊，牽走他暗中給她留下的幸福的線索。

只是不知道爲什麼，到現在莫文蔚還常會叫我聯想起瑪格麗特·莒哈絲寫的《情人》——第一章。第一節。女主角第一次出場。才十五歲呢。穿著一件陳舊的黃絲絹直身長裙，腰間懶懶地蓄著一條男用皮帶，長辮子垂在胸前，頭上則戴著一頂紫檀色軟布紳士帽，並且臉上淡淡地抹了點胭脂——而這樣子的裝扮，無論什麼時候看上去，都是那麼的莫文蔚。莫文蔚沒有翻江倒海的美麗，但這有什麼關係，她不算美麗，但她脖頸光潔，她眼神繚繞，她肢體狡猾，莫文蔚不刻意突顯的嫵媚，反而像隨風冒長的野生植物，有一種原始地邀請你撲上去將她的根苗壓斷的翠綠的魅力，就好像，桌子上有茶漬，屋頂上長青苔，全是那麼理所當然的生活場景，也像一條你走了大半輩子的路，因爲熟悉，因爲依賴，那些漫天的風沙和塵土，於是都有了天長地久的意義。莫失莫忘莫文蔚——我其實打一開始就打算延用這個方法去紀念曾經在我躁動的青春期，將我摁在椅子上，告訴我「所有的背叛，也是因爲先有愛」的那一個莫文蔚。

黎明 Leon Lai

沒有人寫信給黎明

沒有人寫信給黎明。沒有。但他還是每天準時打開信箱，雖然他已經很久沒有見過郵差了。香港的郵差還是穿著深綠和淺綠的制服嗎？他們還有沒有隨身攜帶黃色的郵袋穿梭港九社區？而黎明常常還是會想起，他在三十三歲那年的演唱會宣布從此不再領取任何和音樂有關的獎項，突然有個戴著黑色粗框眼鏡的清秀女孩衝到台前對他說，Leon，我明天就要上飛機移民到溫哥華了，全香港我最捨不得的就是你，我會每天寫一封信給你，你會不會回信給我——

可後來，這麼多年過去了，黎明捲起褲腳，站在海水一樣漸漸高漲起來的歲月裡，世界生鏽了，天王變老了，那女孩早就忘記了她對黎明的告白，也沒有人會再寫信給黎明。但黎明一點也不尷尬，每晚陪伴單眼皮的女兒入睡之後，還是會坐到書桌前面，假裝自己正在認真地給歌迷回信，而那封信，其實是寫給他自己，告訴自己家裡養了一隻大象，那大象有一雙琥珀色的眼睛，常常在夜裡坐在客廳陪他說說話，他打算這個周末戴上棒球帽和墨鏡，帶著這隻大象一路順暢地搭地鐵到元朗或青衣，然後上載到「微博視頻」，看看能不能夠登上熱搜扳倒《青春有你》，雖然黎明的青春老早就已經被烤焦了，但他真正在意的是，很久沒有人寫信給黎明了，很久，很久，很久了。

但那又有什麼關係呢——回到張曼玉。旅行社的員工對她說，「妳的機票出了，綠卡也拿到了，可以安心回鄉下了」，她開心地微微一笑，然後站起身，推開玻璃門準備離開，突然聽見中文電台插播的新聞，「風靡海峽兩岸的著名歌手鄧麗君，今天下午在泰國清邁一家酒店，因突發哮喘病逝世，終年四十二歲」，她倏地回過頭，臉上漫開來的，盡是一大片的悵然若失——

同一個時候，黎明在理髮店內剪著頭髮，也聽到鄧麗君猝死的消息，隨後他恍恍惚惚地走在紐約的唐人街，經過一家影音店的玻璃櫥窗，好幾架電視機都在播著鄧麗君生前接受訪問的畫面，他明明走了過去了卻又突然折回頭，停在影音店前，盯著電視螢幕裡的鄧麗君，隔了一會，他好像意識到了些什麼，輕輕轉過頭，赫然發現這麼多年心心念念，卻三番數次，一再擦肩一再錯失的張曼玉，正站在離他不足三尺的地方難以置信地望著他，因爲悲喜交集，所有的委屈都噎在喉嚨裡，兩個人竟一句話都說不出來。

這樣的收尾當然不是陳可辛所要的。我常在想，這世界多的是無疾而終的緣分，少的是否極泰來的愛情——電影裡太過順理成章的愛情，有時候，其實是侮辱了愛情本身。陳可辛說，《甜蜜蜜》的結局，不是初心，只是爲了不想讓觀眾傷心。而我一直擱在心裡頭的，其實是電影裡頭那一句到現在偶爾還會在我腦子裡狠狠一拳揮過來的對白，「黎小軍同志，你來香港的目的不是爲了我，我來香港的目的也不是爲了你——」

歲月凹凹凸凸，而我常常突如其來的，爲這句話安靜下來。我們這一生，又有多少人眞的如願以償，達到了他的目的，遇上他終其一生想要遇見的那一個人？而不是一路跌跌撞撞，必須在現實中低頭妥協，必須在愛情中委曲求全？後來吧，聽陳可辛說起，

《甜蜜蜜》整部片的卡司沒有一個是他的第一選擇——尤其是黎明。他一聽到黎明就皺眉頭，他對黎明沒有感覺，完全想不到有什麼戲可以開給黎明，也不知道有什麼故事可以拍出不一樣的黎明。其二是張曼玉。張曼玉是因爲王菲看也不看劇本就把戲推掉了，陳可辛這才心裡一慌，知道無論如何都必須得依靠張曼玉的演技把整部戲拉起來才行。最後就是戲裡在背上紋一隻米奇老鼠的「豹哥」。陳可辛一邊敲其他演員試鏡一邊對曾志偉說，等我找不到其他人的時候再找你吧，而曾志偉眞是大度，一點也不動氣，因爲他知道，這個在江湖裡翻滾過最終在愛情裡安定下來的角色，只有他扛得起。

之後電影推出，張曼玉在《甜蜜蜜》娟秀但嫻熟的演技，成就了黎明在戲裡的憨厚和深情。連張國榮看了也語帶諷刺地對張曼玉說，「黎明被妳這麼一帶，總算識得演戲了。」這恐怕是眞的，是眞的。我們這些一路跟隨香港電影走過來的人，到現在都還記得黎明怡然自得地騎著單車，載著張曼玉在香港鬧世穿梭的畫面——陳可辛借用了黎明俊逸的背影，向那個時代的香港告別。而那時候的黎明，你不會不知道，他是多少女孩子心目中的如風少年啊。我雖然覺得老套得要借用「經典」這兩個字其實有點彆扭，可香港愛情電影的經典畫面，不能夠摘掉這一幕，因爲那時候的香港，那時候在香港冒長出來的愛情，是那麼的愚癡，但又是那麼的美好，就好像鄧麗君唱的——「好像花兒開在春風裡，開在春風裡」，也許我們有時候忘了，也許我們有時候一時想不起，但它一直都在我們心裡，香港曾經一度，就像舊時唐樓天台上，不知道誰人家晾了一整夜忘了收回去的衫褲，在月光底下，分外乾淨清新。

而那時候陳可辛對黎明特別抗拒也完全是情有可原的。當時的黎明，氣勢如虹，如日中天，尤其是香港，不管你的歌唱得有多爛，歌星遠遠比明星還要受歡迎，也遠遠比明星更容易吸金，因為在金主心目中，只有歌星，才具有帶動廣告的商業價值，也只有歌星，才有一呼百應的本事，更何況黎明是四大天王之中，出身最矜貴，同時最有少爺氣派的那一個。所以為了順利拍攝，劇組必須為黎明安排助理和專車，以便黎明可以避開歌迷的追蹤和騷擾，專心把戲演下去。而既然黎明開了先例，自然不能厚此薄彼，所以也必須給張曼玉一樣的待遇，這無形中也加重了拍攝的資金，陳可辛於是禁不住皺起眉頭，這樣子的要求他知道，絕對不會發生在金城武身上，金城武不會要求專車和助理，金城武可以和工作人員一起蹲在街邊高高興興地捱飯盒，金城武頂多向陳可辛要求，「導演，拜託，可不可以不要安排媒體探班？可不可以只做一次發布會，一次，一

次就好——」這就是天王和隱士之間的差別。

那時候的天王，處處高明星一等，事事比明星優先，尤其是黎明，黎明就算在《甜蜜蜜》開鏡前剪一個黎小軍「大陸仔」頭，也完全應了那一句——牽一髮而動千「軍」，首先是必須在電腦速描五六個不同款式的短髮，套在黎明頭上仔細研究，等到決定下來後提起剪刀，也一定要找來黎明平時用慣的知名髮型師，前後花上四五個小時的時間，慢慢試，慢慢修，慢慢剪，每一寸都屏聲靜氣，每一刀都步步驚心，最後才剪出我們所看到的，黎小軍騎著單車在香港街道上自由穿梭的髮型。

後來重提此事，黎明嘆了口氣，他並沒有選擇那個時代的權力，只是那個時代恰巧選擇了他。貴為「四大天王」之一，黎明其實對這個稱號嗤之以鼻，打從第一天就不喜歡——「感覺上，只有賣月餅，還有賣大閘蟹的才會用什麼什麼『王中王』來做代號吧？」更何況，黎明說，「天王不是指天上的神祇嗎，怎麼可以用來作為潮流代號呢？」因此從英國留學回來的黎明始終沒有辦法讓自己完全投入香港娛樂圈譁眾取寵的遊戲規則。所以到後來，第一個宣布退出頒獎舞台的天王是黎明，第一個在演唱會的安可環節宣布從此不再領獎的也是黎明——

黎明認為，當一個演員也好歌手也好，過度地被消費，始終不是一件讓人太舒服的事，他由始至終，都把公衆形象和私人生活，劃分得一清二楚。就算是私底下，黎明禮貌地微微一笑，他不會太過刻意地為了完美化自己的形象而主動與其他三位天王攀結關係，他說，大家的習性不一樣，生活和事業重心也不一樣，太過勉強湊在一起不有點奇怪嗎，他尊重對手，但並不表示他必須改變自己遷就對手或討好對手——而黎明客客氣氣地拉開距離，和他彬彬有禮地維持他的驕傲，其實都是一種風度，特別接近英國紳士的一種風度。

我見過黎明一次。那其實是年代相當久遠的事了。可正因爲久遠，正因爲印象開始有點模糊，所以才益發顯得珍貴——所有的人和事都是一樣的吧？只有突然被人們憶記起的時候，才終於欣欣向榮地再活上一次。那時候的黎明剛開始走紅，有點意氣風發，有點躊躇滿志，但他的意氣風發不討人厭，反而有點青澀，而黎明的青澀，我記得很清楚，是一種很誠懇的青澀——當時我和另外一家雜誌社的女編輯一起上他酒店房間進行專訪，因爲事前溝通好了不拍照，所以黎明僅穿著一件白色圓領衫和黑色運動短褲就親自替我們開門，訪問的內容其實不外如是，談理想談名利談演藝，可我到現在還在記憶裡閃耀著黎明眼珠子的顏色，一種很深很深的琥珀色，而且他的眼神水洗一般的乾淨，不含雜質，十分專注，沒有一般明星的精靈世故，也看不出有一閃而逝的雙重性格，而且——我特別好奇的是，黎明是不是上過唇語訓練課程？他說話的時候，眼睛緊緊扣住對方，脣部線條張合有度，神態和語態都誠意十足，很多時候，會錯以爲他在和情人喁喁細語，又錯以爲他好像在和知心的朋友來來回回說著無傷大雅的心事。

我記得大約半句鐘的訪問很快過去了，我們離開黎明住的酒店套房向他告辭，黎明把手擱在門框情深款款地說，「眞抱歉，時間太趕，下次再來，我們聊久一些」。我轉過頭，看著另外一家雜誌社的女編輯，她臉上的紅暈，正一酡一酡地泛開來，好像剛喝了半瓶紅酒似的，久久都未能散去，然後她靠在酒店樓層的廊道上對我說，「我需要稍微休息一下，才能開車回辦公室。」因此我承認，無論你喜不喜歡黎明，和黎明會面，都會有一種被黎明戀愛的感覺，這興許是一種連黎明自己也不自覺的一種本事，又或者純粹是他的費洛蒙太過豐盛而大量外洩的因素——

同樣的情形，我想起幾年前在香港和郭富城會面，當時郭天王的身分是某高級腕表品牌的代言人，而會面的場地被安排在沙田賽馬會的貴賓室，我不確定當天身爲明星馬主的郭天王，他疼愛的馬駒有沒有下場出賽，可整個短短的訪問過程，我發現他表現得有點心不在焉，問題都回答得相當敷衍，似乎關心賽馬的成績多過關心媒體問他的問題和他是不是都把問題聽淸楚然後回答得誠意十足——我還記得當時穿著一整套寶藍色筆挺西裝的郭富城，雖然身高占不上優勢，但依然俊朗得渾身散發天子般的氣勢，可惜他的肢體語言出賣了他，又僵硬又冷漠又帶刺，每一個動作彷彿都在暗示他其實很想急急把訪問結束然後速速站起身離開，到瞭望台看接下來那一場緊張的賽事——而這，我在想，其實已經不關乎天王的風格和魅力，而是純粹關乎個人的修養和層次了。

就好像，即便是現在吧，黎明的俊秀在歲月的馴服之下一點一滴的慢慢流失，偶爾見到他出席活動對著鏡頭禮貌地微笑，那些所謂的天王氣勢明顯都收斂了，但他眼角的笑紋，如果你仔細看，也都還是文質彬彬，也都還是散發出得體的紳士氣質——然後我想起《墮落天使》裡頭的黎明，那時候的他，風頭之銳利，隨便亮個相轉個身說句話，都可以把周圍的人割得體無完膚，我從來、從來不知道一個殺手的髮腳竟然可以修剪得那麼整齊，也從來、從來不知道一個殺手，竟然在殺人之前先往自己身上灑一輪香水以掩蓋血腥，王家衛找上黎明，其實對黎明將來是不是有機會成爲他專用演員班底我猜是寄予厚望的，於是他特別安排戲裡頭演殺手的黎明，住在靠近火車軌道的出租屋，而屋子外面的火車沒日沒夜地轟然而過，黎明在屋子裡拉開半自動手槍替子彈上膛，然後殺了人之後冷著臉從信箱背後摸出鑰匙打開門，衣服也不換就倒頭睡下——而屋子裡的電視總是聒噪而無情地開著，牆上的時鐘也總是始終如一的寡言而冷漠，那場景那氛圍那心事，其實和梁朝偉在《阿飛正傳》的最後一幕十分相似，不同的只是，黎明不是梁朝偉，一個演員和另外一個演員的差距，不光是他們在嘴巴裡叼一根菸的神情和姿勢，而是他們對一個角色的尊重和投入——黎明最擅長的，是爲自己營造大量的神祕元素。似遠還近。似是而非。因爲他知道，太過一目瞭然，太易一眼穿透，就會失去被追蹤被仰望的價値，他最厲害的是利用神祕氛圍來捍衛他的明星特質。

王家衛說過，他和演員們合作，都會針對對方的性格，先建立起一種類似朋友的關係才開始拍攝，可黎明是個例外，面對黎明，他有點手足無措，不知道要怎麼和黎明相處。就連張叔平也是。拍《墮落天使》的時候，阿叔的身分是美術指導兼剪接，可他怎麼都看黎明不順眼，兩個人在片場更老是僵持不下，聽說有一次張叔平爲了一場戲要求黎明穿鞋不穿襪，黎明不肯，覺得穿鞋不穿襪是件很奇怪的事，要張叔平解釋爲什麼非得不穿襪子不可，張叔平拉下臉說，「因爲在戲裡你是一個普通人，是一個殺手，不是明星，不是天王」——張叔平和王家衛合作了幾十年，從來沒有一個演員會質疑他對造型的決策，連林青霞也不，連張國榮也不，偏偏黎明卻怎麼都要他給出一個合理的解釋才肯配合。

但黎明也不是完全不講理的人。我記得他之前的經紀人陳善之說過，別的藝人可能會要求經紀人拚命抓緊機會把自己推出去，但黎明不。有一年戀愛著的黎明和舒淇結伴到美國登台，李安低調地隨後飛往大西洋城，就只為了見一見舒淇，看看舒淇適不適合演他心目中的玉嬌龍，而黎明難得有機會陪著舒淇和國際大導演會面，全程表現得謙虛得體，不但不毛遂自薦，也暗中橫過去一個眼神，不准陳善之做任何難看的小動作攀龍附鳳，他很相信，如果角色適合，李安自然會找上門，天王不天王是一回事，他堅守他的驕傲是他的事，從來不會去爭取原本就不適合他的角色勉強演出。

還有一次，在那個歌手們為了金銀銅獎爭得頭破血流的年代，黎明的唱片公司被媒體杯葛，結果殃及池魚，連續拿了四屆最佳男歌手銅獎，原本有望更上一層樓的黎明突然三甲不入，唱片公司同事一聽到獎項宣布即刻哭出聲來，黎明反而要掉轉頭安慰同事，要求經紀人安排大家在頒獎禮過後一起宵夜，笑著對大家說，「我一定是還有什麼地方做得不夠好，別氣餒，我們明年來一個橫掃四台金曲金獎——」一個藝人的修養，很多時候要在最危急的關頭才看得出怎麼個深入淺出，黎明明明輸了獎項，卻暗暗贏足了人心。

我記得當年他參加《新秀大賽》，他絕對不是唱得最好的那一個，表現也並不盡如人意，但評審之一的香港才女林燕妮說，香港樂壇需要一個真正的歌星——一個溫文儒

雅的，出身高尚的，可以代表香港的歌星。言下之意，黎明的氣質，是當時香港一眼望去盡是一片草根階層努力往上攀爬的歌手和演員們所缺乏的，而黎明的出現，多少會提升香港藝人的高檔明星素質。並且林燕妮預測，黎明勢必前途無量，黎明也不需要費太大的勁，就可以龍騰虎躍。我們都清楚，即便當時「四大天王」一字排開，唱得最好的當然是張學友，舞跳得最棒的絕對是郭富城，最勤力也最有號召力的肯定是劉德華，黎明最受歡迎但也最沒有特色，可黎明凌駕其他人之上的是他的貴公子特質，有點接近早期的陳百強，但他比陳百強聰明圓融入世，而且黎明身上有一種純淨感，沒有太嗆的江湖氣，這一點其實最是難得，也最是其他歌手和演員不是光靠努力就能夠做到的。

年輕時候的黎明，我其實也不是沒有懷疑他有沒有把自己當一名眞正的演員？對演員黎明來說，他因爲顧及形象優雅而禁不住的斟酌猶豫，好幾次險些把他的演員生涯推向絕地，他不是劉德華，不會爲了一個角色而赴湯蹈火，他也不是梁朝偉，不會爲了演好一場戲而煎熬自己，他太習慣把「黎明」兩個字當作一個時尚名牌來經營，而所有的時尚名牌都是一樣的，因爲背景顯赫，因爲身價高昂，一切以形象優先，一切都點到爲止，你怎麼可能天眞地要求在「無限電視台」拍劇的時候已經把跑車開進錄影廠的黎明，完全不用替身地爲你的電影攀高樓穿火圈跳公海？

甚至後來黎明自動降低片酬演出許鞍華導演的《半生緣》，電影一上映，大家都把焦點投在吳倩蓮和梅艷芳的顧曼楨和顧曼璐，都說兩人演得好，就連角色本身不討好的葛優，也讓大家大大地驚豔一番，唯獨黎明，他沉鬱的壓抑的沈世均，卻遭受打擊，被大家忽略了——那些年的上海，暖氣系統本來就不普遍，黎明在天寒地凍的冬天趕戲，冷得臉上的肌膚都凍裂了，大家都說他總是在角色以外徘徊，總是演回他自己，就只有田壯壯看不過去，跳出來給黎明說了公道話，他說黎明本來就是那麼一個內斂的小心翼翼的人，他已經把自己鎖進角色裡，就只因爲他是天王，就只因爲他的修養和氣質和角色貼得太近，所以怎麼都回不去單純只是一個演員的身分嗎？也只有那一次，我覺得黎明的確受了委屈，天王這名號，喀嚓一聲，剪短了他原本可以張得更開的翅膀。

我記得我有一次逛倫敦名牌林立的龐德街，看見一個戴著復古禮帽的英國紳士碰巧也被一家名牌鞋店的櫥窗設計吸引，他微笑著欣賞一雙方頭復古款式的John Lobb皮鞋，氣質典雅，神態自若，他不關心價格，也沒有推門而入的衝動，而我從他身旁望過去，詭異的是，我第一個聯想到的不是Jude Law，而是黎明——竟然是黎明！黎明在北京出世，四歲隨家人移居香港，然後又被父親送到英國念中學，所以黎明氣質上的養成，有很大一部分吸收了英國少年紳士們面面俱圓的教養和彬彬有禮的固執，我一直在想，以黎明俊秀的長相，還有他儒雅的風派，如果當年他沒回香港而選擇留下，也許他會把自己活成英國花花公子的Dandyism——有點錢，有點閒，講究儀表，留意談吐，喜歡穿著最流行的時尚，也喜歡收集中世紀稀奇古怪的家具，看上去就好像班雅明曾經寫過的「都市漫遊者」——

他們徜徉於流光溢彩的城市，他們把城市當成家，街景是牆紙，牆壁是書桌，報攤是他們了解訊息的圖書館，咖啡館的露台是他們享受日光浴的陽台，他們透過都市漫步，來感受都市和感受生活裡帶有啓示的趣事——的確，一個能夠讓人流連忘返並且徜徉其中的城市，才夠得上資格被稱作一個家。香港不是。倫敦和香港不一樣的是，倫敦街道雖然堅決不去熨平古老都城彎彎曲曲的歷史的皺摺，但它對行走在街道上的行人的複雜性和多元性，卻示範了處處包容的泱泱大度，而香港必須蠻橫地和時代角力，死命咬住它的草根性和江湖氣，才能讓這座城市堅韌不拔，神采飛揚。

至於愛情，光影之下特別曖昧的愛情，黎明總是隨遇而安，總是疏於爲自己辨證，就好像《墮落天使》裡的殺手，手裡轉著一枚銅板交給酒吧的侍者，要侍者交給到酒吧尋他的女人，然後告訴那個女人，密碼是1818——於是那女人接過銅板，把銅板投進酒吧的點唱機，按下1818這組數字，歌聲揚起，一把幽怨的女聲在唱，「忘記他，等於忘掉了一切」——他要那個女人明白一件事，拍檔是不可以有感情的。一絲一點，都不可以。

而我告訴過你嗎？因爲我們都不是天使，因爲我們都親手謀殺過自己純淨的青春，所以王家衛的《墮落天使》，一直是我最喜歡的一篇散文詩，曾經以爲那麼輕，結果原來那麼重——我只是懷疑，黎明一生和太多「一支濃豔露凝香」的女人周旋，而如果他就只有一枚銅板，他會不會把這枚銅板交給舒淇？因爲我記得後來舒淇暗示過，沒有不受傷的愛情，她只是把不應該留下來的都刪除掉罷了——

而一段愛情之所以會留下來翻來覆去地被紀念，一定是因爲還有一句話壓在你的舌頭底下，一直一直都未曾講，而你很想知道，你的世界不大，可在這一刹那，他到底在何方？尤其是夜涼如水，歲月呼了一巴掌過來，你捂著臉頰，難免有點想念，難免有些牽掛，曾經也有過那麼一個人，讓你渾身發燙，讓你雪雪呼疼，讓你一生恍恍惚惚，因爲愛情之所以銘心刻骨，是因爲曾經被一個深愛過的人辜負。

陳凱歌

Chen Kaige

怎知春色如許

那天天陰得厲害，風呼呼地颳，眼看著就要下起滔天大雨，而火車才剛啓動，所以搖晃得不是太嚴重。陳凱歌看起來有點魂不守舍，有一搭沒一搭地，敷衍著一起到雲南插隊的同伴，然後對坐的夥伴突然對陳凱歌呶了呶嘴，暗示他回頭望，陳凱歌轉過頭去，不偏不倚，看見明明在牢房裡扣押著卻千方百計爭取特殊批准特地趕來送行的父親，正含著一泡隨時往下掉的眼淚，貼緊開動的火車追著向他揮手——

火車愈轉愈快愈轉愈快愈轉愈快，父親的身影一寸一寸一寸慢慢縮小，陳凱歌把整個身子貼在車窗上，眼淚像雨一樣，又急又猛，頓時全落了下來——那一個晚上，少年凱歌一整夜坐在轟隆隆開出去的火車上沒有闔眼，臉上的悲傷久久不曾褪去，把自己的青春在那一個夜裡，坐成了一具標本。

過了好多好多年，陳凱歌老了，站在他改裝過的摩登四合院裡的迴廊上，助手給他遞來法國都彭的雪茄，他說他偶爾也會抽英國的登喜，倒是紙菸，因爲太久沒抽，有點不習慣了，而其實你望過去，可以望見玄關邊還立著一把靜靜地滴著水珠兒的油紙傘，他一邊聽雨，一邊將自己的過去對前來作客的客人說起，眼神平靜，波瀾不起，連那語速，也是平緩而抒情的，沒有太多起承轉合，可如果你看仔細了，會發現陳凱歌眼裡有光，他像個演技熟練的演員，在那光裡和過去的自己相遇，然後被曾經翻江倒海，甚至切斷原名陳皚鴿，改成陳凱歌的自己打動。

陳凱歌依稀記得，離開北京之前，他轉回頭，望了一眼牆後頭的棗樹，樹上的葉子都禿了，就連他最愛的核桃樹，樹上剩下的幾片葉子，也都準備好了隨時跟樹枝椏兒辭行。而他坐在火車上，窗外划過的風景，都是荒山野嶺，都是一排排幽幽怨怨的枯藤老樹，都是一簇簇灰撲撲老舊的村屋，每一幕，都彷彿是一條鋒利的劍，劃破了他的懵懂少年，也切斷了他和青春肆無忌憚交涉的淵源，生於這麼樣的一個時代，他知道，他必須提早成熟，也必須加快速度老去。

於是陳凱歌一到雲南，第一件事就是給家裡寫信，開頭第一句，就是殷殷請求父親原諒自己，但他父親彷彿被誰砸壞了腦袋似的，回信的時候奇怪地問，「傻孩子，你又沒做錯什麼，道什麼歉哪？」

直到隔了大半年，陳凱歌從雲南農村回到北京老家，差點認不出那個衣衫破舊、牙齒脫落，拄著掃帚在巷口廁所打掃衛生的老人就是自己的父親——陳凱歌遠遠站著，把手指伸進嘴巴裡，咬得咯咯作響，不肯讓自己哭出聲來，他看見父親對每個人都哈背彎腰，連路過的居民，老的少的，也都笑著謙卑地問好，已經不是他印象中在片場當導演的時候趾高氣揚的那個父親了——終於父親發現了他，高興得話都說不出來，只懂得趕緊用因寒冷而裂開來的手抹乾淨臉上的鼻涕，並且還拍了拍衣服上的塵垢，試圖讓自己看起來體面一些，那畫面到現在還烙在陳凱歌的腦海，每次一閃而過，都心如刀割，都如遭電殛，那個時候，陳凱歌記得，父親才只不過五十歲。

就好像，陳凱歌慢慢記起來，當年父親被批鬥之後顫巍巍地回到家裡，老躲在房間不敢面對陳凱歌，認為自己不是中共黨員的身分在那個時候是份罪惡，影響了陳凱歌的學習，也讓孩子在學校受到了委屈，甚至還因此處處被老師盯梢，告誡陳凱歌他雖然不需要背負家庭包袱，但一定要注意克制小資產階級的動搖性。而這場文革對陳凱歌最厲害的傷害是，多少分裂了他們父子倆的關係，因為父親是著名導演，還參與國民黨，陳凱歌的家裡率先被抄，病中的母親還被小紅兵大聲吆喝，命令她面牆而立，休想偷偷藏起家裡的照片和書信，而年幼的妹妹不斷掉眼淚，卻始終一句都不敢哭出聲音——

後來陳凱歌下鄉前，特地從學校匆匆趕回家探望生病的母親，母親躺在床上，屋子裡黑沉沉的，燈也沒有亮上，只揮了揮手，輕輕對他說，你去吧，快去，擔心自己高級電影編劇的身分，不知什麼時候又將被揪出去批鬥，耽誤了兒子的前程。

而文革沸騰而起那一年，陳凱歌只有十四歲。街頭巷口貼滿了大字報，並且三天兩頭，到處都是一哄而起的批鬥大會。陳凱歌的父親陳懷皚，終於在半夜裡被拉走，隨著一整排人彎下腰，跪倒在住宅樓背後的院子接受批鬥，然後人群開始鼓譟，高喊「打倒黑五類」，「打倒牛鬼蛇神」，而那些帶著紅袖章的小紅兵，一把認出了陳凱歌，將他從圍觀的人群裡抓出來，硬是把他推到父親面前，要兒子揭發自己的父親是反革命分子，是漏網右派，當時的陳凱歌腦子轟地一聲，空白一片，並且只感到害怕，害怕自己如果不揭發父親，就會被打入和父親一樣的階級——

一個十四歲的孩子怎麼懂得什麼叫揭發？怎麼知道揭發一個人的意思，等於恩斷義絕，等於罔顧親情，等於置自己的父親於死地？他滿臉驚恐，在眾人威逼的眼光底下站到了父親面前，根本不知道自己在大伙叫囂之下喊出了什麼，只知道父親抬起頭，又憐惜又歉疚地看了他一眼，覺得自己連累了陳凱歌，而陳凱歌卻在小紅兵的指令之下，用力往父親的肩膀推了一下，父親本能地想躲，最後卻沒有躲開，只是低下頭來，把原本頂天立地的腰竿子，在兒子面前慢慢地彎了下來，不敢再看孩子一眼，而陳凱歌這時候才禁不住眼眶一緊，自己竟背叛了父親，硬生生把強忍著不讓它們留下來的眼淚，都吞進了喉嚨裡——

這樣子的批鬥場面，陳凱歌後來也拍過——《霸王別姬》也有一場在國子監孔廟拍的批鬥戲，段小樓被紅衛兵拳打腳踢，跪倒在烈焰升騰的火堆前，而且被拷問得只差那

麼一步就失控變瘋魔的時候，終於爆發開來，在焚燒梨園家當的戲園子老班底面前，指著穿上戲服化上戲妝的程蝶衣，說他不只是漢奸，還吸大菸，並且爲了討好反動官僚袁四爺，自願屈身成爲對方的玩物——字字鋒利，句句錐心，殘酷得連菊仙聽了，也忍不住大聲叱喝，阻止他說下去——

而段小樓不留餘地的批鬥與檢舉，像一支劍，一寸一寸，刺進程蝶衣的心口。他瞪大眼，難以置信，完全不相信他的大師兄、他的楚霸王、自小爲他挨打成全他成爲角兒的小石頭，爲了自保，竟公然撕裂和他的情分。文革可怕嗎？當然可怕。更可怕的是，在那互相猜忌互相揭發的時代，人人禁不起拷問和恐嚇底下，那一張張單薄如紙，一戳卽穿的人性——因此我很相信，陳凱歌和他爲《霸王別姬》擔任藝術指導的父親陳懷皚，在拍攝這場戲的時候，沒有可能不聯想起兩父子不敢再去碰觸的那一段過去——他們只是閉著氣，潛在水底游了過去。而陳凱歌站在盛夏熾熱的烈陽底下，藉片場熊熊燃起的火焰，將他少年時在紅衛兵面前爲了自保而揭發父親背叛親情的悔恨，也趁機一把火給燒盡。

而每個人都是一部歷史。一部小型的歷史。而陳凱歌比較不同的是，在他這部歷史上，承載他早年的心理創傷，他後來的電影宏圖，另外還藏著一個霸王，一個虞姬，跟他形影不離。

作爲一個烈火熊熊的創作者或者藝術家，不知道爲什麼，我老是覺得，他必須耐冷怕熱，必須文風不動地坦然面對所有必要與不必要的孤獨，必須能夠自動自覺地缺席這個世界上衣香鬢影的熱鬧現場，必須願意承擔被遺忘並且不被奉承的風險——因此眞正甘之如飴，願意用這樣的方式款待自己的導演，我印象中的李安或侯孝賢都可以，但不是陳凱歌。陳凱歌既獨裁又專制，他享受的是華美的膜拜與頂禮，追逐的是奢豪的演員卡司和萬馬奔騰的澎湃場面，就連王家衛也說，「我看陳凱歌的電影，看的就是他的霸氣。」而且我永遠記得，有人問起陳凱歌，在劇組裡什麼叫作規矩，陳凱歌坐在導演椅上，回過頭來，笑著說，「只要我手一伸出去，茶壺就要遞到我手上來，這就是規矩。」

這恐怕是眞的。陳凱歌是個專業意識上特別高傲的導演，而且說話時老是帶點命令的口氣，就連和鞏俐和張國榮這些大牌說戲，一開口還是「你不能」、「你應該」、「你必須」，這是他慣用的句型，有特定的權威性，而且很難改掉或丟棄。就連一向被各路導演捧在手心小心翼翼關照著的張國榮也說，陳凱歌在片場上很有一股指揮千軍萬馬的將軍氣，特別是拍攝大場面的時候，他不怒而威，加上魁梧的身形，只需叱喝一聲，就把場面給鎮壓住，跟書生型的李安和俠客型的張藝謀根本是兩回事，他不是用藝術去感化人，而是用藝術以外的手段去鎮壓人，我記得張國榮當時還輕輕地笑著揶揄，「也許內地人都習慣給人鎮壓吧。」

但陳凱歌是疼張國榮的，比疼女演員還疼。那疼裡邊，暗地裡埋著千絲萬縷，怎麼縷也縷不清的幾分憐惜。聽陳凱歌說起，後來張國榮的戲分拍完了，可《霸王別姬》還沒殺青，劇組在香格里拉酒店辦了個小小的飯局歡送，酒酣飯足，張國榮突然對他說，那我先走了，我在這怕耽誤了你們的事兒——當晚陳凱歌確實喝高了，沒去細想張國榮咋就耽誤他們了？事後清醒，也沒就這話向張國榮追問。而張國榮離開劇組回了香港，陳凱歌日夜趕戲，午後在片場等攝影師打燈的時候因爲太累不小心盹著了，卻做了一個奇怪的夢，夢見張國榮穿著戲裡的灰色長衫，一臉素淨，微微笑著，彷彿有什麼話想要交代，最後卻瞟了他一眼，只對他說了句，「從此別過了」，隨即飄然而去——

陳凱歌到現在還分不清，當時到夢裡向他辭別的，到底是張國榮，還是程蝶衣？醒來後片場人聲喧雜，陳凱歌的背脊，慢慢泛起一身清汗。所以數年後在北京接到張國榮跳樓去世的消息，陳凱歌並沒有太過吃驚，他記得那酒店，那是他第一次和張國榮見面的地方，他只是沉默了好一陣子，然後眼眶突然一陣熱，遂站起身，假裝走到窗邊看自己養的那盆蘭花——他心裡始終感到寬慰的是，人世漫漫，緣來散聚，到底相識一場，張國榮已經在好多年以前，提早向他辭行。

另外還有一次，陳凱歌不經意說過的一件小事，我卻認真地給記住了，並且看得出來，他處處霸王也似地護著張國榮，並且幾乎是眼睜睜看著張國榮把他自己鑽進了程蝶衣的精魂，愈鑽愈深，愈鑽愈深，深得有時連他也不禁覺得害怕起來——有場夜戲，陳凱歌記得很清楚，整組人轉到了故宮午門外一片空曠的廣場拍攝，程蝶衣手裡抱著大太監張某破敗時幾番周折才落到袁四爺手裡的那把利劍，他隻身赴約，順了袁四爺對他的需索，然後要來那把劍，準備送給段小樓，以便實現他小時候曾給段小樓許過的諾，卻碰巧遇見剛剛進城的日本兵，把黃包車層層包圍，並且還挑開雨布簾兒，電棒子一掃，就照見程蝶衣緊緊地那把劍抱在胸前，滿面驚恐，臉上還細細描上了虞姬在戲台子上的妝，而這場戲張國榮雖然只有一個鏡頭，但他眼神裡的悲絕和倉皇，卻不是程蝶衣的，而是他自己的，因爲程蝶衣把這劍當著是虞姬與霸王的定情之物，但他卻是汙穢了自己和袁四爺暗通款曲才把劍拿到手裡——

陳凱歌也曾經是個在愛情的縫隙裡如魚得水的男人，他太知道愛情如何把一個人在另外一個人面前變得如一隻卑賤的螻蟻，因此停機之後，張國榮一動也不動，直坐在黃包車內，肩膀不停抖索，眼淚一直一直流，陳凱歌見了，伸手止住攝製團隊，不讓旁人靠近，暗示攝影師把燈滅了，好讓程蝶衣，不，好讓張國榮一個人捧著那和愛情一般——兩面都鋒利得隨時可以讓一個在愛情面前心如槁木死灰的人迎上前去朝脖子上一抹的利劍，陷入深不見底的黑暗裡。

年輕時的陳凱歌其實頗有一副明星相，高大，英挺，而且每次出現，都先打點好一臉接近霸道的自信。但我比較喜歡的，是陳凱歌的額頭——寬闊莊嚴，有一種不怒而威的貴氣，並且眼睛看人的時候大而無畏，總是從容不迫，總是道貌岸然地看著外面這個錦繡乾坤的世界，很「爺」，很霸氣。可也因爲陳凱歌過分飽滿的自信，跟他合作從來就不是一件舒服的事情，他太習慣運用他的霸氣，來捍衛他的意見和主意。

我記得陳凱歌盛意拳拳地把王安憶請來擔任《風月》的編劇，要王安憶放膽把葉兆言的小說《花影》作爲原型的故事拆開來再寫一次，他溫柔地對王安憶說，「我想這電影裡有你的情調」，王安憶聽了，難免有些感動，可每次王安憶在推翻既定的情節預設，然後用自己小說家的觸覺去建立另外一種情感的衝擊時，陳凱歌就會把臉拉下，僵硬地擱下一句，「這是我的東西」——而這多少撕毀了王安憶對《風月》的貼膚感，最終落得意興闌珊。後來王安憶說，陳凱歌的《風月》，其實就是將電影裡的人物和劇情，拆毀了再建設，建設了再拆毀，糟蹋了一個好故事，剩下的只是一片廿年代江南風月的廢墟和殘骸。

而聰明的陳凱歌最不聰明的地方，是他一覽無餘地讓大家一眼看穿他的聰明。無論拍戲或處世，他都沒有李安的謙虛，侯孝賢的隱世，姜文的坦蕩，甚至張藝謀的老謀深算，而且，陳凱歌的自負與自傲是天生的——據說當年圈子裡的朋友接到越洋消息，興奮地第一時間喊著告訴他，張藝謀的《紅高粱》在柏林影展得了大獎，陳凱歌剛巧在洗手間，隔了十來分鐘，才坐在馬桶上，不熱不暖地應了一句，「哎，他以前是我的攝影師呢」。

陳凱歌略過張藝謀曾經是他最好的搭檔，曾經替他導演的《黃土地》擔任攝影，並且贏得美國夏威夷國際電影節的最佳攝影獎。甚至張藝謀拍攝《黃土地》的時候，因爲資金缺乏，一個人扛著攝影機，跑了許多山路，就只爲了拍出「黃色山嶺後的一條白色小路」，後來終於找到後山的一塊斜坡，馬上帶著演員們在山坡上邁著卓別林的八字腳步，費了好大的勁，來來回回，硬生生踩出一條白色的小徑來——陳凱歌不是不念舊情，只是他咄咄逼人的傲氣，漸漸地成了他的風格，也成了他改不掉的習氣，他自己完全不知道而已。

但陳凱歌的博學多才是任誰也推翻不了的事實。我就挺喜歡陳凱歌的文字，他的筆觸有一種推著鏡頭往前走的畫面感，遣詞用字之清麗，簡直可以用俊秀來形容。比如文革時期，父親被抓，他後來回憶起來這麼樣寫，「不知是夜色蒼白還是人更蒼白，他看上去像個影子，和其他許多影子走在一起——」我讀了禁不住被他的文字迷倒，要停下來，稍稍扶了扶眼鏡，才能把書繼續讀下去。我記得連張藝謀也說，在他們幾個第五代導演當中，陳凱歌的文采是首屈一指的好，而且文學素養最高，他自己沒陳凱歌那兩下子，所以平常不寫，實在躲不過去了，就寫短一些，能寫一行就不寫十行。

而且陳凱歌特別愛看書，有記者到他家裡採訪，見到他家裡的書都是從地上一路往天花板堆，而且很多都是原版外文書，陳凱歌的外文能力很強，這一點尤其占盡優勢，他閒時看的是《紐約時報》，而且最愛看裡頭的書評版，並且如果讓陳凱歌和田壯壯、吳子牛、孫周還有張藝謀站在一起，他恐怕是唯一中西合璧，可以隨時拎起電話用英文和海外片商在長途電話上交流的導演，甚至，陳凱歌的英雄氣，還常常讓他忍不住用英語在北京機場教訓那些插隊的外國人，「在你們國家，你們也是這樣不排隊的嗎？」

所以陳凱歌神態上那種高人一等的傲氣，或多或少，是因爲看多了書看回來的。還有就是陳凱歌從來沒有鬆懈他對生活藝術的修持戒律，他抗拒鍵盤，喜歡用手寫字，就算是劇本，無論多少頁，一樣堅持用筆抄寫謄錄。所以單單是寫字的筆，陳凱歌就收集了兩百多枝，並且用壞了也不讓人丟，反而要助理想辦法送回原廠去修，他喜歡回到過去那種素簡平淡的日子，不那麼一味地追求物質，也不那麼一味地倚賴技術，有好些生活上的美感，必須掉回頭重新回到過去的日子才找得回來。

可有時候陳凱歌還是免不了要爲電影相關的事兒屈就和妥協。尤其他背後有個公關手腕非常了得的太太陳紅，碰到新電影即將上映的宣傳期，不管場面合適不合適，在陳紅的安排之下，陳凱歌在酒會上露臉的次數還高過他的男女演員，甚至不介意讓底下的宣傳部主動接洽男性時尚雜誌的主編，看有沒有可能登上雜誌封面，還對他們說陳凱歌其實相當符合有關雜誌的時尚標準——我很相信，如非逼不得已，這些事情發生在張藝謀身上的機率，相對是比較低的。更有趣的是，陳凱歌在雜誌拍攝當天，都會盡量穿得低調一些，就只罩了件樸素的細格子襯衫到攝影棚，以顯示他的不張揚不奢華，樸素得有點讓人匪夷所思，並且說陳凱歌平時就是這樣子穿著，後來雜誌時尚編輯把借來的幾個西裝品牌攤開來，裡頭包括陳凱歌比較喜歡的亞曼尼，陳凱歌漫不經心地隨口問起是在那家店借的？時尚編輯回答說是國貿，陳凱歌點一點頭，就沒有把話接下去。隔天雜誌社把衣服還回去的時候，店員問起才知道原來衣服是借給陳凱歌穿的，就順口搭腔，啊陳導平時都到我們這兒來買西裝，這幾件其實他自己都有——所以你不能說陳凱歌的平易近人是設計出來的，至少他願意放下一級導演的身段，然後輕裝出巡，演上這一段，所有的出發點其實就是希望讓自己看起來不那麼拒人於千里，不那麼高高在上。

我還見過一張照片，陳凱歌偶爾還會處心積慮地，穿了雙布鞋搭名牌西裝，坐在酒店大廳裡等人，把那種時尚美學上強調的衝擊感，借來突出他中國名導的威儀——我只是奇怪，現在北京的男人們，除了窄窄的老胡同裡頭負責清潔的，還有誰會穿粗布縫就的布鞋呢？陳凱歌的用心良苦，已經表現得相當清楚，並且他刻意和時代的繁華保持距離，因為陳凱歌十分迷信電影裡的美學定律，模糊掉主體的鋒芒，才能在他轉身的時候，看見他背後錚錚亮亮的光，生生不息，久久不滅。還有就是，明明姹紫嫣紅看遍，陳凱歌大可轉身離去，可他對眼前的紅塵萬丈，還是有擱不下的眷念，總想著還要親自再走一趟，因為他說，不探園林，又怎知良辰美景奈何天，人世間春色如許？

賈樟柯
Jia Zhangke

海水一直還沒有變藍

賈樟柯的樣子比他拍的片子清秀——當然，指的是他年輕的時候。有那麼一張照片我看見的時候是喜歡的。他專心地坐在侯孝賢身邊聽侯導說話，也許是因爲攝影角度無心插的柳，我發現賈樟柯的鼻子長得眞挺，乍眼看上去，竟出奇地秀氣，就好像一座灰撲撲的老縣城的村屋，突然有一扇窗被推開，露出雕得特別精緻的窗櫺，跟他在煤炭山上風沙滾滾的出身，多少有點格格不入——

何況賈樟柯和侯孝賢一樣，個子都不高。個子不高的男人，一旦躊躇滿志，反而更有一番攝人的威嚴氣勢。有一次見他上許知遠的節目，跟身影老是被這個時代拉得長長的「公共知識分子」許知遠站到一塊兒，頓時顯得他益發像當年小個兒又害羞又靦腆的小學同學，臉上還殘留一種見了新鮮事兒就歡天喜地的童眞，而且滿口袋裝得滿滿的，都是對這個世界按捺不住的好奇，這跟從他作品裡邊看到的憂傷而迷惘的賈樟柯完全不一樣，一點都不一樣。

一個人，討不討人歡喜不重要，重要的是，他完成了自己，做出別人做不了的事情。而我常覺得，賈樟柯拍出來的電影，有點像正午的太陽，由於光線太過猛亮，因此形成一個所謂的「閉環」，把所有他不屑、企圖阻擾他的力量都隔絕在外，兀自在裡頭散發他自成一格的孤傲。就好像《小武》收尾的那一個鏡頭，賈樟柯讓警察把小武帶到街心，並將他銬在一根電線桿上，那鏡頭看得出來是即興的安排，可卻出奇地寫實，並且那寫實裡頭，有滿得就快從屏幕裡溢出來的迷惘與哀傷。這樣的賈樟柯我懂。他習慣將他推向邊緣的人物突然又拉了回來，然後漫不經心的，把我們司空見慣的世俗情感，包裝得淡淡的，悠悠晃晃的，定格在鏡頭面前，讓你仔細品味——但更多時候，賈樟柯的鏡頭給我的感覺像個失業的民工，領著我們回到他生活的鄉縣，一路上徬徨地橫行漫走，那畫面又嘈雜又凌亂，讓人禁不住心煩氣躁，但他的嘈雜和凌亂背後，其實在表達一整個時代墜落下去的荒涼——澎湃的荒涼。

賈樟柯自己說的，他不愛好在電影裡頭舞刀弄槍搬弄傳奇，也對電影裡頭漫天飛舞一幕幕壓過來幾乎讓人窒息的視覺美學十分不耐煩，他最喜歡的是提著攝影機，以拍紀錄片的方式拍劇情片，那麼樸實，卻又那麼「一刀切開一粒偷摘回來的瓜」那樣的眞實，完全不逃避自己跟邊緣社會的聯繫，也從來不切斷自己跟土地的關係，他把他看到的，老老實實地拍給大家看——而且從他的眼睛看出去，都是時代變遷底下最世俗的市井氣，當中穿來插去的，都是最渺小最卑微的人物，賈樟柯一直都很迷信，他迷信小人物的樸實，才能刻畫出時代的眞實。歲月絕塵而去。往事一籠籠地蒸發開來，留下的，僅僅是這個時代的一縷縷輕煙。而賈樟柯坐下來，一格一格，對著底片剪出他的電影符號——無所不在，晃盪著，並彌漫著的迷惘。而我看見他手裡夾著根燒了一半的菸，因爲心神全栽進了底片裡，混沌沌地走散了，所以久久都忘了把菸遞進嘴巴裡。

而我喜歡賈樟柯，其實是從喜歡他寫的電影文字開始。他是極少數我相信如果不拍電影，也可以考慮當作家的導演。而且他劇本裡再怎麼江湖氣的情節，也還是保留他獨特的文青氣息和詩意。和前面幾代導演不同的是，賈樟柯的電影沒有壓得人透不過氣來的霸氣，不會一落接一落的全是大排場，也不會動不動就一字排開來都是大明星。

年輕的時候吧，賈樟柯也曾經爲陳凱歌的《黃土地》激動得渾身顫抖，可現在眼裡只有國際市場的陳凱歌與張藝謀，格局開闊了，抱負卻萎縮了，不斷複製中國的異國風情和古裝的堂皇絢麗，愈看愈像是一連串諂媚的藝術手段，所以賈樟柯有一次喝高了，摔了一個啤酒瓶，用山西話對幾位一同拍電影的同盟說，咱不能再讓這幫人瞎搞了，咱得弄點兒實在的——

這也是爲什麼，我記得賈樟柯寫過一篇文章提起侯孝賢，說侯孝賢拯救了他的藝術生命，讓他沒有死活往大製作大卡司大時代的胡同鑽進去。他說，他第一次聽到《悲情城市》這個片名，單是「悲情」兩個字就馬上把他擊倒了去，後來《悲情城市》獲得威尼斯國際電影節金獅獎，賈樟柯蹲在縣城郵局門前的報攤上讀到這條消息，又興奮又心酸，沒來由的眼淚全逼了出來，然後一個人騎著單車，在暮色就快罩下來的黃昏，看著沉默的遠山和躁動的人群，用力地往前騎，往前騎，往前騎——他一直不明白，爲什麼一個台灣導演，竟可以那麼了解中國小鎮青年的迷惘和徬徨？

賈樟柯是幸運的，透過侯孝賢的視角，給自己弄明白了一個道理：個人的體驗，永遠是最好的劇本，而這比什麼都誠懇，也比什麼都珍貴。一個導演看世界的態度，就是他拍電影的氣度。你可以把《刺客聶隱娘》的劇本修了又修，但你修不來的，是侯孝賢對孤獨的理解，以及電影裡風吹草不動，把自己完全孤立起來的境界。

我一直都很相信，每個搞藝文的人，只要夠虔誠，總會等到另一個人善意的擺渡。賈樟柯第一次見到侯孝賢，是他帶著第一部片《小武》到南特影展，他在酒店大廳看見一大群人圍著一個亞洲人訪問，才發現那個人是侯孝賢，他靦腆地站在一旁等候，心裡面也不是沒有不激動的，就單純地希望可以跟侯導當面打個招呼，說兩句話什麼的就很開心了。後來賈樟柯說，侯導第一次見面就告訴他，劇本雖然重要，但他是先有演員才有電影，他最關心的不是去拍什麼樣的故事，而是要去拍什麼樣的人，所以他可以爲了一個演員而翻山越嶺而海枯石爛地去更改故事，以期讓那個演員在電影裡，安靜地在他信守的承諾裡炸裂開來。

但賈樟柯不是的。他的電影裡只有微小如塵的人物，從來沒有明豔照人的女明星，即便女主角，幾乎都是那個在現實生活中陪他在人生的江湖裡出生入死四海爲家的女人，因爲只有趙濤才知道，賈樟柯想要把生活活成什麼個樣子，也只有趙濤才明白，賈樟柯想要把電影拍成他生活過的那一個樣子。

我記得陳丹青說過，成名之前的賈樟柯，總是深情款款，帶著他拍好的片子到處走，一有機會就停下來播給大家看，而因爲全片混雜著的都是東北話和山西話，沒有配上字幕，所以每一場賈樟柯都站在最後一排，凡是演員一張開口說對白，他就熟練地同聲翻譯，一遍又一遍，不厭其煩，把陳丹青也給感動了——我特別喜歡《小武》的縣城和場景，太陽熱辣辣地，一整片坍塌到馬路上，把小武無聊又躁動的青春燒得吱吱作響，而小武帶著粗黑框眼鏡，老是穿大兩個碼的西裝，舌頭總是頂著腮幫子，在一個大興土木，把舊城的磚頭一塊一塊地全拆掉，說是要邁向繁榮的小鎮上，無所事事地心事重重——小武明明是一個專門偷別人東西的扒手，到最後，卻讓自己被這個時代給扒走。而在賈樟柯透過屏幕彷彿還嗅得著小武嗆鼻的汗臊味的實驗電影裡，我漸漸明白，青春本來就應該用來丟失的。

而賈樟柯的電影常常在說的，不外就是「流逝」這一件事。一座小縣城原本的安靜的流逝。一段青春躁動著的焦慮的流逝。還有一份愛情突然上昇到半空然後還沒有落下來就沒有先兆地破滅的流逝。賈樟柯相信，沒有流逝，就不能證明曾經存在。他的電影不是劇情片，也不是紀錄片，更加不是機關算盡在說一個催人淚下的故事，他要他的電影處於一種被掏空的虛空當中依然結實飽滿的狀態，這樣他通過長鏡頭把整個時代記錄下來的過程，其實才有意思——

侯孝賢是個說話十分含蓄的導演，他對陳丹青說，賈樟柯最強的地方是他懂得用演員，一個懂得用業餘演員而又不怕電影底氣潰散的導演，就是個有想法的導演。賈樟柯特別記得，《小武》首映結束後，他一個人漫無目的地在南特街上瞎逛，突然侯孝賢一隻手重重地拍在他的肩膀上，叫他小賈，對他說剛看完他的電影，稱讚他，那男主角和女主角選得都很不錯——賈樟柯知道，這是侯導對他釋放的友善，也是本來就寡言的侯導唯一掏得出來鼓勵他的方式，說完兩個人就站在南特鬧市的街頭，都不知道再往下該說些什麼，但那場景賈樟柯往後總是對人說了又說，怎麼都不願意忘記。

另外我一直相信，賈樟柯絕對是中國電影裡最懂得詩，也最有詩性的那一個。他喜歡海子，喜歡海子在詩歌裡一寸一寸，藉火車轟然前行的節奏計算時光的距離，他也喜歡坐在火車上，半夜停在一個叫不出名字的站，而他把卡位上的窗簾撩開來，看見外頭掛在田野上的月亮，油亮油亮地，清涼如洗。他也喜歡在自己的電影底片裡，一格一格地將往事安靜地爆破，然後看著那一陣記憶的濃煙裊裊上昇，留下不能被解說的領悟。我想起侯孝賢和賈樟柯都習慣在電影裡重複採用同一個演員，那演員在鏡頭面前，忠心耿耿地隨著導演鋪陳的一個接一個風霜撲面的劇本漸漸老去，到後來，演員本身演的除

了是導演的劇情片，其實也是他自己的紀錄片，他看起來好像是在電影的角色裡弄丟了原本的自己，可你又怎麼知道他其實是在電影裡撿回了另一個更眞實的自己？

我們都是江湖兒女。賈樟柯說，他從來沒有打算詩歌化這個世界。我特別喜歡江湖這兩個字，覺得江湖本身就是一首詩，它直接，它不矯情，它可以眼睛眨也不眨，弄髒了我們之後，替我們把身上的汙穢都洗去——讓我們可以平等地和命運交手，也可以平等地和敵手較勁。尤其我們誰不都在江湖裡頭闖盪遊走？有些人一蹴而就，揚名立萬；也有些人，一世潦倒，到最後還要錯過愛情賠上性命。但江湖自有江湖的魅力，吸引每一個人奮不顧身地朝它一縱身躍下去。電影是特別有靈性的藝術，總是玄妙地，改變著拍電影的人，也影響著看電影的人。沒有江湖，哪來兒女，更成就不了電影裡水裡來火裡去的江湖氣，以及古代武俠小說裡才有的，闖蕩江湖的俠義感——後來賈樟柯才肯靦腆地透露，他結束第一段婚姻之後和趙濤談的，也是江湖兒女的愛情，裡頭俠義的成分比柔情的成分多太多。

但賈樟柯是個知情重義的人，他常會想起高考那年他落榜了，因為撥不開的迷惘太深重，也因為春風少年突然被憂愁撲到了身上來，於是他避走高原畫畫，把自己流放到一個連自己也不太認得自己的地方。

然後有一年高中老同學聚會，他從北京回汾陽老家過年，大家見面時竟陌生並客氣地暗中打量，掂量著誰比誰過得好，試探著誰賺得比誰多，於是賈樟柯突然就覺得有點累了，一個人悄悄離場，走出院子騎上同學的摩托車，漫無目的騎了就走，最後竟停在一位老同學的家門口，他記得以前縣城動不動就停水，一停水他就拉一輛水車到這位老同學家裡拉水，而他進到屋子裡，看見老同學的床單和被罩，甚至簡單的一桌一椅，到現在都和當年他離開家鄉前看到的一模一樣——歲月崩塌了理想，但理想成型之前的單薄的青春，你轉回頭看，原來它絲毫未損。

賈樟柯站在屋子裡，兩人終究沒有見上一面，但那原地不動的回憶，卻迎頭兜面，狠狠朝他揮了一拳。他只是很想知道，村子裡的黑夜，肯定比城市裡的黑夜還要黝黑還要深沉，他那老同學是不是也和當年的他自己一樣，偶爾會在黑夜裡看見自己黑不見底的未來，把頭捂進被單，暗暗地不讓自己哭出聲來？又或者剛剛好相反，當其他同學們磕磕碰碰地在人世間奔走，應付著命運不懷好意的戲弄和刁難，其實只有這位老同學在北方寒冷的黑夜裡依然四季如春？歲月如驚濤駭浪，就算海水還沒有完全變藍，賈樟柯依然樂意和過去的自己達成協議，將來還是要風塵僕僕地回到汾陽來，至少一年一次，回來給自己的記憶，賀一賀壽。

徐克

Tsui Hark

滄海一聲徐克笑

於是鏡頭開始搖攝。我看見六、七歲的徐克。還有他的玩伴們。而背景慢慢切入。那是西貢。夕陽無限的西貢。徐克精神意義上的老家。他們在唯一的大街上追逐。徐克渾身都是泥漿，正鎖緊眉頭，附在其中一個同伴耳邊，認眞地布局，認眞地指點大家——如何派兵遣兵，如何捕賊抓賊，因爲那時候的徐克已經知道，人生不過是一場兵捉賊的遊戲，兵到最後一定會捉到賊，而賊該怎麼在被捉到之前，盡興享受掙脫和逃竄的樂趣，那才是整個生命的根本意義。

然後畫面很快又聲影不同步地疊了上來。精瘦的徐克一把扯脫上衣躍入水中，和他的兄弟還有玩伴們一起跳進路邊一下起大雨就積水的溝渠打起水戰來。徐克後來手裡夾著雪茄，當上華人世界最具想像力的導演之後，他說他在片場最開心聽到的一句話是，終於殺青了！而在他的童年被殺青之前，我終於明白下來，徐克其實一直把他的童年，活成將來會一幕幕剪接上銀幕的生動畫面，而不是一張張被時光消過音並且逐漸褪色的靜態劇照。

因此我想起徐克在釜山電影節的大師班開講時說的第一句話，「我一直都沒有長大，我還是一個孩子。」這恐怕是爲什麼，離婚之前，徐克和一起生活了四十多年的施南生，一直都沒有想過要一個孩子。有人就這事兒問過施南生，她笑靨如花地說，「我無所謂，老爺子高興就好」。就連金庸，也曾經搖了搖頭說，還眞沒見過像施南生那樣的女人，對老公癡迷到這種程度——崇拜他，庇護他，成全他，讓他可以心無罣礙地成爲他最想要的那個樣子。而施南生最開心的事，就是讓徐克開心。

徐克說過，他的童年記憶，滿滿都是銀幕上的刀光劍影，只要電影院的燈光一暗下來，他的夢想就嗖地一聲，穿越時空，鼓翼而飛。那時候西貢老家附近有兩家戲院，小孩子們沒錢買票，最愛做的事就是在開場前想盡辦法混到大人身邊拉著大人的手鑽進戲院，有些大人無所謂，有些大人不喜歡，大聲喝罵著甩開孩子們的手，查票員一見，就即刻抓起他們的衣領把他們推倒在地上，要是幸運混了進去，更要機靈地閃避到角落，將身體縮得小小的，有時還得趴在地上，避開查票員在開場後還晃來晃去的手電筒，那是專門用來照沒買票就混進來看霸王戲的小屁孩。

我即時聯想起吳宇森，他小時候也常尾隨陌生人混進香港的電影院「蹭電影」，結果有一次被抓包，當堂被脾氣暴躁的查票員一拳揮過去，把鼻子揮出血來，回到家被母親問起，還撒謊說是在學校打球跌傷的——而徐克與吳宇森身上奔竄的電影血，原來打從他們很小的時候就被灌得滿滿的。恐怕很多人不知道，吳宇森最讓人津津樂道的《英雄本色》，是徐克把自己原本要開拍的劇本讓給了吳宇森，結果吳宇森因這部片而徹底翻了身。可惜這兩個相識了卅三年，曾經相濡以沫的男人，後來因爲電影理念的分歧，漸漸在各自的生活裡淡出，只差那麼一點點，就將彼此相忘於電影江湖。一直到後來，吳宇森在威尼斯影展獲頒終身成就獎，把獎頒給他的除了昆汀．塔倫提諾，還有老戰友徐克——這兩個年輕時背負著同樣的理想，要把香港電影合力推向國際，還常常一起登上可以俯視整個香港夜景的酒廊，一邊喝便宜的紅酒，一邊抽不起雪茄只抽得起普通的香菸，一邊感慨怎麼一飛衝天的際遇遲遲還不來的男人，這才四手緊握，用力擁抱，解開所有恩怨和心結。

只是他們時隔多年的重遇，場景的設定並沒有像出獄後的豪哥在停車場見到一坐下來就把跛掉的右腿熟練地架在凳子上開始狼吞虎嚥地吃起飯盒的小馬哥那樣煽情，可他們都確確實實，在電影裡拿回他們應該得到的東西——同樣的，既然電影是江湖，他們身爲江湖中人，所端出來的道義，也就一分都不能少，也就半點都不得含糊。

而徐克的電影好看，好看在他的每一部電影都是一個江湖，並且愈往內裡看，其實愈不難看出他布局細緻的亂世情懷，他喜歡把不同的題材和不同的角色，都藏在亂世紛擾的空間和時間，因爲他相信，只有亂世，才更容易隱身其中，拓展電影的美好，還時代一個眞相。對徐克來說，亂世中的愛情，其實更堅貞更浪漫，同時也更珍貴更唏噓。而亂世背景，也給徐克預留一個彷若穿過隧道然後豁然開朗的空隙，讓他可以對政治進行批判、對人性盡情嘲諷，甚至在電影裡建立一個由他統治的世界。

徐克不同王家衛，王家衛迷信明星，喜歡用草木蔚然的臉孔犁開劇情，而徐克看明星，習慣剝開明星的華麗皮相，檢驗這幅臉孔背後還有什麼樣的可能。就好像他看林青霞，看到的是林青霞若只繼續在銀幕上顛倒眾生，對青霞的英氣根本是一種浪費，並且識穿林青霞的清純或美豔，其實都不是她造型的最高境界，因此拍《刀馬旦》的時候就大膽要林青霞把長髮剪了，然後把頭髮全往後梳，露出青霞飽滿的額頭，演一個穿男裝的帥氣將軍女兒，他說，林青霞臉上有一種堅毅的英氣，這種英氣比美麗更稀罕，因此青霞之後亦男亦女的《東方不敗》，不過是再一次證實了徐克的眼光何等犀利。

而我後來禁不住好奇，徐克會不會對女明星有一種性別顛覆的癮癖？他拍過的女明星，幾乎都逃不脫在戲裡女扮男裝的設計，比如關之琳的十三姨，林嘉欣的小師妹，王祖賢的雪千尋，還有楊采妮的武元英。美麗對徐克來說不過是皮相，他要的是顛覆和反轉，給美麗一個雌雄莫辨，七步封喉，措手不及的新定義。

徐克的魅力在於怪，也在於敢作怪。我喜歡把自己放在香港人的位置上聽徐克講說電影，有時候聽他用劍花一樣四濺的電影詞彙一挑，立刻挑通了他每部電影背後的野心和哲理——每一部電影的每一格底片，看似一閃而逝，其實總有好些個鏡頭，一直在某

一個看電影的人的腦海裡，定格、回放、沉潛、盤旋，就像一格已經設定好的命運，專門等待某一個人來認領——

徐克當然知道，他拍的電影就是一枚從他口袋裡掉出來的硬幣，噹啷落地的那一刻，有人俯身將它撿起，就預告了這電影即將和某一個觀影人的人生相互呼應。而電影最迷人的地方，是它可以包容五湖四海的夢想，回應每一個掉進去的人對聲影的嚮往，就好像吳宇森喜歡舞蹈，因此在他的電影，所謂的動作，所謂的暴力，都是擺動肢體的舞蹈設計，甚至把動態的美感浪漫化，用慢鏡頭處理，而子彈發射的槍聲，則是電影的節奏。

眞正優秀的導演，就是不斷抹殺記憶的同時，也不斷重組記憶。所以探問導演最滿意的作品是哪一部不是件禮貌的事情，導演們只相信，所有的「殺青」背後，必須是另一次重生。況且這世界哪來的永恆？時間本來就是一個騙局，拐帶了我們的青春，也玷汙了我們曾經托付給愛情的純眞，電影最接近永恆的地方是，它防禦了一個時代的集體失憶，並且藉導演的眼，或暴力或深情，用底片定格一個時代和一段歷史。因爲徐克相信，時代的印記是不可能銷毀的，基本上從他的《東方不敗》、《龍門客棧》和《狄仁傑》，都可以看出他以狡猾的手法，巧妙地篡改歷史細節，注入自己對每一個朝代的看法，因爲對徐克來說，歷史不是定案，不是磐石般頑固不動，是可以重新塑造的，而電影，就是最華麗的煙幕。

有一陣子，大家都把徐克當作東方的史蒂芬．史匹柏，他們都有揮霍不盡的野心和點子，我想起當年史蒂芬．史匹柏施施然走入環球影片製作大樓，然後找了一間空置的房間入駐，並徑自在門外掛上「史蒂芬．史匹柏導演」的名牌，開始行動自如地投入工作，直至和工作人員相處多日，大家才恍然大悟，原來這個瘋子根本就不是什麼導演，只是一個擅自闖入製片大樓的影迷——拍電影的人，總要有股自信的瘋勁兒才能走得長遠，徐克和史蒂芬・史匹柏一樣，他們從一開始就知道，導演這個位置是他們的，誰也不能搶走，誰也不能阻止。

當然，徐克千軍萬馬的導演才華也絕對毋庸置疑，尤其讓我驚豔的是，我看過有人分享徐克在片場拉張椅子坐下來，即場替電影畫的分鏡，一張一張，精準而快速地遞給副導和攝影師，還有他親自繪的角色造型，那筆觸之流暢之瑰麗，根本凌駕一般漫畫家之上。而且徐克讀得多也讀得勤，腹裡滿滿的都是詩書，電影裡頭很多詩詞，據說都是他臨時給作出來的。甚至金庸先生逝世，徐克發文哀悼，緬懷這位當年雖然因爲他把東方不敗這個角色徹底改頭換面而氣得揚言不會再把小說授權予他改編成電影的好朋友離世，還特地寫了一首詩，「滄海笑唱浮沉浪，書劍風雨說江湖，嗟傷俠影今已往，桃花雖在亦黯然」，把金庸先生縱橫武俠小說的成就，和他心底對一代巨匠凋零的哀矜，都透過詩句表達出來。而徐克的雄詞婉唱，源自對中國古詩古詞的融匯和傳承，讓中國文化在電影當中有了棲身之處，也柔化了武俠片的血腥和江湖的暴力。

但徐克的江湖和胡金銓的江湖不一樣，是因爲他們兩個人懷抱的，是不一樣的武俠

情懷。徐克最厲害的是武功和動作場面，最孱弱的是感情支線，給人的感覺總是場面太血腥，感情太蒼白。對於一個商業片導演來說，徐老爺的立場完全沒有錯，他拍的根本就是「實況武俠」，布局太多，情懷太少，而不是胡金銓那一派真正具有古典主義的老派武俠，講究的是意境，追求的是情懷。

胡金銓把中國水墨畫的技巧，帶入了《龍門客棧》裡頭。而胡金銓的空間美學，很多都是從意境出發，再從意境收回。那些在影片裡看到的具象的細節，都是透過胡金銓特愛的雲、煙、霧，帶出畫面虛無縹緲的氣韻，每一個鏡頭，都是意境深遠的山水畫，把武俠片的通俗，拉昇到藝術的高深，沒有一個畫面或景色，是在科技的掩護之下敷衍了事。

反而革新派的徐克，他眼中的武俠世界沒有那麼多的繁文縟節和門派規矩，他的武俠情感，澎湃奔放，總是在俠義精神當中，歡暢地注入兒女情長和感官刺激，而且徐克的港式武俠節奏，讓每一分鐘的戲都充滿新派武俠的革命性拓張，完全貼近講求即時和快速的時代脈搏。

走出電影以外，少年時候的徐克十分瘦削，到現在其實還是。而且徐克的眼神矍鑠，說話的時候眼珠一直在溜轉，嘴巴還在說著這一個句子，腦子已經轉到下下個句子去了，而他的神情，總是在慧黠中藏著狡猾。做一個導演，徐克的形象沒有李安憨厚，沒有陳凱歌雍容，也沒有王家衛的文藝範，更沒有張藝謀的深謀遠算，反而和杜琪峰還有林嶺東一樣，都帶點江湖氣，不過比他倆更圓融更靈活，也更有格局。而且，徐克蓄著山羊鬚的方形臉，讓他隱隱然有種藝術家的氣度。並且我發現，無論趕戲的時候有多窘迫，拍戲現場的條件有多惡劣，徐克每次到片場都穿得十分時尚，身上的顏色都是黑白灰，表面上看似沒在衣著上費心神，實際上他穿的每一套衣服，背後都有時尚品味高深的施南生在打理，甚至連那灰色的色號，也都嚴厲把關，加一分太沉重，減一度太輕浮，因此徐克的形象，比李安在片場永遠穿得像個大學教授，以及張藝謀怎麼看都讓人聯想起偏鄉農民工，顯然要時尚得多。

而施南生對徐克的監督，漸漸地從衣櫃走到了劇組，常常都見到她剪著一頭俐落的短髮一邊在背後縱容徐克天馬行空的奇思妙想，然後一邊想方設法控制整部電影的預算不得超支——「其實人的感情，比所有武功都厲害」，徐克在《笑傲江湖》加插的一句對白，我懷疑他是在說給自己聽，也是說給施南生聽的。

至於徐克自己，每每拍完一部片子，戲殺青了，演員們陸陸續續從相處了好幾個月的角色走出來了，他還是不放心，像個患有飛行恐懼症的人，總要等到飛機正式著了陸，機艙門打開，他才把自己從之前緊繃的情緒當中贖了出來，重新領取一張新的革命契約，好讓自己繼續往前走下去。

電影對徐克，是愛也是刑罰，他一直都樂此不疲地懲戒自己，讓自己在瀕臨溺斃的那一瞬間，享受冒出水面笑到最後的高潮——所有的創作不都是一樣的嗎，滄海一聲笑，濤濤兩岸潮，只不過相比之下，電影的排場和陣仗龐大了一些而已。

杜可風

Christopher Doyle

你知不知道有一種風

也不算意外。原來杜可風中文說得那麼好。用的字也文雅。不是那種如履薄冰的雅，而是一般大學主修中文，一張開口就小河淌水的那種文雅。他說，他是他自己的旁觀者，十八歲離開澳洲跳上船當水手之後，那個父母親是天主教徒的Christopher Doyle就漸漸不存在了，一直到卅歲那年，扛著攝影機闖入港台電影圈的杜可風才眞正落地成形活了過來，而他，也才成爲自己生命的參與者——

我看著他滿臉嬉皮笑臉的皺紋、滿頭遍地風流的白髮，杜可風快七十了，卻一點也不覺得他老，只是有點惋惜，是因爲酒喝得太多的關係嗎？他的眼珠開始有點渾濁，不再藍得那麼調皮，藍得那麼孟浪，藍得那麼像當年那一座招呼他往下跳，然後帶著他迫不及待地去投奔自由的海洋。

於是我想起阿根廷。王家衛躲進酒店房間寫劇本，由他和張叔平帶著梁朝偉和張國榮，大清早在油膩膩的小港La Boca附近一條舊橋上拍攝一對情人爭吵，而橋上的交通在那段時刻特別繁忙，杜可風根本聽不到演員們在說什麼，只能靠眼睛抓，一抓到演員情緒爆發的那一刻就把鏡頭搖走——回來王家衛看了看拍出來的鏡頭，突然皺起眉頭大罵，你的長焦鏡頭拍得這麼不穩，怎麼和片子的風格搭在一起？

杜可風當時剛搭了卅六小時的飛機才飛到布宜諾斯艾利斯，阿根廷不是一個安分守己，肯對鏡頭誠實打開自己的地方，他也根本還沒抓到片子的視覺語言，以及鏡頭準備張開口說話的語調和方式，而且那些灰濛濛的天空和空蕩蕩的景色，根本不搭理他也根本不打算看他一眼，他第一次，覺得自己手裡的攝影機是如此的失魂落魄——

因此杜可風抿著嘴一句話也不說，摔門離開王家衛的房間，然後一個人抓著攝影機跑出去，跳上搖晃的巴士繞過廢橋，繞過拉丁音樂轟天價響到處人來人往的舊城，繞過那座不是那麼的友善但燈火正慢慢亮起來的城市，直至天空只剩下一點點苟延殘喘的藍，他總算摸索到「黎耀輝，不如我們從頭來過」的從頭來過，應該從哪裡開始——如果你走完一條街都還想不出五條新的映像或意念，那麼親愛的，你可能不適合當一個藝術家，這句話是半路出家的普普藝術家Robert Rauschenberg說的，杜可風一直都把這話掖在他的口袋裡，天涯海角，隨著他到處走。

結果第二天拍瀑布，杜可風登上直升機，身上只圈了一條安全帶，就把大半個身子探出直升機外嚴陣以待，他記得起飛時氣流猛烈得嚇死人，像坐過山車，顛簸得好厲害，並且那魔鬼峽谷灌上來的風捲成一股很強的離心力，他什麼都不管了，整個人傾斜著半吊在機艙外，搖晃著相機，一心只想把那澎湃的瀑布塡滿整個鏡頭，拍出梁朝偉被愛情逼得走投無路就只差那麼一跳的絕望——

而王家衛，王家衛嘴裡不肯說，但他其實比誰都依賴杜可風，因爲杜可風切換鏡頭的方式，又快速又疏離，且迷幻且混亂，和他失序的說故事的方式是那麼相似，他倆靠在一起的時候，總是彼此撕裂又彼此掩護，因爲王家衛知道，只有杜可風和他一樣明白，很多鏡頭，是拍回來之後將它晾在一旁攤開來，慢慢等它浮現值得被保留下來的意義；同樣的，也有很多鏡頭，就跟年輕時草率地愛過的人一樣，是爲了以後將它們剪掉，沒有機會也不打算納入人生那最珍貴的九十分鐘——

不知道爲什麼，常常看到王家衛和杜可風，就想起希區考克曾經對楚浮說，「每次看到酒杯中的威士忌浮起的冰塊，就會想起你——」這兩位導演的相知相惜，老想著多希望你也在這裡的情愫，我猜，每個導演和他御用的攝影師之間都一定存在過，只是程度上的差異，以及界限上的克制而已。而杜可風每次和王家衛在一起，並不清楚自己在幹什麼，也不急著知道自己需要幹什麼，有時候他走在王家衛前面，也有的時候，他慢下腳步，故意落在王家衛後頭——他喜歡和王家衛一起站在空曠曠的荒蕪之地，在鏡頭還沒有打開之前，感覺那一份從腳尖漫開來的默契，以及故意將彼此拋離的靠近。

距離是一種默契，是一種密碼，是一種代號。還記得金城武在《重慶森林》說過的那一句嗎，「我們最接近的時候，之間的距離只有〇·〇一公分，五十七個小時之後，我愛上了這個女人」。因此杜可風每一回抓起攝影機的那一刻，就給自己設定了置身愛情之外的所謂心理機制：在客觀的劇情裡堅決將主觀的鏡頭抓穩和顛倒，在該投入時後退，在該後退時往前撲，這些都是機關，都是門道，都是分寸，是攝影師必須拿捏的視覺主張——杜可風都懂，都懂，就好像我們和王家衛一樣，喜歡杜可風，是因爲喜歡他的鏡頭帶有歐洲口音，是因爲喜歡他搖晃的攝影風格沒有邏輯性，暗暗藏著據說吸了海洛英之後就會出現的迷幻感，世界慢了，人在日光底下如鬼魅般，微笑，說話，旋晃，走動，空蕩蕩的橋，空蕩蕩的天空，倒是漸漸和音樂靠得很近很近，近得鏡頭一逼過來，就隱約聽到故事的杯盤狼藉和愛情的坐立難安，所有的發生和一切的結局，都像一列標著年分的火車，開向虛幻和不確定，完全甩開時間的威脅。

而杜可風是個多情的人，一直都是。有一陣子他住在中環至半山的手扶電梯附近，路人只要蹲下來，其實就可以窺見他屋子裡的動靜。沒戲拍的時候，他喜歡靠在窗口邊，就是王菲把紙飛機飛出去的那個窗口邊，一支接一支地抽著菸，偶爾也會有點心事，但很快就全都吐了出來，輕得像他緩緩吐出的菸圈，有一種憂傷但飽滿的和煦，這是他給自己保留下來，專門款待孤寂的基本儀式。

他其實很喜歡那個地方，鬧中帶靜，靜中偶有餘音，而且那靜，是大半夜裡還有警

員巡邏，還有年輕人喝多了高聲嬉笑叫嚷的靜，後來是因爲王家衛事前招呼也不打一個，爲了拍那因爲失戀而痛哭流淚的屋子，就把他住的那個公寓放水給淹了，於是我們看見杜可風一隻憔悴的塑膠人字拖從沙發底下飄了出來——結果因爲他住三樓，水一淹，樓下的鄰居很難不遭殃，大家氣得聯合起來向他投訴，杜可風怕煩，怕一個鬼佬面對一大隊香港人用廣東話罵罵咧咧的，於是才決定一搬了之。

而印象中的杜可風特別愛笑，聽說他一大笑起來就忍不住要放上一連串的響屁，惹得那些大明星們撲上前去對他又捶又打，說他是個瘋瘋癲癲的鬼佬濟公，他一邊躲一邊大笑著回應，這是腸道健康的關係啊——可惜一些他特別喜歡的演員，比如梁朝偉張曼玉，比如張國榮，有的漸漸就見得少了，也有的，已經永遠不會再見到了——尤其是張國榮。杜可風每次提起張國榮，總是話說到一半，就突然伸出兩隻手，用手心大力地按著眼睛，不讓汨汨的淚水冒出眼眶，然後一個勁兒地抱歉，「對不起，對不起，我想說的其實是，Leslie真的是一個很漂亮的人——」

我看著鏡頭前面哭得鼻子紅通通的杜可風，在某程度上，他不也是一條感情豐富的毛巾？失戀的時候，應該也會偷偷地滴滴答答哭泣。他想起以前在拍攝現場，張國榮老是走過來向他要菸，他故意不給，嚷嚷說，不行不行，怎麼明星們都過來跟我討香菸啊？張國榮就雙眉橫豎，尖起聲音說，好啊杜可風，你竟然這麼樣對我。而且張國榮特別愛美，有一陣子又瘦了一些，就故意把上衣拉緊，曼妙地走到眾人面前討讚，一聽到大家驚呼，天啊Leslie，你好鬼瘦啊，他就嫵媚地笑開來，特別高興大家都留意到這點。還有一次是在阿根廷，原本有一場後來被王家衛刪掉的變裝戲，張國榮畫了個往兩鬢斜飛的粗眼線，穿一件豹皮外套搭短裙，嘴脣塗得紅彤彤的，然後扭著腰肢，像個經驗老道的妓女，穿著高跟鞋走來走去，還出其不意把臉湊近杜可風，模仿《阿飛正傳》裡的「咪咪」劉嘉玲說，「我靚唔靚啊，我靚唔靚啊」，把杜可風嚇得往後直退，他就在那咔咔咔地笑——電影可以復刻，可有些人走了就是走了，有些事丟了就是丟了，杜可風垂下眼睛說，你總是沒有辦法說忘記就忘記。

攝影讓杜可風認識人，接近人，然後走近人——他說過，關錦鵬是個小心翼翼的導演，很怕行差踏錯，每一個鏡頭和每一個場景都要反覆計算過。因此拍攝《紅玫瑰與白玫瑰》的時候，他雖然敲定了杜可風，可始終對兩人的默契帶著三心兩意的疑慮，擔心杜可風跑得太快衝得太厲害，搞砸了他調度好的，關於紅玫瑰的外放與白玫瑰的克制的節奏，甚至在正式開拍前，還主動提出和杜可風不如先合作兩輯音樂錄影片和一部斯琴高娃的人物電視專輯——

但杜可風一點也不動氣，他打算用他的鏡頭和畫面感來說服關錦鵬，很多人也許想不到，關錦鵬原本屬意張曼玉出任的白玫瑰，後來竟峰迴路轉，接納了杜可風的建議，找來葉玉卿，成就了葉玉卿演藝生涯裡最讓人刮目相看的一片窗前明月光，誰也料不著在現實生活裡爲了上位不惜奮不顧身翻江倒海的葉玉卿，其實也可以是爲了成全一段婚

姻的完整，而甘心當男人衣服上一顆礙眼的飯黏子。另外還有徐克，杜可風不是沒有機會和徐克合作，但他十分抗拒徐克電影裡的高難度特技，讓他在片場裡手足無措，和他的攝影風格多少有點格格不入，更重要的是，杜可風對雪茄味過敏，一旦合作起來，徐克在片場裡叨在嘴上的雪茄，鐵定會讓杜可風窒息。

而在香港住久了，杜可風已經習慣被香港人稱呼「果個鬼佬」，我們也漸漸忘記了，杜可風第一部電影作品其實是在台灣替李行導演的《小城故事》擔任攝影助理，後來還拍過楊德昌的《海灘的一天》以及賴聲川的《暗戀桃花源》，我們只記得他七奪香港電影金像獎，四奪台灣金馬獎的作品，大部分是和王家衛合作的，他說，他對王家衛的認識以及和王家衛在一起的時間，遠遠超過他前妻——所以杜可風如果說對香港沒有感情是假的，他愛香港，多過愛他十八歲就逃離的澳洲。

而且杜可風特別喜歡香港窄窄的需要側身進去的地下酒吧，喜歡「浦」蘭桂坊，喜歡到尖沙咀喝酒，喜歡灣仔的七〇年代懷舊感，有一次說起那家王菲在《重慶森林》打工的快餐店後來改成了便利店，他偶爾經過，還是會進去買罐啤酒什麼的，他笑了笑感慨地說，香港現在很多地方都不一樣了——是的我明白，我都明白，人的志氣不一樣了，城市的脾氣也因此不一樣了。也因爲香港朝不保夕的變化，讓他更加想念起以前的香港，就像周嘉玲從梁朝偉身上掙脫出來，是夏天呢，她像峽谷一樣線條流暢的背脊正一顆一顆地，冒著完事後的汗珠，然後梁朝偉把手裡的模型飛機，一隻一隻在半空比劃，之後停在她赤裸的背脊上——女人光滑的背脊，一直是每個男人最依戀、最想降落的跑道。

杜可風十六歲就開始流離浪蕩，身上的水手基因，卻一直沒有徹底排除乾淨，他有好多好多換了又換的女朋友，到處都有，但沒有一處是可以恆久降落的跑道。我不確定有沒有人給過他一張注明日期但沒有塡上目的地的登記證，如果眞的有，我很好奇，他會想要飛去哪裡？哪裡才是他的目的地？如風少年，一晃眼竟也白雪蒼蒼。杜可風不是一個果斷的剪接師，他拍的畫面再怎麼頹廢迷幻，再怎麼悍豔惆悵，都得要等到事過境遷，才知道當時拍下的都是擦身而過，都是爲著預告未來的不期而遇。

而我們每個人，誰不都帶著和另外一些人相遇的機率，在都市裡匆匆兜轉急急離去又蹣蹣跚跚地倒回來？有些人的出現，純粹是過場，是空鏡，而那些差一點剪掉最終又搶回來的，其實才是我們跑這麼一趟，唯一的目的。就好像《阿飛正傳》，杜可風決定放棄懷舊感的深褐色調，而採用了菸草綠，那綠本身，我後來想起來，眞像一扇門微微拉開一條縫，房裡面的人一動也不動，木無表情的坐著，並且豎起耳朵在等——街上奏著哀樂的殯葬隊什麼時候經過呢？他正等著目送自己年輕時在明媚的陽光裡煽動的翅膀，而今正蜷縮起來躺進棺木裡，光燦油亮，如標本一般地死去。

張柏芝

Cecilia Cheung Pak-Chi

鋼索與流蘇

到現在我還聽不眞切，張柏芝最後轉過頭來，張開口說的那一句是什麼？太陽眞烈。太陽眞的太烈。張柏芝用手背揩了一下額頭，整個人被太陽蒸得懨懨的——是謝霆鋒宣布和王菲再度復合的那一天麼？不知怎麼的，兩個兒子那天特別的皮，在屋子裡踢球把壁櫥上的玻璃門都給踢得爆開來，然後嚇得都躲進房間裡不敢出來。但那一天的張柏芝出奇溫柔，也不叱喝，也不咆哮，只低下頭，安靜地打掃碎了一地的玻璃——也順道把心裡應聲而碎的玻璃片，一併給打掃乾淨，然後咧開嘴，對自己說了一句我一直很想聽清楚的什麼。

張柏芝最吸引我的，是她從來不是那種坐下來一杯咖啡就可以敞開來被你研究分明然後歸類存檔的女人。桃開梅謝。人世之所以感慨，不外乎總有一個人的好與不好、開心與不開心，都和你有著一連串糾纏不斷的瓜葛。即便有些人，明明你已經將他完完全全剪斷了捨棄了割離了，但其實沒有，他還是會不斷的在不同的時段，以不同的力道和方式，撞擊你扣得嚴嚴緊緊的窗口，也不一定是要你放他進來，純粹是要讓你知道，他其實從來沒有離開——

張柏芝在愛情的漩渦裡也不是沒有受過委屈，但她的頂天立地，和願意承擔前因後果的剛毅，反而讓她的愛情有一種颯颯的烈氣，我也不是沒有暗地裡爲張柏芝把荊棘活成了徽章而喝過采的。

我想起一句話，「性自有常，故任性人終不失性」。眞巧，張柏芝活脫脫就是。對於愛情，張柏芝有一種野蠻的天性。一種天眞的，奮不顧身的，但又不失溫柔的蠻性。因此每次遇上愛情她就一口咬得實實的，直至實在走不下去了，這才不得不鬆開口，訕訕地說，「男人眞荒謬，等到分手了才願意說，我是他們這一生最愛的女人」。結果同樣的一句話，聽的次數多了，張柏芝漸漸也就明白下來，這原來只是一個禮貌的托詞，也只是一個男人們把手洗清潔之後順便抹乾淨的動作罷了。

是廿三歲那年吧。張柏芝第一次接受魯豫訪問。鏡頭面前的她輕鬆自在，偶爾盤腿，偶爾把腳搭到椅子上，怎麼舒服就怎麼坐，而且她的頭髮驚人的厚，像一塊柔軟的絨毯，晶光閃閃的，我突然想起很多很多年前，亦舒第一次在香港見到林青霞，同樣被林青霞的美麗驚嚇得說不出話來，最後只能嘆息，並說了一句，「如果眞要挑，就只能挑她頭髮不夠厚」，而那是亦舒唯一可以在林青霞身上挑出來的毛病，張柏芝卻連這個毛病也沒有。我記得特別鮮明的反而是，張柏芝在訪問裡主動說起愛情，說她不想占有一個不愛她的男人，這道理很直接，如果她心裡有一個她喜歡而沒辦法在一起的男人，那麼她同樣就不會去接受另外一個男人的追求——沒有人應當在一段感情裡頭只是被當作替代。

偶爾重溫張柏芝初出道時咄咄逼人的美麗，想起現今不都流行一句「盛世美顏」？只是說這話的人，恐怕不知道，在所謂「網美」氾濫成災之前，張柏芝的美顏，根本就

是一整個絢爛的大唐盛世——因此我始終覺得，就算是張柏芝親手把自己的婚姻和家庭，還有香港最後一位巨星的前途全給砸碎了，只要她自己不介意，其實也並沒有什麼好可惜——蘇珊．桑塔格在耶路撒冷文學獎領獎時說過，「集體責任這一個信條，如果用來當作集體懲罰的邏輯爲依據，絕對不是正當的理由」。單就她這一句，用來爲張柏芝因一摞豔照而被整個香港一夜之間摔在地上猛踩而撐腰，其實也是絕對可以成立的。

然而有時候難免還是會把舒淇和張柏芝擺在一起。都一樣具有直爽剛烈的性格。也都一樣水裡來火裡去，經歷過一段又一段風風火火的過去。不同的只是，如果把她倆都當作範本來解讀，現在的舒淇已經有足夠的能力承擔或推翻自己的過去。但張柏芝不行。張柏芝毀掉了成爲「香港最後一顆巨星」的可能性，然後才一步一步試探著重新開始，一步一步測試著大家對她過往不究的接受程度。而這背後最詭異的是，命運同時朝這兩個女人拋擲同樣的圈套，不同的僅僅是，調轉了時間的先後和道德的次序，最後落成的結果，竟出現如此巨大的差距。

也因此到現在，因爲理虧，因爲心虛，張柏芝身上的弦，終究還是繃得有點太緊。有人發現，乘風破浪復出後在鏡頭面前依舊色如春曉的張柏芝，臨出場前，緊張得兩邊肩膀一直在抖個不停，因爲她知道，她曾經是個差點被社會輿論「銷毀」的明星——尤其那時候的香港群星燦爛，特別看重本土明星們的形象包裝，因爲香港人相信，明星基本上就是個人素質搭配商業策略架構出來的人設，人設一旦崩壞，觀衆的力量是完全可以把一個明星捧上青雲，也可以把同一個明星踩在腳底。

因此眞要在娛樂圈子裡如魚得水，張柏芝後來才知道：「撥得開，才是手段；立得定，方見腳跟」。她卽便剛出道時再美、再驚豔整個香港影壇又如何？而張柏芝的美，美得太理所當然，也美得太理直氣壯，像一座金碧輝煌的殿宇，一抬頭就把人給鎮壓住了，少了四合院裡連進三院的迂迴感，也少了讓人可以斜眼瞥見一把還滴著水珠兒的油紙傘立在雨廊邊上的欲說還休——如果說張柏芝單單用美來打動我，恐怕我是不肯同意的，我嫌她的美太過單刀直入，少了餘韻，也不夠耐人尋味，而張柏芝真正觸動我的，是她的決絕她的勇敢她的剽悍，是她和命運拉鋸時背水一戰的秉性剛烈，是火燒翠雲樓時，烈焰騰騰，她一臉的倔強，把腰板兒挺得直直的把自己推到眾人面前，闖了禍之後恭恭敬敬領罰，她說，「錯要認，打要立得正」。

其他人肯不肯原諒張柏芝是一回事，在我心底張柏芝於是成了號人物，她做錯的事顯然是冒犯了潛在的、複雜的、一哄而起的社會心理，可追究起來，不就是年少無知絆倒在了愛情的圈套上麼？鳳凰踏碎玉玲瓏。誰的青春沒有一兩道裂痕，我就不相信她往後不會遇上一個願意把她千瘡百孔的過去一把攬過來安頓妥當的男人。我不算特別偏愛張柏芝，也不打算特別偏袒張柏芝，但我欽佩她手起刀落的爽快俐落，每個人生，就只有那麼一次的起承轉合，張柏芝的人生，固然起得囂張，但我相信她領了教訓吃了苦頭，多少會留心怎麼承接，怎麼轉合，怎麼把結局收拾得窗明几淨。

我尤其喜歡看見張柏芝每一次出現在大家面前，她的大而無畏和心無城府，彷彿都帶著孩童也似的天真，完全覺察不出這個陰險的社會其實正等著看她什麼時候又一次摔個臉青鼻腫。而這樣的張柏芝，總是特別讓人暗地裡爲她心疼，心疼她明目張膽的磕磕碰碰，怎麼都比那些專鬧些小花邊小眉小眼的女明星們大氣得多。

而張柏芝常常叫我聯想起阿修羅，她有著修羅女驚人的美麗，而且她的美麗時淸時嬈，可善可惡，神色與顧盼之間，偶爾會閃過爲了復仇才降世的心機，同時也和阿修羅一樣，張柏芝的性格驍勇善戰，但容易心生嗔恨和妒忌，尤其是在愛情面前，她表面不當一回事，其實心底下正飛沙走石。我一直記得陳凱歌在《無極》給張柏芝飾演的傾城釘下一句詛咒，「妳永遠得不到眞愛，就算得到，也會馬上失去。」後來電影拍完，我們僅僅記得張柏芝風沙滾滾的美麗，劇情根本忘得乾乾淨淨。又正如她在《蜀山傳》飾演的百歲掌門孤月和少女李英奇，扮相之美，連林青霞看了也爲之驚豔，她的美可以是鋼索也可以是流蘇，她初出道時的清純，不也給了「玉女」這稱號烙下更深刻的印記？

周星馳第一次見張柏芝，隨手把一枝筆遞過去，要求張柏芝假裝點上菸，演一個墮落風塵吞雲吐霧的女人，張柏芝很是不解，挑起眉頭，直接對星爺說，「爲什麼要裝？你給我一支眞的菸，我馬上抽給你看。」周星馳聽了，表面不動聲色，心底卻開心得炸開了一長串炮竹，眼前這個大方承認自己十五歲就學會抽菸的張柏芝，根本不需要踏破鐵鞋，就是他要找的「柳飄飄」。張柏芝從來沒有打算隱瞞自己的出身，她沒有替自己竄改五彩斑斕的經歷以示清純的習慣。

也所以常有人懷疑，經歷了這麼多不友善的挑釁和對待，張柏芝怎麼還可以在鏡頭面前十里春風？她失婚、她半退隱、她被惡意中傷，種種不友善的抨擊，這對她根本就不是個事兒。是張柏芝的剛烈，拉了她自己一把，讓她得以蠻橫地與風浪浮華一再對決，一再角力。到現在張柏芝還是說她從來沒有對愛情失望，頂多只是偶爾有些悵惘——盡是對的人，盡是錯的時間。我記得張柏芝春花秋月地對在電視節目上半開玩笑地說，「我從來沒有說過在愛情上退隱啊」——現在的張柏芝，比很多女人對愛情有著更高的警惕性、更狠的反擊力。而總有一些些腰纏萬貫的男人們，洋洋自得地以爲，他們隨時可以拋出銀彈，用財富「金碧輝煌」一個女明星的下半生，卻從來沒有想到，其實是他用金錢，摧毀了一則傳奇的誕生。

奇怪的是，叛逆的張柏芝竟有著與生俱來的母性，浩瀚而澎湃，她說過，如果她來到這個世界只有一個目的，她的目的就是生小孩，三個太少了，有機會還會再生。那時候張柏芝還很年輕，談起愛情和婚姻，她一臉認眞地說，將來如果她結婚，對方必須答應不論發生什麼事孩子都必須歸她撫養，那麼她才會答應在結婚證書上簽字——

我印象中有一次張柏芝帶著兩個兒子到商場的食品部買辦，她戴頂鴨舌帽便裝素顏，可能太投入把母親的角色做得盡善盡美，連球鞋的鞋帶散開了也沒有發現，然後大兒子盧卡斯馬上蹲下來，仔細地爲她把鞋帶繫好——這畫面給了我太大的衝擊，如果職業是一個男人的第二性別，那麼「母親」則是在社會屬性上，更能鞏固一個女人的完整性別，在那一刻，張柏芝的美麗、張柏芝的名氣、張柏芝的明星光環，全都黯淡下來，也全都熄滅了去，她把自己還原爲一個教育出一個貼心兒子的普通母親的角色，雖然這角色壓根兒不會爲她帶來任何獎項，卻比任何一個獎項都更能讓她感覺這一生總算受到了肯定。

青春節節敗退，歲月像一群羊，低著頭，默默在墳頭上吃草，但漸漸的，那些被羊群啃乾淨的墳頭，終於露出了它的莊嚴，而墳裡頭埋葬的，其實是張柏芝的青春，也是張柏芝對愛情的堅定，始終如一。鋼索與流蘇，一柔一剛，我喜歡用來形容張柏芝，因爲那都是你看到與你看不到的張柏芝。

林志玲
Lin Chi-Ling

別以爲你看穿了我的美麗

　　顯然這是個充滿挑釁的標題。我想林志玲應該不會同意。她會說，不要啦，大家會覺得我在張揚我的美麗。然後露齒而笑，然後如果她跟你熟，也許還會親密地把頭靠過來，於是你骨頭馬上酥了一酥，一部分是因爲林志玲那著名的娃娃音——怎麼那麼嗲？少女也似的。但你聽得出來，那絕對不是裝的。我記得針對娃娃音這事林志玲做了一個很高情商的解釋，她說，這是缺點我知道，但因爲這缺點而讓大家認識了我，我反而覺得應該把它當作是我的優點了。而誰也不能否認，林志玲的知性和高學歷，輕而易舉，就顛覆了「媚俗作態」這四個字企圖在她身上貼上標籤的不良居心。

聰慧的女明星很多，葷素不忌，但都偏向精明，一不小心就露出張牙舞爪的企圖心。但林志玲的聰明，是典雅的，是得體的，是受過良好教育而把分寸拿捏得剛剛好的。我欣賞林志玲，除了她幾乎無懈可擊的美麗，還有就是她大方得體的禮儀，無論多尷尬的場面，她都可以化險爲夷，永遠不會讓空氣中有難堪的導因，這絕對不是單單只有美麗就可以掌控的格局。

如果眞有機會和林志玲合作拍一輯時裝大片，我會建議把地點定在紐約第五街的蒂芙尼專賣店，讓她把臉貼在櫥窗上，長髮盤起，露出她優雅的天鵝頸，然後隨手在頸上給她掛一串長長的珍珠項鍊，讓她側過頭說，「我不想擁有任何東西，直到我找到一個地方，我可以和我喜歡的東西在一起，我不知道這個地方在哪裡，但我知道它是什麼樣子，它就像蒂芙尼——」

於是東方版的奧黛麗．赫本，在我們面前緩緩轉過身來，定格成另一條讓人魂牽夢縈的月光河。不知道爲什麼，林志玲的靈秀，總讓我覺得她跟奧黛麗・赫本某一個電光火石的剎那出奇相似，都善良，很優雅，都美麗，而且最關鍵的是——她們的美自帶一份聖潔，沒有讓男人坐立不安的侵略性，可暗地裡又有著蠢蠢欲動的多重個性。

一個人的肉體是統一的整體，但一個人的靈魂，卻從來不是統一的靈魂，它可以承載太多不一樣的懸疑與眞相，我一直覺得，林志玲從一開始就做出了最完美的示範。而這種感覺的落實是之後才想起原來吳宇森也曾經說過，林志玲其實可以拍喜劇，輕盈一點的，明媚一點的，他說他在林志玲身上看見奧德麗・赫本靈動的喜劇神韻，那時候林志玲才第一次拍戲，拍的就是「遙想公瑾當年，小喬初嫁了」的《赤壁》，因此我很是相信，男人們見到林志玲除了驚豔，還有一種說不出來的感激，感激她激蕩出男人們久違的溫柔心緒，像在美術館站著看一幅畫，未必都看得懂，也不可能都買得起，但看畫的人，都會安靜下來，慢慢明白什麼叫作心頭一顫，什麼叫作此生無憾——包括吳宇森。

後來吧，聽吳宇森說，他第一次見林志玲，當堂就被林志玲溫婉的妍麗震撼，他沒有見過一個女明星可以有那麼典雅的豔麗，覺得必須將她拍進電影裡，因此《赤壁》最初的概念是拍一部愛情故事，把小喬的戲分大幅度增加，幾乎與周瑜和諸葛亮還有曹操並駕齊驅，可惜電影出來，場面依然太過浩大，男主角依然太過霸氣，林志玲根本招架不住，平白黯淡了小喬那一條感情線——吳宇森也承認，他把含蓄的三國愛情給模糊了，讓古代國色天香的美人受了委屈。而我隔著銀幕，看著林志玲的小喬扮相，著實秀麗得讓人疼惜，電影雖然拍得有點僵硬，但小喬這角色卻因爲林志玲而有了靈韻，讓人沒有辦法不憐惜——至於美麗，美麗可以是一架道具，也可以是一種演技，主要是看把美麗抓在手裡的那個人怎麼去運用而已。

小喬對周公瑾的愛裡頭，墊著厚厚重重的尊敬，《三國》有記，周公瑾其實也有溫柔的一面，對音色的辨識十分敏銳，據說他在給軍隊演練時，偶然聽到遠處吹笛的牧童老是吹錯同一個音，竟循著笛聲找到牧童，然後親自替牧童重削短笛，以便往後吹出的都是精準的音色。這樣的男人，不知道爲什麼，我覺得特別會讓林志玲感動，她的丈夫Akira黑澤良平也是個音樂人，婚後兩人把生活過得清爽而素淨，林志玲說，婚前她在愛情面前不善辭令，結結巴巴的，不習慣在語言上表達愛，而且工作檔期幾乎都排得密密麻麻，不是拍戲就是拍代言廣告，她總是一個人拖著行李箱在不同的繁華的城市裡

來回奔走，太習慣了一個人的獨立，太習慣了切記不要隨便仗著自己美麗而輕佻得意，反而忘記了自己其實有著被愛被寵壞的條件和權力——所以有時候，停靠，對一個決定讓自己爲了愛情和婚姻而安定下來的女人來說，其實是一種前進，向幸福前進，也向勇敢拋棄自己的使命準備承接平凡的自己前進。

我當然知道，在愛情上林志玲也受過委屈。因爲對方的舉棋不定。也因爲對方顧左右而言他的百般顧忌。於是林志玲只好像一隻斷尾求生的壁虎，斷然截斷愛情的尾巴，爲的只是可以在覓得可以托付終生的人的時候，還自己一個現世安穩的機遇——據說，以前盛行一種接近神話的說法，說每一個人都有一個曾經是自己身體一部分的伴侶，只是不知道他被上帝分配到世界的哪裡，我們必須長途跋涉，必須耐心守候，才會和自己身體的一部分結合在一起——林志玲撇撇嘴轉過頭來說，不准笑，我是真的相信的。

女人基本上都一樣，總要有人愛，才會覺著自己的存在。林志玲恰巧也是。她不喜歡在風雨飄搖的愛情中搖搖欲墜。沒有愛的時候，我發現她的眼神有掩不住的恍惚，特別的恐慌，也特別的焦慮。尤其因爲她是林志玲，她的焦慮翻倍了又翻倍，她害怕辜負了這個名字代表的完美性。而且她知道，她要的，其實不是視覺效果的愛情，不是俊男美女配，也不一定要玫瑰香檳城堡豪門。眞正可以流水潺潺的愛情，只要彼此有共通性，並且空氣中流竄著互相凝視互相眷念互相吸引的荷爾蒙其實也就可以了，你去看看最終打動林志玲的那個男人你就知道了。

還好到最後，貴爲台灣第一美人的林志玲終於還是把自己活成一條詞彙，而那個詞彙，就是「優雅」兩個字。可有時候太過優雅，對女明星來說，反而是一種限制，理所當然就被抹殺了更多的可能性，尤其是在鏡頭前爭取角色的關鍵時刻——因此林志玲一直都沒有遇上過技術含量過高的角色，導演們對她的要求不過是「拍得美些，再美一些」，除此之外再沒其他——沒有演技，其實就是花瓶們的演技。這話溜進林志玲耳朵多少有些刺耳，但又有多少個女明星可以在電影裡蒸騰起翦水秋瞳就可以引發男人們萬馬奔騰地爲她大動干戈而具有絕對的說服力？花瓶，說開了，其實也有級別之分。美麗其實也一樣。

范冰冰的美，美得太過張揚霸氣。就連舒淇，舒淇的美也是澎湃的，像瀑布般，聲如奔雷，飛瀉而下。只有林志玲的美，美在小橋流水似的，清麗雅致，恬靜如畫，有時候比畫還要恬靜。林志玲練過多年舞蹈，幾乎就是個專業舞者，舞姿曼妙，身影飄逸，有一年她答應在春晚表演水上芭蕾，雖然說明是用替身完成水下動作，但林志玲依然感受巨大壓力，大得她甚至夢見自己不停地從水上跳入一個熾熱的大火圈，醒來時嚇出一身冷汗——其實誰說不是呢，娛樂圈本來就是一個大火圈，所以林志玲從來不利用她的美麗發號施令，她只是用她的美麗和人群建立起一種人間煙火的聯繫，以及標誌一個時代的審美意義，你覺得她的美麗讓你疲勞不過說明你對美麗的見識不夠寬廣，你對世界的包容不夠大氣。

我常在想，某種程度上，林志玲的美麗，其實是由我們合力「完成」的。是我們創建了林志玲美麗的各種可能性，也是我們熱烈地用想像，填補了林志玲美麗的縫隙。如果把範圍縮小，就只看台灣，林青霞用美麗定義了傳奇，她的清純她的英氣她的宜男宜女，幾乎每一個造型甚至每一個時期的蛻變都是一串爆竹般炸響開來的感嘆號，面無懼色地在節節敗退的歲月裡，用美麗還擊年華衰老的不懷好意——再來是舒淇，舒淇用她不完美的美麗，推翻了美麗的定義，原來不完美的美麗，其實更能從容應付美的嚴峻和鋒利。至於林志玲，她的美麗太平順，太理所當然，於是就失去了修飾或打碎了再重來的空間和意義。林志玲的美，美在風和日麗，美在一直和幸福並肩而行，但始終少了深刻而強悍的故事性，也限制了我們對美麗可以飛沙走石的想像力，我們只是透過林志玲，在兵荒馬亂的世道，用來撫慰我們無時無刻必須去抵抗的理性的宇宙秩序。

就好像，我老記得有一次林志玲上小S的節目，徐熙娣小姐一如既往地挑達無賴，誘導男性嘉賓挑剔並否定林志玲的美麗，其中一位男性嘉賓說林志玲的美太過矯情，不夠生動，於是林志玲站起身，婀娜著修長的身材靠近那位男嘉賓說，「我哪裡不生動了？你說，你說」，並且愈逼愈近，逼得男嘉賓滿臉通紅，最後不得不妥協下來。我喜歡林志玲，喜歡她的高情商多過喜歡她的清妍出塵。林志玲美在整體性，從她的身世、修養、機遇、外貌到修成正果的愛情，都一再印證了她的美麗藏有極貴重的幸福基因，而且——矯情要是貫徹始終地矯情到一種程度一種層次，其實也是一種深情了，至少林志玲願意全心全力地用矯情來對待對她有所期待的人。

林志玲常說，完美是個動詞，因此繼續不斷地追求完美其實是件很累人的事。就好像拍攝《道士下山》，陳凱歌說，志玲，妳可以先坐下來休息，等下一個鏡頭再叫妳，但林志玲只是點了點頭，全程三個小時都一直站著不肯坐下，因爲她擔心一坐下就會把旗袍給坐皺了——

所以如果有人說林志玲在戲裡僅僅是樽花瓶，我並沒有極力替她辯護的意思，但我會修正一下對方的詞句，就算是花瓶，林志玲怎麼說都是最美麗也最盡責的花瓶。而且，並不是每個人都有當花瓶的條件，花瓶也有眞本事。我特別喜歡林志玲說的，每個舞台都有它的期限，期限到了，就一邊聽大家的掌聲一邊下台，其實也還是值得驕傲的——什麼階段做什麼樣的事，她說將來眞的老了、不紅了、不漂亮了，那就躲起來不讓別人看見好了。懂得在對的時間離場，不論是情場或職場，都是最得體的表現，保持得體的儀態，就是對自己的尊重。

因此每次見到林志玲，總會不由自主的聯想到范冰冰，反之亦然。於我而言，她倆一直都是最明豔最強烈，也最讓人驚歎的對比。但范冰冰顯然比林志玲剛烈太多。當林志玲已經習慣每天早上依在門邊向出門闖蕩事業的丈夫道別，一再重複練習，把愛掛在嘴邊，告訴丈夫她很愛他的時候，范爺依然不認爲征服了男人就等於征服了全世界——

世界是肯定要被征服的，范爺臉上敷著面膜說，但爲什麼要征服男人呢？她寧可把征服男人的心力用來征服她想要建立的世界，男人在范爺眼裡是不需要被討好的對象，她要的安全感，她可以自供自給，就算有那麼一天愛情崩塌了，她還是可以在廢墟中毫髮未損地站起來，找到完整的她自己。

如果美麗單純是上帝給予的祝福，那林志玲和范冰冰被分配到的，肯定是不同屬性的祝福，林志玲小橋流水的美麗，和范冰冰剛烈似火的豔麗，本來就應該開展出截然不同的人生篇章和結局，雖然她們人生的格局，在某程度上，可以彼此重疊，也可以相互輝映，但最終決定她們該怎麼往前走的，終究是她們的性格造就而成的命運。兩個靜躁殊異的女人，個性不同，最終落定下來的命盤，也一定不會相同，至於眞正了當的人生哲學，仔細拆開來，不外是王羲之在《蘭亭集》所寫的，「欣於所遇，暫得於己，快然自足」，就這麼幾個字而已，這道理相信聰慧如志玲，沒有可能不會懂得。林志玲把她渴望得到的縮小，一旦如願，也就等於獲得了整個世界般圓滿，范冰冰若一味把嚮往的無邊際擴大，到頭來恐怕永遠都沒辦法被滿足，單就這一點，林志玲似乎比范冰冰看得通透，只有把複雜的豐盛的開枝散葉花雨繽紛的人生簡化也減化，才能活得像一則小品，豁然開朗見清明。

我見過林志玲的那一次，是她受邀飛過來吉隆坡爲她代言的腕表品牌新店開張主持開幕。之後的餐敍，她優雅地站在宣傳板前面，和每一位貴賓拍照，全程我記得林志玲臉上的笑容都一樣的甜美，一樣的專業，一樣的誠懇，一樣的不厚此薄彼。她其實可以透過助手婉拒這一環安排。畢竟穿著高跟鞋這樣子站著實有點太累。但她配合度出乎意料之外的高，並且隨後坐下來，還馬上投入和品牌高層談笑風生，沒有一個笑容是僵硬的，也沒有一句應對是不得體的，讓每一個看見她的人，終於明白「如沐春風」這四個字原來是這麼個意思。而她整個人當時看上去，蒼潤華滋，眉眼藏著斂著的，全是樸厚清遠的美的線索，明明那場地是人聲喧鬧歡騰的西餐廳，但還是彷彿聽到水聲潺潺，那水聲基本上就是林志玲自帶的背景音樂了。

而當美麗開始從林志玲身上看上去不那麼商業，也不那麼急功近利的時候，其實林志玲已經朝著下一個目的地前進，像小學生期待畢業旅行那樣，做好準備，準備遇見有趣的事兒，繁華褪盡，笑對紅塵揮手去，這時候林志玲的光采，沒有複雜的敍事技巧，沒有滑溜的欲擒故縱，其實比什麼時候都還要美麗——但千萬不要會錯了意，我們誰也沒有本事在林志玲同意之前，輕易看穿她的美麗。眞的不要，也眞的沒有那麼容易。

高以翔
Godfrey Gao

斷裂，也是一種收成

——他未必是個傳奇，就算他還在。演藝圈子裡的傳奇太多了，枝繁葉茂的，漸漸也就不再稀奇。但十分可惜是眞的。可惜他是一堆正燒得興高采烈卻被降下來的驟雪撲滅的篝火，可惜他來不及體驗挫敗，來不及明白，未來其實不一定如願而來。

有一點你恐怕得相信，有時候，努力也可以是個反面教材。因爲命運只要一個不高興，就會把你給凶狠地甩了出去。而我鏤空高以翔，很大一部分是感慨他才走了三分之一就戛然而止的人生，而每一個過程，總是太過水到渠成，每一節篇章，也總是太過順理成章，直至一塊黑幕轟然滾落，才終於把我們全杵在了原地——

因此往後如果有人憶記他，同時記起的，應該還包括命運曾經不留情面，兜面給大家勾了那一記來不及防備的重擊。童話墜落懸崖。寓言平白失火。所謂美滿，原來和大衆的認知曲線並不完全吻合，一點都不。）

那隻馬把時間算得眞準。跑回來的時候，整顆夕陽，正巧在牠背後完整地墜落下來。我問他，馬奔回來的時候，你的第一個反應是什麼？高以翔靦腆地笑了笑，然後不好意思地低下頭說，我卽刻檢查馬背上的箱子，然後發現，箱子上的鎖頭竟然被彈了開來——

我突然想起有個心理測驗是這麼玩的，它讓你想像你落在了渺無人煙的沙漠，而身邊只有一個木箱子，然後箱子旁邊還有張梯子，梯子和箱子的距離一點都不遠，大概就只有兩三尺吧，你如果願意，還可以把梯子和箱子的距離，靠得更近一些，最後還有一匹馬，馬頭上的鬃毛颯颯地飄，馬正仰起頭，咴咴地對著天空嘶叫。

高以翔喜歡馬。自小父親就對他說，所有紳士的養成，騎馬是其中一項不准當掉的必修科。而心理測驗被揭開來，他才知道，木箱子是他自己，梯子代表他的朋友，而鎖頭——扣上的鎖頭代表他是一個自閉的、小心翼翼的、害怕打開自己的人，後來鎖頭彈了開來，暗示他在被其他人主導的客觀環境底下，逐漸鬆脫被捆綁的束縛。至於馬——高以翔很高興地知道，馬匹代表的，是他心心念念所愛的那個人。

這也是爲什麼，他回到內地參與古裝劇的拍攝，飾演驕狂自負又雄健英武的呂布，劇裡的三叉束髮紫金冠特別重，而且還要握著沉甸甸的方天畫戟在沙地上馳騁，導演一喊卡，他就心疼地縱身躍下，卸下頭盔，擱下兵器，把臉貼近馬脖子，來回摩挲，因爲他知道那盔甲和兵器的重量，幾乎把那馬給壓垮了。

後來高以翔出了意外救不回來的消息傳回台灣，林志玲頓時愣在了現場，整個人僵硬著，一直重複地問，怎麼會這樣？怎麼會這樣？眼淚開始止不住地滑落下來，最後說了一句，「一個人的意義不在於他的成就，而在於他追求成就的過程」——這句話從林志玲口裡說出來特別有力。林志玲和高以翔一樣，都承受著他們的努力老是被外貌騎劫的壓力。他們最明顯的共通之處，除了兩人把標桿愈拉愈高，高得幾乎由裡到外都無瑕可擊的俊顏和美色，還有就是被「全台灣最高價的兩隻花瓶」這名號屢屢綁架的兩名受害者。

林志玲太懂高以翔。懂的背後，是因爲她看著高以翔走著和她自己大同小異的路，表面優雅，心底忐忑，所以才會對他特別心疼。而演藝圈，誰不知道演藝圈本來就是又迷人又危機四伏的流俗之地？他的辛勞、省思、拚搏，還有他的懵懂、天眞和夢想，隨時可以被人反手就推翻了去，然後斜起眼在他的績效評估上狠狠地畫個大叉圈個差評丟回去。很多時候，高以翔和林志玲都明白，俊色和美顏，在娛樂圈子裡受到的，是不懷好意的挑釁和歧視。

但高以翔是多麼溫柔的一個人啊，如果你接觸過他。我記得馬來西亞的品牌公關曾經跟我說，她在香港的活動上見過 Godfrey——是，我們其實比較習慣叫他 Godfrey，或 Godfrey Gao 的簡寫 GG，原本只禮貌地打過一次招呼，可第二天回到品牌在香港的精品店，Godfrey 見她踮起了腳還是搆不著把高架子上擺設的皮包給拎下來替媒體們進行應季新品解說，立刻從沙發上站起身，禮貌地欠了欠身，溫柔地問，「賈思敏，妳需要幫忙嗎？」賈思敏當下就被他的舉動融化了，因爲在他身上，及時體現出久違的紳士感——眞正的紳士感，根本無關學養，而是出自教養。

高以翔八歲那年就有了一套自己的訂製西裝，因爲爸爸愛穿，整個衣櫃拉開來，滿滿的是井然有序的訂製西裝，所以我對高以翔的第一個印象是，總算有個男明星的溫文爾雅的氣質可以把西裝的道貌岸然給壓了下去。並且高以翔的好看，是有分有寸的好看，而不是咄咄把人逼到牆角去的好看，是天生的貴公子，連周末出門喝杯咖啡，他也堅持穿短褲就一定要配襯衫，穿 loafer 就不能套襪子，這是紳士做派最基本也最不可以被冒犯的一環。

Godfrey 最叫身邊的朋友心疼的是，他從來就不是一個開朗的人，而且本質慢熱，可是他因爲不想賓客滿座的場面因爲他的拘謹而落得有點生分，於是格外落力地把場面炒熱，也格外周到而細膩地，關懷每一個在場的人。卽便交際手腕是他最使不上力的求生技術，卽便他明白，燈光最亮人聲最喧鬧的地方，其實愈容易迷惘，也愈容易因爲內耗而枯索。我於是開始質疑，尤其當高以翔自嘲地說，他進入演藝圈最大的收穫是，原來啊，幽默感其實是可以強迫自己訓練出來的，甚至還說，幽默感是一種責任，而不是一種天賦，是可以努力讓自己去實踐，然後讓身邊的人開心的一種途徑——這樣的他，就算取得世俗意義上的成功，又是否有消化這份成功的餘裕和能力？

我還記得有一次香港的同事操刀替他拍封面，好不容易才把最新一季的衣服從巴黎千山萬水地調過來，可因爲分派給各地做宣傳拍攝的樣本實在不夠分配，所以只拿到一件不是太合身的印花西裝、一件套頭針織毛線衫和一件黑色毫無設計感的騎士外套。拍攝當天，據說 Godfrey 身體不太舒服，但他全程高度配合，站在鏡頭前面投入設定的拍攝情緒——可照片一拉大，他的疲態卽刻無所遁形，眼神又迷茫又散渙，後來他還打醒精神，調皮地主動建議，要不我把那不太合身的印花外套脫下來當毛毯，把臉貼上去拍一張試試看？結果照片拍出來，效果出奇的好，大家都決定把那張照片當成雙開頁，拉開整個封面故事，後來我把雜誌遞給 Godfrey，他看了也禁不住笑，怎麼看上去像是把臉貼在浮在半空的小提琴呢——於是我明白，高以翔的溫柔，就好像隨身藏在褲袋裡的一小塊手巾，隨時隨地掏得出來，抹乾淨周圍不懷好意而且不知道打什麼地方惹回來的塵埃。

我喜歡高以翔，不是單純喜歡他賞心悅目的俊色，而是喜歡重溫他文質彬彬的體貼，我記得我第一次在吉隆坡見到他，謝謝他爲我當時主編的雜誌拍攝封面，他的第一個反應竟然是，那些照片都還合用吧？雖然明知是客套話，因爲他當時已經是最具標誌性的時尚臉孔了，除了被 Dolce & Gabbana 點名稱讚，並且還是 Louis Vuitton 第一位選爲全球廣告代言的亞洲模特，就好像當年的金城武被 Prada 和 Emporio Armani 窮追不捨硬是要簽爲代言人那樣，完全是時尚產業裡最讓設計師們寵愛的受惠者，而所有春光明媚的未來，眼看著就快接踵而來——但他還是保持一樣的誠摯，一樣的紳士，一樣的在乎有沒有帶給身邊的人一定的愉悅程度，就好像冬夜裡一個旅人住進一間保暖性特強的屋子，他安靜的影子投射在乾淨的牆壁，總有一種誠懇地把人安定在一張椅子上然後遞上一杯熱咖啡的力量。

也不過是兩三年前吧，當高以翔還在的時候，聽說年輕的小妹妹們喜歡玩一個叫作「眞心話」的遊戲，其實就是所謂的快問快答卽場反應，比如問「高以翔？彭于晏？」被點名的一方，就要馬上說出心裡面的答案，而飆出來的答案，似乎是彭于晏居多。彭于晏我也見過，說話時臉上常有促狹的意味，可惜這樣的表情他並沒有帶到《第一爐香》裡去，著實是可惜了。而跟彭于晏相比，高以翔無疑穩重多了，也紳士多了，彭于晏身上還有一種羽翼未豐喜歡逆風叛離的少年氣，但高以翔已然一副餘光靄靄，對人生瞭然於胸的從容自在。

遺憾的是，命運城府太深，絲毫不肯透露半點風聲，其實已經暗中決定臨陣把他的戲分刪除，也暗中展開把他的角色抽掉的鋪陳。我只知道，往後再聽到有誰的名字叫Godfrey，多少會抬起頭，微微地晃一晃神，感覺有一種淡到抓不攏的感觸從心底慢慢漫上來，就好像兩年前在辦公室聽到他離開的消息，背脊登時一陣涼，周圍的人與物彷彿斷了片一樣，耳際嗡嗡地響，震驚得整個喉嚨乾乾的，好像被誰給緊緊扣住，然後一圈又一圈，斷斷續續，在腦子裡重播和他坐下來進行十五分鐘訪談的內容：他說如果有機會，他想嘗試拍動作片；他說很想當東方的詹姆士・龐德，又酷又威風；他說他不介

意把自己敞開，接拍一些喜劇，準備好了用耍廢的表演方式，讓大家看見他努力把幽默建築成他第二度發育的性格——一連串的他說、他說、他說；一整個下午的怎麼會、怎麼會、怎麼會，始終猜不透運命竟然如此居心叵測。

可惜我們都看不見他這一些來不及兌現的凌雲壯志了。也可惜我們看不見他在攝影機面前，如何調動他所有的常規演技，演完後坐下來，對前來探班的朋友說，他還是隱隱對人們期盼他在銀幕上展現的個人特性和魅力，保留了一絲憂慮。

Godfrey喜歡演戲，但有好些東西，並不單單只是喜歡，就能夠把你領到那個目的地，過程當中，還需要奮不顧身，還需要天時地利。我看著高以翔，聽他侃侃述說他以爲已經離他很近的夢想，當時他眼裡並沒有強烈的動機感，以及舉一反三的靈活性和機動性，他的努力，很大一部分是建立在他的一廂情願，也有一小部分，建立在他誤會了娛樂生態的善良和純淨。

諷刺的是，高以翔曾在一部好萊塢電影《天使聖物：骸骨之城》飾演一個有雙性戀傾向，法力無邊，帶點搖滾氣質，裝扮中性，並且永生不死的男人。永恆的代名詞，其實就是孤獨。因爲你必須看著身邊心愛的人，一個個在不同的時間段，漸漸都離你而去，最終剩下來的，就只有孤獨——有時候，恆久的、厭世的、不被輪回地活著，就是一種磨難。

我特別記得他在戲裡的造型，亮片眼影，鮮豔指甲油，還有濃黑眼線，完全顚覆了高以翔的貴公子形象，但又暗示了他性格中可能被隱藏的魔性的另一面——只是命運的材質，可以鬆脆薄軟，也可以頑強堅韌，沒有人想到，他會從人生的勝利組，變成被惋惜的命運的犧牲者。我甚至在想，如果Godfrey當時堅決向劇組請假然後積極去爭取

《*Crazy Rich Asians*》裡頭Henry Golding的角色，飛往好萊塢發展而不是選擇留在內地，他現在是不是依然還在披荊斬棘還在乘風破浪？

我不時常想起高以翔，但我知道我不會忘記他。時間是所有人世感慨的鬆弛劑，藥效有時候來得也挺快。我突然記起卡夫卡說過類似的話，如果將這些話套在高以翔身上，他似乎又可以悠悠地在我們的記憶裡醒了過來，卡夫卡說——「但你醒著，你是守衛之一，你藉身邊那堆燃燒的木柴，在晃動的火影中，尋找下一個守衛。」

因此我彷彿聽見高以翔笑著說，總得有人守著啊，在善良與誠懇的紳士消失之前，總得有人守在哪兒啊。而他，就是那一個守在那兒的人，在我們的即將斑駁腐朽的記憶裡，守著一小段我們曾經有過的繁花似錦的太平盛世，而且那是世紀病疫蔓延之前，是我們對未來還沒有動不動就心生質疑渾身乏力之前，而高以翔在我們睡著的時候醒著，灼然燁然地醒著，把我們對他的哀悼，兌換成半截斷開來的溫柔，像一個幽玄的僧人，曲背彎腰，在我們的心裡插滿了秧，然後在愈走愈窄的歲月的迴廊上，終於讓我們明白下來：斷裂，也是一種收成。

吳彥祖

Daniel Wu

踏雪尋梅

「帥」是第四聲——因此在形容吳彥祖的時候，我總是有意無意，繞開這字眼。嫌「帥」聽上去太高亢，也嫌「帥」喊起來太響亮，更嫌「帥」其實太過敷衍，少了深邃的意境感，對於吳彥祖，以及他近乎矜貴的俊美，多少是一種冒犯，一種選詞運字上的魯莽，總覺得禮數不夠周全。

最重要的是，吳彥祖的俊美有一種說不上來的和煦，一種若無其事地照射下來，卻叫周遭的人莫名地因他的和煦而安定的溫厚，而且吳彥祖從來不躁動，也從來不帶任何企圖心，鏡頭裡外，都一樣，幾乎都一樣。

我曾經在香港一個腕表新品的發布會上對吳彥祖匆匆一瞥，他遲到了，在經紀團隊的護駕之下匆匆趕到現場，團隊們的腳步風風火火，但吳彥祖則把自己的動靜盡量壓低縮小，不想讓現場因爲他的出現而引起不必要的喧囂，我看見他一路和迎面的人打招呼，一路被接引到貴賓室爲緊隨著的發布會做準備，就連他的行色匆匆，也是預先被消了音的，這大概也是我喜歡他的原因之一——他安靜。

因此每一次看見吳彥祖，我都想起山本耀司說過，他的服裝是專爲那些超脫世俗邊界，安靜地，一個人享受沒有被發覺以及沒有打算被馴服的人所設計的，他們的不羈與狂妄，基本上也是安靜的。於是我第一個閃過的就是吳彥祖。尤其想起他在訪問中用英語說，就算在忙碌得幾乎盲目的時候，也不要忘記低下頭來，嗅一嗅藏在心底下的那一株薔薇——我當時腦袋嗡了一聲，從來沒有想過吳彥祖竟然可以這麼「普魯斯特」。

於是歲月哐噹一聲呼嘯而去，但有些陰陰涼涼的舊事，偶爾觸碰上去，卻還是燙手的——就好像當年熟讀普魯斯特的少年吳彥祖，他睡得很少，渾身都是燒得發燙的少年血，於是每個晚上都像夜間出巡的阿波羅，可以喝了一整夜的酒之後還領著女伴回家一路繾綣到天明，隔天一早再跳起身，不是趕著回去學校上課就是躍進海裡滑水去了——馬不停蹄地消耗著泉水一般汩汩的青春。

但現在不了。肯定不了。現在吳彥祖醒來的第一件事就是蹲在斐然床邊，算準時間，等著把他的Raven公主吻醒。我特別喜歡「斐然」這名字。尤其是那音節，念起來很有一種神采飛揚的意思。我甚至一廂情願地認為，這名字想必是希望將來女兒長大了，無論是事業或家庭或人生，無一不成就「斐然」，無一不引人側目。其實不。吳彥祖洋洋自得，用他舌頭依然轉得不太靈巧的中文解釋，「斐」是因為他和妻子Lisa S是在非洲舉行婚禮，至於「然」，則因為他們夫妻倆都特別喜歡大自然，把兩個最能代表他倆的字結合在一起，就這麼簡單。

然後他還滔滔說起他們在南非那棟築在郊野的小小營房，房子外頭圈起好大的柵欄，那是他和Lisa鑽進森林，在嵐煙還沒散盡之前，一根一根，把樹販子截斷後又丟棄的枯矮樹頭拖回去，慢慢給圈起來的，吳彥祖笑著說，「主要是因為Lisa擔心那些牛隻衝進花園把她種的花都啃掉啊」。我一邊聽，一邊伸手一抓，就抓到歲月在男人身上播下來的溫柔，原來那溫柔是在他們的眼角慢慢蹦出魚一樣的尾巴，然後在逐漸清澈下來的日子不斷擺動——而那擺動，是人到中年，終於看清楚了整個宇宙真相之後，給同年齡的夥伴們打的訊號燈，多少帶點心照不宣的意思。

因此是誰說的其實並不重要了：一個男人嚮往什麼樣的生活，看看他娶了個什麼樣的女人就知道了。我從不否認直到現在還是被吳彥祖前任女友Maggie Q有如美洲豹般冷豔而深邃的美麗所吸引。琥珀色的眼珠。矯健的肢體。每一個動靜，都用神祕包裹著誘惑，而那誘惑背後的愛，打一開始就危機四伏。

更奇怪的是，我竟也同樣喜歡Lisa S身上散發出那種到任何地方都顯得格格不入的隔閡和疏離，那種——怎麼說呢，即便在酒會裡端著一杯酒，但她掉入沉思的次數比和別人碰杯的次數還多，怎麼努力都滑不進社交的舞池——社交圈子對一些人來說，就是一個歌舞昇平的大舞池，總有人跳得特別歡快，也總有人怎麼都跟不上節拍，舞步丟三落四，而Lisa唯一得心應手的，就是在世俗裡嬉皮，在繁華中陶淵明，手腳笨拙得怎麼都學不會長袖善舞八面玲瓏。於是吳彥祖這麼形容Lisa，說只要給她太陽給她水源，她就有辦法像個嬉皮，有滋有味地把日子過得野趣橫生。

這恐怕是眞的。

兩個人第一次一起出國度假，沒有停在約翰尼斯堡，也不是住在開普敦，而是直飛南非的深山野嶺，住進和非洲人一樣的原始營房，那裡沒有電源沒有和文明的鏈接，只有大片大片的天空、大片大片的草地、大片大片的自由和大片大片的喘息——整整兩個星期，他們和文明完全切割聯繫，沒有電話電視電腦，除了溪流和樹林，根本沒有現代城市人習以維生的酒吧餐廳咖啡座，但吳彥祖說，那陣子的Lisa，每天都像雲雀一樣，快樂地啁啾一整天，比她住在時髦的香港半山和走進摩登的中環置地廣場血拼的時候還要開心，而吳彥祖自己，則像一艘待修的漁船，引擎安詳地完全靜止下來，船上還有些未清理的木屑，可就這樣懶洋洋地擱在岸邊，一點也不著急開回海上去。

因此回到香港，吳彥祖決定從半山搬到清水灣，這樣他就可以活得像老子那樣，近山近水，心淨意澄。常常，一不拍戲的日子就到附近「行山」，並且每次行山，都一定要給自己闢一條全新的路線，就算知道走到後來難免要迷路，但每一次都迷得意猶未盡，迷得暢快身心——而那山那水，吳彥祖說，慢慢教會了他把生活中的欲望降低，不再刻意設定目標去追求一些什麼或抓住一些什麼，一切隨遇而安，走到哪裡，就停在哪裡，總有一個叫作命運的導航器，在前頭給他引路。

反而在演戲上，吳彥祖一直都費心綢繆，也一直都盡力補漏，尤其對劍走偏鋒或個性扭曲的反派角色，奇怪，他總有著一種說不出的偏好，並且就算贏過最佳男配最佳新導演，也數次被提名最佳男主角，認眞追究起來，他也不是沒有交出過讓人刮目相看的作品，但吳彥祖眞正的代表作，我知道他聽了會很沮喪，始終是他那一張臉——其實我們也明白，有時候，在銀幕上不費吹毫地賞心悅目，也是一種情節設計，也是一種劇情推進，雖然吳彥祖多少會因爲人們認定他根本是依賴色相征服觀眾的演員而覺得太過委屈。

我記得張震提起過吳彥祖，他們在表面上是兩個不同維度的人，也許因爲成長背景，也許因爲志向和野心，可張震說，他倆在合作《王的盛宴》時，個別頂著一層層穿搭上去的古裝戲服，然後加上至少三四十公斤重的鎧甲，又重又熱，並且還是夏天，其他演員一離開鏡頭就扯下戲服躺在地上，只有吳彥祖和他，是全程堅持不在拍攝的間隙脫下戲服的，張震問他，爲什麼不把鎧甲脫下來歇一會，吳彥祖搖搖頭說，不，演員一旦脫下戲服，整個人就洩了，情緒也就崩散了——所以張震才特別對公子哥兒模樣的吳彥祖另眼相看，知道他是一個在小處認眞，在細節講究的人。而其實還有下半句我猜吳彥祖並沒有說出來，他一直很欣賞張震，也一直把張震當作假想敵，在敵人面前，他沒有辦法說服自己鬆懈下來。

更詭異的是，我偶爾會像拼錯一個不規則名詞，把張國榮和吳彥祖這兩個名字重疊在一起，而實際上，至少在我的認知上，他們兩個相互輝映的畫面幾乎是沒有的。但我卻一直覺得，如果吳彥祖不那麼接近完美，又不那麼克制自己不去張揚那一副萬馬奔騰的俊美，他其實比誰都有條件把自己張狂成另一個 Leslie，是，我必須得糾正一下，不是第二個，是另一個——

也因此我常不由自主，把他們郡王式的氣派重疊在一起。張國榮說過一段話，我後來想起，彷彿是故意說給吳彥祖聽的，他說，「拍戲不要把自己逼得太緊，能力應付不來，就不要去做——但拍戲怎麼能夠可以說是應付呢？」演戲是魔，不瘋魔不成活。演員眞正戒不掉的癮，是當最後一場戲的燈光從身上抽開，戲殺青了，但角色還在身體裡面抽搐，怎麼都驅趕不去，然後一次又一次，自己躲起來，像毒癮發作時那樣，享受在一個角色的演出中獲得連番的迷幻高潮之後，久久不肯遽然抽離的空洞，落寞，還有虛脫。

可後來吳彥祖終於明白過來的人生哲理，竟和張國榮生前說過的話，在兜了一個圈子之後不謀而合。雖然他和張國榮的生命基調迥然不同，也雖然，張國榮是在縱情地綻放之後恣意凋零，而吳彥祖是在節制人生不必要的枝葉蔓生之後讓自己安安穩穩地擇地盤根——但如果有機會，我還是很想對吳彥祖說，人生畢竟和演戲不同，演戲可以拿著劇本慢慢去揣摩去設計去征服那個被分派到的角色，但人的一生所有的發生從來都不依照劇本，要不晴天霹靂，要不峰回路轉，總是在風和日麗的日常裡埋伏無常，沒有人的一生是永遠的晴空萬里。

所以我特別喜歡聽吳彥祖說，人生啊，說穿了和演戲一樣，關鍵不在於 action（動作），而是在於 reaction（反應），所有事前的鋪陳和安排，通常都是沒有機會派上用場的時候居多，反而愈是放鬆，事情反而行駛得愈暢通。我望著吳彥祖挺直如峭壁，幾乎可以讓人吊根鋼索往上攀爬的鼻梁，那鼻梁這麼雄壯剛勁，像一支嗩吶，並且發出的聲音，遠遠就聽得見，十分嘹亮。尤其吳彥祖實實在在是一個用英文思考的人，我們常掛在嘴邊上的「以退爲進」，落在他的思考邏輯，就變成了「你想要的，你愈放鬆，你愈不搭理，它愈會倒回頭跑過來找你」。

我不確定吳彥祖是不是無招勝有招，其實他最懂得和生活兜圈子耍手段，但我知道他不怕慢，反正當年和他一起上高中的同學，還沒畢業就想著上哈佛上耶魯當醫生當律師的時候，吳彥祖一開始就想遊離主流，念建築也想當建築師，但最後卻當上了演員，順著自己的節奏，一年不急不徐地拍上兩部片子最理想，反正他說，我又不是天王巨星，從容地在不同的角色裡享受彷彿倒掛在懸崖邊的人生，說實在的，還眞是件挺好玩的事。我記得吳彥祖說過，少年時候他就愛上一切的極限運動，高空彈跳衝浪滑板，那時的他，有著藍寶石王子一般的孤獨，那種可以單獨一個人完成，一個人練習，一個人失敗也一個人成功，沒有團隊沒有規則，也不需要和誰配合——孤獨是他整個少年時期的維生素，維持他的隨心所欲，也維持他的心平氣和，以及維持他後來一直都沒有改變過的，那種第一眼就讓人願意爲他柔軟地打開來的純淨和眞實。

或許因爲受過建築師的訓練，吳彥祖的理性覆蓋面始終比感性的觸碰面廣，但他其實也有把自己困在劇情，兜兜轉轉，在角色裡著了魔也似，久久都出不來的時候，並且隱隱約約，感覺到憂鬱症不知什麼時候被點著了，正悄悄地燒了起來——後來他說，那心理醫生像個靈媒似的，告訴他，之前那個角色的靈魂還住在他身體裡面，一直都還沒有離開——吳彥祖那時拍的是金馬最佳導演羅卓瑤的《如夢》，在戲裡不斷過著夢裡夢外的兩種人生，而那角色有輕微的憂鬱和自閉，是個軟體工程師，一個人在紐約過著自我封閉的生活，然後把自己在夢境裡捲入的一場兇殺案和一段愛情帶到夢境以外——會不會是因爲角色和他自己的背景太過相近呢，所以吳彥祖這一次一直在角色裡徘徘徊徊，老是不肯把自己領回現實生活裡頭去。我想起張國榮也曾經有過這樣的經歷，戲拍完了，他和朋友見面，手微微的顫抖，和朋友說話的內容和用句，完全是戲裡那個人物的語氣。一個演員最幸運的是，可以遇到一個燈光師的燈都還沒打好，他就已經滑進劇情住了進去的角色，而一個演員最危險的，同樣也是遇上一個戲已經殺青了，他卻還被角色扣住喉頭控制著思緒，遲遲沒有辦法從角色裡爬出井面上來。我因此在想，科學和醫學也許可以及時開解憂鬱，但科學和醫學是不是也同時手起刀落，切斷了演員們和角色難分難解難以切割的病態浪漫？演戲的誰不渴望偶爾鋌而走險，在角色裡飛簷走壁，也在角色裡壯烈地死去？

吳彥祖本來就有一個身分是建築師，全球抗疫期間，因爲沒戲拍，所以他就以客座教授的身分，在雲端授課，雖然他爲了配合專業形象，蓄了小鬍子，並且把頭髮整整齊齊地往後梳，當設計學院的學生們看見出現在鏡頭前專注授課的竟是銀幕上的高顏值男神，腦袋霎時一片空白。實際上吳彥祖畢業於大學建築系，曾經拿過加州建築大賽亞軍，也曾在內地的電視節目《漂亮的房子》，率領年輕團隊，把舊物改造成公共圖書館「木蘭坊」，而且「木蘭坊」更入圍英國建築師協會獎，完全反映出吳彥祖的專業建築師的功架和實力。這也是爲什麼吳彥祖的工程師父親和大學教授母親當年一聽到兒子要到香港當明星，並且第一部電影就是演一個同志警員的時候，完全驚愕得說不出話來——而青衣少年聲影老，作爲日漸沒落的香港的最後一個美少年，吳彥祖的神色開始出現人到中年的豁達和寬容，如果他繼續留在香港，終將陪著這座城市，一起見證彼此雪泥銀燈的風華，漸漸的、漸漸的消散殆盡——我還記得當年楊凡把吳彥祖的照片遞過

去，林青霞看了一眼馬上說，「快，趁別人搶掉之前，趕快把他簽下來」，於是才有了那一部吳彥祖咄咄逼人的英氣把整個香港電影圈都給震撼的《美少年之戀》，也才有了繼劉德華在《阿飛正傳》穿著制服深夜巡邏而掀颩的警員魅力風球之後，吳彥祖把棒子接過去，在戲裡演出的少年警員，戴著警帽，慢鏡頭回過頭望向馮德倫——鏡頭裡的吳彥祖，結合古舊中國瓷器和西方文藝複興石膏像的華美和精緻，一邊帶著巴洛克的繁複和細膩，一邊帶著包豪斯的簡潔和俐落，單單靠一張臉，就刻畫了香港最美好的那個時代，烙在多少人始終不願意去相信香港已經回不去的無限噓唏，也烙在誰也沒有守得住香港滄海桑田變幻的諾言——

而吳彥祖是個念舊之人，也十分懂得感恩，前一陣子才聽楊凡談起，說吳彥祖帶著女兒上他家吃飯，他看著吳彥祖臉上泛起慈愛的父性，心底不無感慨，他還記得當年找吳彥祖拍《美少年之戀》，心目中的男主角一定要像劉德華那樣，英偉中有正氣，並且必須要帥得讓男人和女人見了都屏聲斂息，而且楊凡還笑著提起，他兩次拍吳彥祖，兩次都給他安排了在鏡頭面前洗澡的重頭戲，一次是和馮德倫一起沐浴；一次是被王祖賢循水聲窺見他用木勺舀水塗身抹體在沖涼，兩次都因吳彥祖沒有一寸不讓人意亂情迷的肌肉而成爲經典，他精實的肌肉，就是楊凡電影鏡頭裡的流金歲月——這點楊凡也不得不承認，並且笑著說，後來觀衆都只記得吳彥祖沖澡的畫面，根本不再記得是哪一部電影哪一個導演導的戲。

而我終究不認爲吳彥祖的腹肌有多麼驚心動魄，反而看上去眞像宋瓷中一隻在建窯裡燒出來的黑釉建盞，寬口小足，細節講究，尺寸莊嚴，色澤溫潤，看上去如錦緞、如孔雀翎，如珍珠母貝，他把衣服一掀，那袒露的腹肌，眞像豔陽高照下，呈現出貝殼內壁猶如貝母般的幻影光彩，很難不叫人怦然心動，也很難不叫人失神迷戀，全都目不轉睛地盯著看，就只怕一時難以自禁，打出了原形，變成《聊齋》裡貪婪男色勾引書生的狐仙和蛇妖——

就連吳彥祖的妻子 Lisa S 也說，當年她從天星碼頭的渡輪走下來，看見《號外雜誌》巨大的封面海報，吳彥祖裸著上身，露出壁壘分明的胸肌和腹肌，人魚線下僅僅以一小塊腕表廣告遮住，她看了也禁不住驚叫一聲，香港怎會有這麼「誘」色可餐的男人，暗中把 Daniel Wu 這名字記了下來——結果一年之後，Lisa 終於在一場酒會上正式結識吳彥祖，也結果怎麼都料不到，這個當初以裸露性感身段掠奪她目光的男人，後來竟也俘虜了她的下半生。

順道一提，作為香港最具代表性的流行文化雜誌，《號外》一直都反映包容性強大的香港精神，以及在那個時代活得精采活得有骨氣的那些人，而我印象中最銷魂的三大男色封面，一個是劉德華架起雙臂裸著上身午睡，露出欣欣向榮的腋毛；一是梁朝偉舉起手正準備脫掉白色恤衫，露出羞澀的上身和一隻迷惘的眼神；另外就是吳彥祖坦蕩蕩以精實如機械人的身體宣告男體解放——最重要的是這三個封面的三位男明星，都在他們熾熱少年的時候被《號外》攝入鏡頭記錄他們的烈火青春。尤其吳彥祖。他直視鏡頭的臉上，完全沒有發出任何和情欲牽連的邀請，反而有一種正直陽剛的少年氣，對世界好奇，對時代積極，並且每一個毛孔都輻射出浩盪的豐饒的溫柔，而從他眼裡閃現出的琥珀色碎光，讓我可以相信，就算際遇再怎麼斑駁，將來吳彥祖也一定會老得雍容老得體面，讓居心不良的歲月，也不禁面有愧色。

至於吳彥祖的人生，枝繁葉茂的，走到現在也只不過剛開了個頭——往事雲煙，寒暑紅顏，他經歷過的那些情節和轉折，因爲太過生動豐饒，怎麼跳剪，都不可能剪不出一個屬於吳彥祖的美少年時代。到現在朋友們還是喜歡叫他祖，或者Wu，這名字代表的，是一個時代的旖旎，一個演員被底片打磨後顯露的深刻和醇厚，是我們對香港情懷依依不捨的最後依偎，也是一個告別美少年的硬漢在空曠的歲月裡，沒有預警的，經歷一次又一次的豹變，以及他在冰寒的雪地上重複敲碎自己近乎完美的雕像——踏雪，尋梅。

陳坤

Aloys Chen

我很脆弱但我很高興

看見父親拎著湯壺準備離開，陳坤這才追著出去喊了一句，爸，您明天什麼時候來？他父親也沒回答，只是笑，揮手要他進去，然後張開嘴巴，沒有發出聲音，用口形對他說，去，進去，大伙等著你呢。

那是好多年前陳坤回到重慶拍戲時候的事了——父親摸熟了到片場的路，隔三岔五的，就會提著壺湯送到片場，滿臉微笑地坐在一旁，一直等到放飯的時間，陳坤靠攏過來，他才打開湯壺，把熱熱的湯盛出一碗，遞過去給陳坤，那姿勢之家常，好像他從來沒有在陳坤的生活裡缺過席。後來陳坤回憶說，都是些煲雞湯、燉黃芪、熬沙參之類的，不外是給他提提神補補氣——剛巧那部戲的導演也是重慶人，陳坤的父親因此感覺特別親切，老是留一碗給他，喚導演小楊，「小楊今兒的湯好不好喝？那就多喝一碗。」反而是對陳坤，父子倆大部分時間都不說話，就像一條河，水一深，河就靜，兩父子坐在那，也沒有誰會朝那河扔石頭，就只任那河在歲月裡潺潺地、潺潺地流。

陳坤是重慶人。重慶人嗜辣，你嘗嘗他們的火鍋就知道了。又油又燙，又麻又辣。我頭一次吃，簡直給辣得舌頭都差點掉下來了。而這重慶毛肚鍋，本來就是專給碼頭的船工和縴夫吃的民食，因爲地道，所以粗豪，大伙圍著一個大爐，那吃相難免又歡騰又奔放。偏偏與火鍋比較起來，重慶人對感情的處理出奇的保守，就好像陳坤說的，父子母女也好，兄弟姊妹也好，基本上都不擅長表達感情。尤其是男人與男人之間，所有感情的交流像乾旱的野地，都枯槁都僵硬，就如陳坤和他的父親，連一句家常的問候也覺得彆扭，卡在喉嚨上，吐不出來就是吐不出來。

所以陳坤說，他是四十之後，自己的兒子都行成人禮了，才和早年離開他們另組家庭的父親正式和解。兩個各懷心事的男人，總算可以丟開芥蒂，面對面坐下來，雖然還是不說話，但流動的空氣裡總算感覺得到，慢慢地摻和了諒解的意味。而一般男人，不單單只是陳坤，處理得最狼狽最窩囊的，往往都不是愛情，而是親情。所幸親情一向堅韌，抵受得住雙方長時間的拉扯、摩擦、冰封、冷凍，而從不破裂。

陳坤偶爾聽母親說，你那父親啊，才眞燒得一手好菜呢，因此他心裡一直埋著一根刺，那根刺是，怎麼就只有他沒吃過父親做的菜？可是他隱約記得，他和父親之間最親密的一次接觸，卻是跟吃相關——七歲那年，父親回來看他，而他剛剛午睡醒來，看見父親背光坐著，給他遞來一串紅豔豔的櫻桃——後來長大後的陳坤特別喜歡吃櫻桃，而且吃的時候習慣背著身子，朋友們形容，頭垂得低低的，一副心事重重的樣子。

而且不知道爲什麼，每一個少年離家的孩子，或每一個少年時特別叛逆的孩子，都有一個十分疼愛他們的外婆。長大之後的陳坤，很少在不親近的人面前掉眼淚，所有他在鏡頭前面掉的眼淚，都是訓練，都是技術，都是進入角色之後代戲裡面的角色流的，只有一次，他回重慶拍《火鍋英雄》的頭一天，他就到外婆的墳上走一趟——過去這麼

多年，他總是千方百計，找盡藉口不到外婆的墳土上香，總是說，「在家裡拜就好，家裡拜也一樣」，可這一次，他一靠近外婆的墳土，就雙膝一跪，哭得像隻牛一樣，嗚嗚作響，把整張臉都哭腫了，誰勸都不聽，後來他才終於說，你們不會明白，小時候的我受了委屈，是怎麼樣坐在街邊，飯也不吃，硬是要等到外婆回來一把撲進她懷裡——那種說不出口的辛酸，只有外婆才懂，只有外婆才能安慰，其他人都不能，就算母親也不能。所以到現在，外婆就像一方隱形的骨灰盒，被陳坤掖在口袋或背包裡，千山萬水，形影不離。

離席，不代表不存在。有些人，有些愛，總是在離了席之後才愈來愈眞實、愈來愈沉甸甸地存在——雖然不具體，雖然不顯相，但無所不在。陳坤對兒子說，很抱歉他的童年只有父親而沒有母親，但那只是一種缺憾，而不是一種匱乏，因爲陳坤小時候也因爲父母離異而沒有辦法透過父親這個懸空的角色去領受父愛。年輕的時候，陳坤周邊的朋友都管他叫坤兒，因爲他安靜下來的時候，眼裡會拋出一種孤苦無依的線索，像個被遺棄的孩子，讓人們主動向他靠近。

至於兒子的母親——那恐怕又是另外一個故事了。陳坤的緘默，是一個男人對一段沒有辦法圓滿的感情和一個決定離開的女人從一開始就甘心啓動的保護機制。可是陳坤終究有太多不同的人格，我們所看到的，不會是所有的陳坤，也不會是完整的陳坤。他不是狡猾，他只是游移，游移著去尋找最眞確的那一個自己。

他們都說，重慶人有股江湖氣，像火鍋一樣，熱氣沸騰的，遇到喜歡的人就大開大合，不喜歡的就躲得遠遠的，恰巧陳坤全都對上了，遇到喜歡的人，陳坤永遠只有兩句話，一是「這包你沒有是吧，拿去！」，二是「這餐館你一定得試，我們走！」而這樣的陳坤，有一種坦蕩蕩不裝飾的流氓氣，令他看起來特別的帥氣。

後來，陳坤創立的「東申童畫」發起了「行走的力量」，一項心靈建設的公益計畫，目的就是提倡通過「止語」行走，「內觀」自我，「提升」力量，傳遞積極的人生態度和向上的生活理念，然後一步一步，舉辦慈善藝術展覽，把籌得的善款，幫助需要經濟支援的組織和機構——

我刷著那些活動照片捕抓到的陳坤，看見他在拉薩把一個被遺棄的視力受損的孩子攬進懷裡，看見他在青海背著一個支著拐杖雙腳不方便的同行者涉河，其實陳坤最想成就的，是在渡人的時候，也同時渡他自己，讓自己在行走的路上，專注的，一刻不停的修行，因爲修行才是歲月塞給一個人的小小的手信。如果你硬是要說那不都是公關設計後發出去衝流量的照片嗎？我會微笑著看著你，完全沒有推翻你這個假設的意思，我只是好奇，以陳坤的號召和名氣，他只要開個口，他身邊的好朋友周迅舒淇趙薇黃曉明什麼的，二話不說都鐵定到場給他長臉打氣，只要搞個慈善晚宴也會有相等的效益，他犯得著嗎？

我記得，陳坤說過一個關於飢餓的故事，說他小時候牽著弟弟的手，在冬天到父親的新家去要學費，兩兄弟站在門口，聞到一陣又暖又香的燉肉，陳坤記得，他很肯定地對弟弟說，待會領了錢，爸一定會喊我們進去吃飯的。可是門一打開，繼母抱著剛出生的嬰兒一看見他們，先是愣了一下，隨即皺著眉頭扭過頭對屋裡喊，你兒子來找你了，然後父親走了出來，把學費塞進陳坤的手裡就揮揮手，示意他們離去——

故事也許有點老套，回憶也恐怕早就褪色，但陳坤到現在還記那個冬夜，以及當時他和弟弟肚子裡的飢餓。回程的時候，因爲羞愧，陳坤鬆開弟弟的手，一路低著頭沒有說話，而他弟弟也一聲不響，餓著肚子，跟在他的後頭，兩兄弟一路惦記著那鍋燉肉的香味走回家去。陳坤後來漸漸明白，那是生活故意擺給他看的臉色，目的是要他將來有出息了就把這個臉色給扳回來。

後來他和他弟弟都已經不記得飢餓是什麼樣的一種滋味了，也都已經忘記了，日子沒有著落的絕望，到底是怎麼樣的一種煎熬。可有時候冬天鑽進一家被爐火烤得正暖的餐館裡吃飯，不知道爲什麼，在等待一碗麵端上來的那當兒，陳坤鼻尖上總是隱隱約約，聞到那鍋燉肉的香味——他於是訕訕地玩弄著手指頭，低低地明白下來，有些回憶，只是被壓了下來，而不是沖散開去。他只是個普通人，他還沒有完全的放下，他只是盡力和過去的自己和解，和過去的委屈和解，也和過去辜負了家裡的父親和解。

所以陳坤特別疼惜母親。在感情上，他不得不承認自己是個婆媽的人，婆媽得有點不合時宜，可就因爲他的不合時宜，讓他看上去有一種天眞的光亮和貞烈，而這其實是我喜歡的。他說有一年他到西藏行走，母親身體出了狀況，住院動了個手術，卻怎麼也不讓陳坤的弟弟告訴他，等他回到家，發現母親不在，即刻趕到醫院，看見母親有點虛弱地穿著病人院服躺在病床上，陳坤的眼淚馬上就掉了下來——他最心疼的，是母親一直都不肯讓他爲母親心疼。

而陳坤最開心的事，就是不預先通知母親說他會回家，好讓母親有個從天而降的驚喜，他喜歡看見母親眉開眼笑的表情，而且他尤其不想母親因爲他要回來而忙著張羅一桌子好吃的，他總是含笑對母親說，隨便下一碗麵就好，我最愛吃的就是您給我煮的麵——也許吧，只有男人們心裡才知道，他們對母親的依偎，有時候比伴侶還要恆久，還要綿長，因爲母親給他們的安全感，是推開門走出去，這世上哪都找不到，也誰都給不了的，就好像回到家吃一碗母親從廚房裡喜滋滋端出來的麵，那浮在湯麵上的青蔥，粗細不一，看得出來一定是因爲母親太過高興而切得太過著急，而這偏偏就是童年最油亮的回憶。

而陳坤最吸引我的，其實是他的陰暗和潮濕，像長在墓園裡一棵提拔的柏樹，你多少會覺得墓園內的氛圍有些悚然，但你又偶爾渴望墓園內的陰涼。對於陳坤，我最大的興趣其實是把他幻想成東方的「剪刀手愛德華」，靠近他，捕抓他，傾聽他說話的語速，留意他的用詞，甚至計算他回答一條問題時所遲疑的時間和次數——我知道他心裡面其實有一些什麼想要告訴我，也有一些什麼值得我去認識，更何況，我們都是水瓶座。水瓶座特別敏感卻又特別不容易對一個人或一個環境產生安全感，尤其在挑選同伴這一方面，都非常謹慎，都非常挑剔，並且只給你看到他想要讓你看到的。

我轉過頭看過去，陳坤眼裡有一股詭異但堅貞的鬼氣，他說，他十七歲就開始打坐，原本是要打磨自己的意志力，但你知不知道，他側過頭來說，一個人打坐打到來去自如的時候，一閉上眼睛就可以回到前世，把另外一個沒有被完全遺忘的自己，駕輕就熟地重複再演一次，連每一句對白的停頓和語氣，都倒背如流——

我聽著就打了一個冷顫。一個狠狠的冷顫。這和他寫的小說場景太過相似。陳坤是個喜歡寫字的人，出過書，寫過小說，陳坤用他寫的文字向自己提問，也讓自己順著提問去摸索答案，他寫的故事既是「破禪」，也是「立禪」，而且我把他的書認真地讀了一遍，他的文字不驕縱不蠻橫，反而用一種慈悲的手法說一個穿越三生三世的故事，有濃濃的鬼氣，也有隱隱的禪機，其實和他的人一樣。

周迅說過，陳坤是個木訥的人，但他的木訥，木訥得恰到好處，並且陳坤總是把自己跟娛樂圈的交集壓到最低，他最要好的朋友只有兩個，一個是周迅，一個是舒淇。周迅一見到他，會高興得岔開雙腳，直接往他懷裡飛撲過去。而舒淇和陳坤見面的時候總是笑得特別開心，特別毫無戒備，笑得連牙齦肉全露了出來也在所不惜。前一陣子，陳坤爲他兒子辦成年禮，周迅和舒淇都到了，兩個閱盡人世星光燦爛的女明星，笑著看陳坤開心地把兒子攬得好緊好緊，一直看一直看，一直看到眼裡禁不住都蹦出了淚花。

還有一次，陳坤兒子喝醉了，陳坤背著他，和舒淇還有馮德倫一起穿過巷子，一起走去取車，陳坤回頭對舒淇說，兒子不要陳坤把他當兒子，要陳坤把他當朋友，陳坤說著的時候，臉上盡是潮水拍打在堤岸上遲遲不肯退落的那一種疼惜。

就好像周迅說起陳坤，臉上滿滿的也都是疼惜，也不知道這疼惜打哪蹦出來的，可總有一些人，你看著他，可能是一個他慢慢從遠處收回來的煙霧瀰漫的眼神，也可能是一個他從地上撿到一個硬幣就高興得什麼也似的動作，就覺得這個人需要你用多一些的愛去擁抱他去保護他。

周迅還說，她跟陳坤廿年前就認識了，那時陳坤非常害羞，而且防備心很重，見到誰都遠遠地避開著，她還記得第一次和陳坤拍戲，導演要陳坤把她整個人抱起，她發現陳坤整個身體都在發抖，於是周迅馬上轉過頭對導演喊，導演，是不是應該我主動抱回他才更有衝擊？導演狐疑地皺起眉頭，然後想了想，竟也就答應了。

而我猜想陳坤應該是個恬靜的人，也希望他是一個懂得和恬靜相處得特別愉快的人——因爲，用恬靜撕裂的自己，之後縫補起來比較不吃力。而陳坤的敏感，像打破的水瓶，敏感得讓我訝異，他很容易對周圍的環境動情，有時和朋友們坐下來喝茶，大家安安靜靜地坐著，窗外陽光正好，風沙沙吹過，他微笑著望出去，遠處有人騎著自行車漸漸在他的視線裡消失，突然陳坤就雙眼都漲滿淚水，因爲人的安靜，還有世界的安靜，常常會將他打動。

也許每個人都應該像陳坤那樣，那麼的脆弱，但又那麼的高興自己堅守著那一份脆弱，因爲到最後，人不都是爬山涉水，兜上一個大圈之後，還是設法倒回去當初離開的那個地方，回到和自己貼得最親最近的地方，唯有這樣，這個世界才會因爲每個人樂意把自己縮小而變得強大——尤其這個世界，本來就應該因爲人的溫柔和脆弱而強大。本來就是。

李健 Li Jian

風吹麥浪，綠草如茵的李健

節目一錄完李健就不見了。李健不見了。他拉起單桿行李箱，給自己放了一個長假。有多長？他瞪大眼睛，很嚴肅地用手比劃著：「這麼長，就這麼長，就一條鯉魚那麼長——」我抬起眼，多少有點兒驚訝，啊原來李健真幽默，而李健的幽默，是文質彬彬的幽默，是風度翩翩的幽默。

而我很快留意到李健的手掌，掌紋細亂如絲，像在手心抄滿了密密麻麻的詩詞，顯然，這是一雙一張開來就會掉了滿地都是故事的手。然後他轉過身，頭也不回地飛走了，飛到一個風颳得很大很大，大得他必須騰出一隻手來按著頭上就快被吹走的絨帽跟大自然較勁，根本沒有多餘的時間去眷戀紅塵的地方——

李健說，娛樂圈是個驚濤駭浪的大江大海，愈是被推到風口浪尖的時候，愈是要想辦法轉過身避它一避——避開被名利擊沉音樂道德，避開被風光捲走文學修爲。所以李健怎麼會在乎排名輸給了韓紅或其他人呢？當歌手們被花團錦簇、被名利包抄的時候，李健總是悄悄離開現場，一個人，靜靜地坐在北京一座被拆遷後的胡同的門樓上，看著夕陽欲墜未墜，看著歲月支離破碎，他喜歡讓自己掉入和現實脫離的恍惚感，我記得李健很認眞的說過，「我喜歡當第二或第三，不習慣拿第一」。排在什麼位置有多大事兒呢？音樂和人一樣，只要氣節壯闊，站在哪裡都一樣澎湃，站在哪裡都像風吹過金黃色的麥浪，然後一隻深藍色的喜鵲低低飛過，啁啾歡唱。

偶爾吧，我靜下來聽李健的歌，他的悠然如詩固然美好，到後來卻不是最重要的，而是他唱出來的，澄淨懇切，總是盡量繞開華麗的詞藻，恰巧映照了我對自己的鄙視，對自己的愧疚，以及對自己的欲說還休。人有時候難免會想念孤獨。我猜李健也是。尤其是應對生活的求存技術已經被耗盡，剩下來的，就只有給自己建構一座烏托邦的技術——一種專門提供幻想，讓自己不至於因爲不斷的供給和輸出而枯竭的技術。

而李健的歌，更多時候，是一個歲月的匣子，專門替我收藏時間的記憶，他每一個乾淨的音色，都是螢燭之火，安靜地伸出友善的臂膀，在我太過靠近情緒的懸崖的時候，輕輕拉開我，要我往後推開幾步，因爲李健明白，生命之中，到最後如約而至的，通常只有殘酷的現實和哀傷的離愁，其他都不是，都不是。因此後來李健的歌，漸漸收起了少年的劍氣，唱的都是失去和回憶，雖然我們都各自有過薄如蟬翼的美好青春，可是現在重提，大都應答零散，大都語焉不詳，只有李健，李健比我們懂得如何繞著生活的牢房一面走一面拍打著它霜冷的牆，等待裡頭傳出一兩句踉蹌的回應，即便就只是低低兩聲回音也好。

對於音樂，李健從一出道就比牛還要固執，就好像在鬥牛場裡，一定有個牛隻覺得特別安全的地方，只要牠一進場並且找到這個地方，然後停下來，擺好陣勢，就能夠聚集牠完全的力量，不再害怕，反而可以更勇猛地反擊和攻擊牠的敵人——而這個能夠把牛隻的恐懼和慌亂都安定下來的地方叫作「克靈西亞」，一旦占據那個地方，就算鬥牛

士如何煽動，牠們依然沉得住氣，然後平靜地從四周吸集他們所需要的力量——聽起來其實就好像李健一樣，他對音樂的固執，是溫柔的固執，也是誠摯的固執，也因爲他對音樂的固執，意外地讓他交上幾個可以眞誠地坐下來談得比較深遠，算得上是音樂上志同道合的朋友，比如「老王」。

李健習慣了把王菲喚作「老王」，而「老王」的冷，雖然是貫徹始終的冷，但也是外冷內熱的冷，碰上她喜歡的朋友，她常二話不說，俠女一般，走在前頭，拔劍揮刀，過關斬將，能幫就幫，就好像李健第一次開演唱會，場地和檔期據說都是「老王」暗中出面替他敲定的，而且李健演唱會現場，「老王」整晚的表現簡直就跟個小迷妹沒啥兩樣，大大力地揮手跟著唱，整張臉興奮得紅撲撲的，彷彿躋身演唱會的搖滾區，盡情搖擺呼叫。我想起音樂有時候不就是一個善意的循環和彼此的成就嗎？王菲藉〈傳奇〉豐潤了李健的才華，李健用〈貝加爾湖畔〉成就了周深的傳奇，我特別喜歡人與人之間這樣子不張揚的袒護與體恤。

而李健跟汪峰的交情其實也不壞，哥兒們似的，會一起談音樂，談生活，談婚姻，甚至當年李健還默默無聞的時候，汪峰就自動請纓，給他的演出當助唱嘉賓，加上兩人都喜歡古典音樂，都抗拒在音樂上比劃太多愛情的刀光劍影，李健對汪峰的欣賞，多少帶點崇拜的成分，他甚至說過，每一張汪峰的專輯，他都會第一時間衝著去買，兩個在音樂風格和表現方式差距得那麼大的人，竟然可以在音樂上把臂言歡，在舞台上情深義重，實在難怪很多人會難以置信，汪峰的狂野爆發，遇上李健的娓娓道來，那畫面的衝擊力還真是蠻大的，而且李健說，「念正統音樂竟能把流行音樂做得出神入化的，目前就只有汪峰一個」，語氣多少有點惺惺相惜的意思——另外還有孤芳自賞的許巍，以及滄桑落魄的樸樹，恰巧我特別喜歡的，居然都是李健所欣賞的。李健不是孤島，也沒有想像中的孤僻，他只是挑剔，挑剔值得和他交換靈魂密碼的同類。

而歲月如午後的陽光，澹澹地沉澱著，我不太記得起來是什麼時候在音樂裡初識李健，特別讓我訝異的是，李健竟沒有詩人的敏感體質，也沒有音樂人大起大落的神經質，並且李健自認，他是一個「正常」人，沒有藝術家的脾性和套路，也許因爲是清華大學電子工程系的理工男，畢業後還曾在北京國家廣電總局擔任工程師，他不會讓自己的日子因爲唱歌而過得顚三倒四，他也不允許自己的生活因爲音樂而鬧得天翻地覆——「音樂不過是生活的一部分，但音樂不是生命唯一的命題，也不應當是生活唯一的煩惱和快樂」，李健不只一次這麼說過。

我想起李健特別喜歡的吟遊詩人李歐納・柯恩，他也是個特別靦腆羞澀，並且喜歡獨處的男人。詩人都喜歡孤獨。孤獨是一件裁剪合身的防護，詩人可以穿上它，「破帽遮顏過鬧市」，和生活相敬如賓的相處。這事我提過的，我記得李健在《我是歌手》最後的淘汰賽中，特地帶著一本柯恩的詩集上台，而李健其實並沒有朗誦其中好幾則他特別傾心的短詩，他只是把詩集擱在凳子上，他說他希望李歐納・柯恩可以關照他，讓他在唱低音的時候，可以更完美一些——到後來我才恍然大悟，原來李健喜歡一個人，可以喜歡得很徹底很細緻，因爲柯恩總喜歡穿著一身得體的西裝上台演出甚至招搖過市，因此李健也就漸漸的給自己養成這個文質彬彬的習慣，並且讓自己看上去和柯恩一樣，對答時總淺淺地微笑，總克制著不說太多的話，總紳士一般，穿著剪裁合身的西裝，有時候單排扣，有時候是略帶懷舊感的雙排扣，主要是因爲柯恩告訴那些把他視爲精神偶像的人說，「忘了告訴大家，我是穿著西裝降臨到這個世界的」，把大家都給逗樂了，實在是個風趣的音樂詩人啊。因此我每次看見柯恩戴著禮帽，似笑非笑地望著鏡頭，總覺得他的法令紋有一定的催情作用，並且想起他寫的那一句，「萬物皆有裂痕，那是光照進來的地方」——於是我想起李健說過，他希望他寫的歌詞，即便掙脫了旋律，又或者被旋律背叛了，每個詞語依然像一閃而過的靈光，還是可以獨立成詩，讓人一路吟唱，讓人沿途記得。

一個優秀的吟唱詩人，不應該是音樂經銷，所以受不受歡迎都是其次，李健希望自己在未來的日子裡，心無旁騖地生活，字斟句酌地寫歌，生活不一定要方方面面都過得有條有理，但必須不慌不忙，必須偶爾縱容自己，這樣子的李健，樂而不荒，哀而不愁，對音樂一往情深，其實才是我樂於所見的李健，就好像我想起李健寫的歌，有時候根本就是一幅畫，畫裡頭有湧動的麥浪，那麥子應該都結滿了沉甸甸的穗，遠遠看過去，一片的金黃色隨風水一般波動，彷彿在翻騰，也彷彿在歡呼，而收穫的味道撲面而來，平凡，原來比繁華更豐盛。

甚至於生活，如果一路過得窗明几淨，其實也可以是一首散文詩，我挺喜歡李健和妻子之間的互動，聽起來好像有點冒犯了李健的隱私，但他們之間調皮的對話，有時候像詩歌，有時候像俳句，常常有滿到溢出來讓人措手不及的詩意，一個是淸華博士，一個是音樂詩人，兩個人把流水似的生活過得就像一首四行詩，偶爾讀到朋友圈轉發的關於李健和他妻子「小貝殼」的互動，我讀著讀著，禁不住就笑開了眼，比如李健的妻子喜歡稱呼李健「什麼什麼先生」，她偶爾會發一兩條微博調侃李健說，「時差先生」是中午醒的，我一早上做了好多事，澆花草寫作業發郵件，還回去辦公室開了個會，他就說他也做了好多件事呢，發了好多個夢——這樣充滿趣味的互動是多麼甜蜜，連我們這些偶爾探個頭過去張望的，也被餵了滿嘴的奶油和糖霜。我記得李健說過，他太太最吸引他的不是容貌，而是她說話的內容和方式，比如李健晚餐想吃魚，就會找個機會告訴妻子說，「我好像感覺體內的海洋開始想念一隻魚的徜徉」，用詩的語言，來應對生活的柴米油鹽——小貝殼說的話，靈慧精巧，有節奏有詩意，落在李健耳裡，也就是天長地久的綠草如茵了。

另外，〈父親寫的散文詩〉雖然不是李健的作品，可當我聽李健說起和他父親之間相處的方式，再把同一首歌細細地聽上一遍、兩遍、三遍，李健琉璃般通透的歌聲，把那首歌唱成了他自己的故事，那感覺就好像李健稍稍壓低聲線，把他的故事攤開來，不

厭其煩，在我面前凝重、並且遲緩地開始又一次的敍述——敍述所有父親對兒子的愛，其實都因爲克制而遺憾，而錯失。

我常記起李健說過，十年前他父親過世，離開之前，父親因病而日漸形容枯槁，看上去竟然像是一個完全不認識的人，而那時候李健剛剛和「水木年華」的拍檔盧庚戌拆伙，打算各自發展，以便可以專心做好他眞正想要的音樂，因此經濟難免拮据，也因此難免基於一切從零開始而捉襟見肘，但他依然把身上僅有的幾萬塊錢都掏出來，趕回黑龍江給父親治病，父親看著他手裡抓著的那幾疊紙錢，又心疼又感動，淚流不止，而李健望著父親，那個小時候在黑龍江京劇團威風凜凜演武生戴翎子掛白滿跨硬腿耍雙槍，個性粗直，胸懷磊落，並且教他「做人就算沒辦法出人頭地但也一定要頂天立地」的爸爸，現在看上去眞的就老得像一張舊報紙——他對李健說了一句，「孩子，爸爸給你添麻煩了」。李健一聽，馬上用力捏著自己的雙手把臉背轉到父親看不見的地方，不肯讓父親看見他的眼淚——後來李健的父親病情加重，連上個廁所都要人攙扶，李健有時候索性就把父親背在身上，夜裡來來回回陪著他到廁所，有一次李健背起父親，父親在李健耳邊輕輕地說了一句，「原諒爸爸」。李健聽了，一時沒忍住，眼淚啪嗒啪嗒地落了下來，父親微弱的愧疚，像一支短劍直直插進李健的心裡，到現在還拔不出來，他說，「這是至今最令我難過的話」，直到今天還是，還是。

後來李健爲父親寫過兩首歌，這兩首歌可惜父親都來不及聽了，而李健記得，父親對他的疼愛與寬厚，總是在生活最隱晦的時候，閃現一道光，讓他這一生都記住，就好像父親明明不希望孩子玩音樂卻還是因爲李健喜歡而不吭一聲把兩個月的工資都砸下去給李健買了一把木吉他——後來，李健在父親離開了好多好多年，才漸漸地明白下來，原來不是他讓父親長臉，而是父親對生活的隱忍和對家庭的忠誠，讓他感到驕傲。父親的存在，是沉默的庇護，是咬緊牙根的承擔。老一派的父親大多笨拙，不懂得如何把愛給說出，因此李健在心底對父親的愧欠，是後來重新錄製〈父親〉那首歌的時候，決定加入一句，「我爲你驕傲，當我談起你的時候——」

每一個人的父親都不完美，但每一個人的父親總有讓孩子們感到驕傲的地方，分別只在於我們把懷念父親的秤砣，停在了哪一個點，划在了哪一條線。父親們都不知道，他們在孩子的心裡面其實占據著怎麼樣一個巍峨的位置，就好像有些父親，家裡的餐桌有一隻腿鬆了而他還來不及修補就離開，很多很多年以後，孩子們回到老家，看見那張孤獨的桌子，臉上禁不住爬滿一絲絲的懊悔和憂傷，我們再窮，都曾經有個父親在下著大雨的黃昏穿上雨衣氣急敗壞地到學校接我們回家給我們送雨具；我們再不爭氣，都曾經是父親壓在心頭上的一樁心事直到他撒手離去，然後風吹麥浪，時光飛逝，父親在我們僻靜的心裡長出了一根青嫩的樹苗，一貫地不忍心打擾我們，慈祥地茁壯著——

音樂啓動記憶，而記憶不就是過去嗎？因此李健一直等到四十歲之後，開始對這個社會和音樂圈子的生態多少有了更深一點的認識，這才明白下來，人生四十而不惑根本是不可能的事，反而擾心的疑惑的煎熬的事情愈來愈多，以致那個掉了隊的，有著少年的迷茫和清瘦的迷了路的黑龍江少年，站在一畝一畝熟成了金黃色的麥田，必須李健花點時間，慢慢地去把他找回來，而那些驚飛的記憶，瞬忽明晰的道理，正亮晃晃地搖蕩在夕陽底下，安然地等待著歲月的鐮刀，一刀一刀地割下去。

輯二

幻滅，也是一種成全

林懷民

Lin Hwai-Min

揭開一座島嶼的僻靜與荒涼

林懷民還抽菸嗎？還是，其實很久之前，他就已經把菸戒了？這問題如果要找出答案其實不難。眞的不難。但我很高興我一直小心翼翼地把它掖在心裡——避開它，不拆穿它；繞過它，不掀露它；並且像供奉一宗微不足道的心事，總是不肯讓它被攤敞開來。

有時候，欽佩一個人，就應該要保留對方一些背景上的不確定性，因爲這些不確定，往往會增加對一個人的想像而產生的懸疑感——懸疑就是距離，而距離，是美的其中一個定義。

我在寫碧娜．鮑許的時候，特別給林懷民留了一個鏡頭，遞給他一支菸，然後寫他和碧娜．鮑許在後台入口處的吸菸區，各自擔著一根菸，也不多話，有一搭沒一搭地聊著，更多時候，是安靜的——煙霧瀰漫的安靜。而紅塵囂囂，兩個人之間，就算眞能夠相互信任，並且願意將心事掏出來彼此交換，到最後，都免不掉相忘於裊裊繞繞的人世。但他們舞者與舞者之間相濡以沫的親，那種親，比肝膽相照溫柔一些，也體貼一些，冉冉升起，一邊修補彼此的支離，一邊塡充彼此的破碎。

後來聽林懷民提起才知道，第一次見面，碧娜就遞上菸，林懷民退後一步，搖了搖頭。你不抽菸？碧娜一臉狐疑地問。其實不是。林懷民只是不抽碧娜駱駝牌沒有濾嘴的濃菸。後來，記憶滂沱，林懷民總是特別想念碧娜。想念碧娜聽說他要去接柏林歌劇院舞團的演出，語重心長地對他說，你的舞者這麼虔誠，如果我是你，我不會去接。也想念雲門每次飛到德國參加碧娜的舞蹈節，碧娜總總是含情脈脈地和上台獻花，像少女第一次見到心儀的偶像一樣，微笑著望向林懷民，然後一定給雲門舞者設下最豐盛的宴席，自己卻坐到一旁，和林懷民晃著酒杯，不約而同地掏出一支菸——而我第一次那麼強烈地不介意吸一口二手菸，吸一口碧娜和林懷民噴出來的二手菸，因爲那口二手菸，我相信，一定藏著他們人生裡沒有辦法對其他人坦白的故事。

而雲門即將五十，已經不再是當年那個莽撞地懷抱裡掖著夢想東奔西跑的春風少年郎。我想起林懷民當年成立雲門的初心，一直希望向台灣這塊土地致敬，用肢體、用跳躍、用汗水，把根盤深，把夢想壯大，然後藉源源不斷的創作，騰空舞出向台灣虔誠告解的力量——雲門的舞者都知道，雲門講究的，不是舞步，而是氣氛；不是力量，而是凝聚。就好像雲門的戶外演出，從來不是爲了賣票賺錢，而是爲了跳給那些沒有機會上劇院的人民看。

林懷民提起過，有一年他從美國回來，發現雲門被債務掐緊，幾乎動彈不得，但他仍然堅持帶著舞者到低收入地區做免費演出，他記得有一場，是在操場野台演出，六千名觀眾或坐或站，在雨中從頭到尾不肯離去，散場之後，觀眾甚至自動自發留下來，把椅子一張張接力搬回教室，然後一名矮胖婦人把他叫住，對他說，「我常在報章上看見你們打拚，可我走不開，不能到國父紀念館看演出，難得今天你們來到我們這裡，我說什麼都要把雜貨店的門提早拉下，趕著過來給你們打氣——」說完，那婦人還掏出三千塊錢，塞到林懷民手中，說是要給舞者們宵夜，並且心疼地說，「你看看你看看，他們都太瘦了。」

林懷民抓著那三千塊錢，百感交集，知道自己不該收，但更知道，自己不應該不收。不收，就是拒絕了台灣人善意；不收，就是拔掉台灣人對雲門種下並樂見雲門欣欣向榮的秧苗，而林懷民由始至終最放不下的，就是台灣人和雲門種下的情分——正如當年帶頭爲雲門籌款的葉公超先生曾經對林懷民說，社區公演很好，但鄉下有機會也應該要去的——這話林懷民一聽，就長久烙在心裡，就連我這外人都知道，台灣最美的，不是風景，而是人情，愈偏愈遠，愈濃厚。

因此就算把林懷民形容成台灣表演藝術的一張名片，把雲門舞集當作是台灣和世界連接的現代舞蹈表演團體，讓台灣被世界看見，也讓台灣文化被國際藝術發現，我相信林懷民雖然高興，但他最初和終的目的，卻是把雲門的每一支舞，都首先舞給台灣人看，然後才把藏在這支舞裡面的台灣精神，帶到國外，面向世界。林懷民年輕時就說過，把他放到外國，他只是一個世界級的舞蹈家，他沒有辦法在離開台灣的水土編出和台灣的臍帶相連的舞蹈，所以他才會那麼享受創立雲門並疲於奔命地率領雲門把一百多部舞作靠近台灣觀眾的心力交瘁——

而雲門舞者們，多少好像走進田野鄉鎮的赤腳醫生，當他們在台上跳躍著讓汗水和淚水齊飛的時候，林懷民看見台下那些樸素的不懂什麼叫現代舞蹈的觀眾的情緒馬上被牽動，他們都站起來，一邊用力拍掌，一邊哭得一塌糊塗，他們在雲門的舞作，看到了台灣，也看到了他們自己。

因此林懷民對舞者不可理喻的嚴厲有著絕對的理由。尤其是在排練舞蹈的時候，他根本就是一個神情冷酷、眼神淩厲的暴君，甚至到了每一場的正式演出，他還是像個巡察的教官——拿著紙筆，把演出中犯下的錯誤全都記下來，就算《流浪者之歌》已經演過了上百場，每一場他還是會做筆記，記錄某一場幕落下來的時候晚了兩秒，記錄某一位舞者落地觸及舞台地板的時候聲音不夠沉重，雖然他知道——人人都滿意的演出是沒有的。就算他自己，當年也常會懊悔自己剛剛那一場有一兩個動作沒有徹底跳開來。舞者的每一場演出，都是用全身的細胞來感受，不可能每一次都在同樣的身體狀況，也不可能每一場都抓得住同樣的感覺，一位再怎麼出色的舞蹈家，也不可能在同一支舞，跳出完全相同的情緒。

我想起當年驚豔了整個舞壇的雲門藝術總監羅曼菲，她具備了宛如運動家般的體能和嫻熟靈巧的技術，也同時擁有詩人那樣近乎可以通靈的敏感和飄逸，時而英姿勃發，時而嬌慵醉媚，每一場舞蹈，她都好像一邊接受音樂的愛撫，一邊公然和舞步歡好，然後一邊想像著和自己的身體在舞台上白頭偕老——林懷民年輕的時候應該也一樣，赤足輕衣，風神朗朗，英俊得接近鋒利，而且是個早慧的作家，他跳舞時的縱情傲物，可以看得出裡頭有文學和舞蹈交媾的基因。就好像我想像中的少年林懷民，

是一個會在紐約不停地以舞蹈員專有的輕盈步伐快步疾走，然後又可以隨時停下來從背包裡掏出穀米餵食鴿子的那個人，在他嚴厲的自律底下，一直藏著沒有迷失的對這個世界的眞誠。我記得許知遠形容過林懷民，說他是個還在成長的歷史的紀念碑，是台灣人最本土的偶像，卽便他只是在路邊撥個電話，一開口跟電話那頭的人說，「你好，我是林懷民」，語音未落，就馬上把周圍穿行的路人都吸引住了，全停了下來，駐足微笑，好奇觀望，啊林懷民老師呢，大家對他的歡喜裡頭，夾帶著厚厚實實的欽佩和敬重，因爲林懷民教會了他們，生活舒坦了，日子也不能總只有盆栽和寵物，還必須藉自己的專長，用回饋的方式擁抱台灣，向台灣的土地致敬，也爲台灣這島嶼的樸素和繁容驕傲，這都是他當年把一雙舞鞋塞進行李箱，從台灣飛到紐約的時候，就已經承諾要完成的事。

而雲門從來對舞者們的要求都特別嚴謹，一入門，就要練打坐，學太極，而且每天都要練「蹲住行」——蹲得很低很低地往前走，而且要把速度控制得很慢很慢，這其實不是練動作，也不是練體能，而是練「氣」，一種在台上慢慢流動的氣，因爲林懷民要的舞者狀態不是用手腳在跳舞，而是用身體裡面提上來的那一股氣在跳。

我記得從香港過去加入雲門的一名舞者說過，這是雲門的烙印，所有的舞者不論來自哪裡，加入雲門，就會練出台灣的身體，然後烙在身體上，天涯海角帶著去——於是到後來，那些舞者們明明在台上奔跑翻滾跳躍，台下的人不知道爲什麼，看到的是他們的身體在慢慢地、慢慢地滑行。就好像林懷民編的《流浪者之歌》，裡面有個舞者從一開場就雙手合十，是個入定的僧侶，站在台上一動也不動，任由金黃色的稻穗從頭上往下砸，一直砸一直砸一直砸，砸到頭皮和手指都脫皮流血，看得台下的觀眾淚流滿臉，他還是動也不動，我們都知道，這是林懷民求道的一種方式，不退不讓，不離不棄——

後來吧，有人問起那一幕的驚心動魄，林懷民只肯輕輕地說，他有「稻米情結」，從當年的《薪傳》，安排舞者在台上插秧；到雲門中期的《流浪者之歌》，用傾盆而下的稻穗；還有後期的《稻禾》，用池上的田土風雲，向台灣致敬，他一直想要藉一粒米和一田，在作品裡把他對台灣土地的未來祭出來，這已經不僅僅是東方美學，而是一脈相承的台灣精神。

常常，我們以爲現代舞蹈是解放自己，或尋找迷失的自己，但雲門不是，雲門要舞者們丟掉自己，因爲舞蹈最難的，是在空曠的舞台上，讓身體完全沉靜下來，那根本就

是一種修爲，一種用絕對的安靜來傳達完整的訊息的意志力——這也是爲什麼，林懷民甚至特地帶舞者們到台灣一個重要政治人物治喪的靈堂，他要大家體會的不是生死這麼抽象又這麼表面的東西，而是要大家去感受那種肅穆的大場合，去體會喪禮的隆重感，以及因爲敬重，所以在最微小的細節上也絕對嚴陣以待的態度。

我第一次看雲門，是在台灣以外演出的雲門，林懷民浩浩蕩蕩地把《流浪者之歌》帶過來馬來西亞，我還記得我因爲在國家文化宮找不到停車位，必須穿過毗鄰的公園一條隱蔽小徑匆匆趕到觀衆們大多已經入座的大堂，然後一坐下來，就被舞台上澎湃的金黃色鎭壓住——雲門太澎湃太瑰麗，也太像一座宏偉得讓人禁不住屛聲靜氣的殿堂。可後來林懷民接受訪問時對馬來西亞的觀衆們說，不要因爲看不懂《流浪者之歌》就以爲自己不懂得舞蹈，舞蹈是一面鏡子，每一次重看，明明同一齣舞碼，都可以映照出不一樣的自己。我記得我僅在謝幕的時候遠遠地瞥見林懷民，他臉上綻開一抹慈藹的笑，裡頭隱隱約約，有一種可以包容也可以擺渡的力量，而那笑容，和我後來在屛幕上和照片上看見的，一直都是那麼的相似，彷彿在歲月的一吐與一吸之間，他已經完成了悉達多的漫長旅程。

我也喜歡讀林懷民寫他對舞蹈歲月的告白，即便是告白，我還是吃驚於他在文字上竟然可以把感情克制得那麼嚴謹，用字簡潔，敍事明瞭，不隨便透露不必要的情緒，可他文字的靈動輕巧，有時如蜻蜓滑過池塘輕點，有時如野貓翻過屋檐落地，那些沒有在舞作上攤開來的敍說性的文字性的內容，我都慢慢在林懷民寫的書裡一篇一篇拼湊完整。

就算是寫在德國劇院的化妝間接到葉公超離世的噩耗，他也只說，他當天花了一個多小時才抖著手化好妝，然後戴上頭套，穿上舞袍，叮囑自己一定要長大，一定要堅強，一定要好好演出《寒食》這一支舞，因爲葉公公特別喜歡那個拖了整整十公尺長，代表中國讀書人高風亮節不爲官名所動的造型——而那時候，林懷民心裡反覆惦記的是，德國最重要的大報把《雲門》放上星期刊的封面，而且連開八頁專門介紹，正想著要多買一份給葉公公寄過去，可沒想到從此也沒辦法再寄了。

林懷民說過，在他最徬徨最焦慮的時候，是印度安頓了他，他在恆河畔看見有人在上游焚燒屍首，燒了一半的屍首逐流而下，下游的人皆面不改色，掬起聖水，仰頭飲下，然後他坐在聖牛平緩踱步的火車站，收起火車又再誤點的毛躁，安靜地冥想他到過的菩提伽耶，想起他對著佛陀當年看過的尼羅禪河發呆，河的對岸山巒如墨，偶爾可以聽見繫著鈴鐺的小羊咩咩地叫著，惶惶地尋找母親——於是他回到台灣，就編了《流浪者之歌》，也於是，從此他看人的眼神，縱然凌厲依舊，卻多了一份對眾生寧靜的包容，而我偶爾還是會在腦海中閃過這支舞蹈的光燦華美，金黃色的稻穗從天澆淋而下——菩提清涼，生死有界。至於林懷民，他在脖頸上圈了條圍巾，站在台下看著舞者眨的每一下眼和吐氣時鼻翼的每一次張合——我喜歡看林懷民圈上頸巾的神氣，看上去很有一種彬彬有禮的雍容貴氣，還有他微笑著說話時，在任何時候的分享會上，眼裡那份看穿一切又迅即抹掉一切的鋒利，到現在我都一直記得，一直一直，切切沒有忘記。

而看雲門演出，散場後最後在心裡沉落下來的，是林子裡沙沙擺動的枝葉，由強到弱，由緩到靜，全是雲門弟子緩緩旋轉的歲月的蹤跡。雲門即將五十。舞者們動作的順序，舞肢的內容，段落的先後，都是機緣，都是水紅色的廟裡待解的詩籤，好多好多年前就被摘下來，等待它破解運命執拗的原意，就好像——

下雪有時候不是爲了覆蓋山丘的寂寥，而是爲了讓我們看見一隻豹避開獸夾，並且轉身躍回樹林之前，舔雪止渴，然後留下的矯健痕跡——我因此想到雲門，也因此想到林懷民，是他，揭開了一座島嶼的僻靜與荒涼。

沈從文
Shen Congwen

他對這個世界無話可說

倒是這話，我是樂意記下來的。記下來將來提點我自己。沈從文臨終之時，淒然一笑，只留下一句，「我對這個世界沒有什麼好說的」——這話說得真好。彷彿什麼都沒說，但其實已經把一生都說滿了。

就好像幕徐徐落下，曲終人散，劇院外頭如注的豪雨已經停歇，不知哪位粗心的觀眾匆匆落下的一把油紙傘，正擱在座位邊上，孤伶伶的，可誰也不會去追究這把傘的身世，只把它當作戲演完了忘記收進後台的一件道具——僅此而已。沈從文也一樣。從那個時代穿過來人，現在轉過頭回望，誰不都只是妝點了那個時代的一件小道具？

我從不刻意去記得沈從文的名字是不是一連兩年都出現在諾貝爾文學獎的候選人終審名單當中；也不刻意去求證諾貝爾文學獎的終身評委員馬悅然是不是說過：「如果不是沈從文逝世，中國早二十四年就把這個獎拿回來了。」我只記得，林徽因比沈從文早離開人世卅三年，那時候她躺在病榻上，還時常跟人談起《邊城》，感慨地說，「這才叫作小說」——而她撒手大去之際，口裡輪番懸著的幾個名字，其中一個是沈從文。

沈從文是懂得愛的，是他教會了我：克制，其實也是愛的一種。而且比愛矜持。而且比愛恆久。所以我一直沒有忘記沈從文說過，「只有林徽因，才是《邊城》最好的讀者」。她讀懂了《邊城》，更讀懂了沈從文。因此我始終相信，沈從文心裡其實是藏著林徽因的。但那份壓抑著不准它瘋長的情愫，既如兄妹，又如知己，到頭來也就只能到喜歡爲止。這也是爲什麼，沈從文每次聽到別人對他說起林徽因如何欣賞他的才情，如何喜歡他的作品，就內心一陣竊喜，高興得把眼睛都給笑彎了，彷彿贏得了林徽因的喜愛，就等於贏得了全世界，得不得到諾貝爾獎又算得了啥？

後來吧，沈從文都八十出了，去世前三年，出版社打算重新推出林徽因詩集，內封上的書名，正是沈從文的字跡——沈從文一生不肯在人前落下的愛的痕跡，終於在他留給林徽因的最後一行字，一撇一捺，輕輕地洩露了出去。每一撇，都是終於放膽撒開來的思念；每一捺，都按壓著不肯被歲月沖刷掉的印記。

之後有一年，我在北京前門一家書店，漫不經心地讀林徽因的詩集，裡面有一首，她依稀是這麼寫的，「我永從你中間經過，但我們彼此交錯，並未從此留難」——不知道爲什麼，電光火石，我乍然看見沈從文年輕時穿著藍毛葛的夾袍，掛一副圓形眼鏡，靦靦腆腆的，一張鄉下人憨稚的笑臉在林徽因的詩句裡一閃即過，而竟然不是徐志摩，不是徐志摩——

雖然我知道，浪漫成性的徐志摩，第一次見到沈從文，就忍不住在他面前朗讀寫給林徽因的情詩，甚至明明自己已經結了婚，還明目張膽地對林徽因展開追求，甚至還慫恿沈從文把他對林徽因的愛寫進小說裡。沈從文瞪大眼睛，驚惶地聽著，在這之前，笨拙的他從來沒有見識過比徐志摩更飛揚跋扈的愛，完全被嚇得低下了頭來——他是一個只在鳳凰縣念過幾年書，文化程度低下的湘西人，怎麼能夠理解徐志摩和林徽因，還有梁思成和胡適，他們這些喝過洋墨水散步過塞納河也甘心在康橋做一條水草的知識分子，對於愛情的開放，原來可以任性妄為到這種地步。

可既是才子，總難免多情，我們都低估了沈從文沉著氣，對愛情不離不棄的那一股蠻勁。有一年春節還沒過完，沈從文剛剛結婚，婚姻竟觸了礁，愛上了仰慕他的讀者，一個長得比他妻子張兆和還要漂亮的家庭教師高青子，沈從文於是愁眉深鎖地冒著寒風去找林徽因，要林徽因給他的愛情把脈開方——

林徽因見了滿臉憂愁的沈從文，竟泛起母性的憐愛，事後回憶起來，常常忍不住笑著說，「當時的他，一臉歉疚和無助，看了實在討人心疼」。而且林徽因發現，眼前的沈從文竟和她一樣，在愛情面前所有的束手無措六神無主，都只不過是為了成就一段愛情的完整，林徽因嘆了一口氣，原本想勸沈從文，如果在「橫溢」的情感和「僵死」的感情二者選一，她一定會選前者，因為人活著的基本意義就是體驗情感，可後來想想，沈從文的妻子張兆和畢竟是她喜歡的人，當時他夫妻倆在北平中山公園的水榭結婚，沒有儀式，沒有主婚人，也沒有證婚人，即便是婚房也只有空溜溜的四面牆壁，沒有任何新婚的擺設，就只有床上罩了一張手工精製的錦緞，上面繡著喜氣騰騰的百子圖，都還是林徽因和梁思成專程給他們送的，這才多少給婚房添了點新婚的氣氛——因此林徽因只得拉下臉，對沈從文又是低聲叱責，又是好言勸誘，要沈從文想清楚，人生的動人之處，雖然是在曲折的戀情中選擇心之所屬，可理想和現實之間，終究還得考量人情世故，雖然大可不委屈自己，但也絕不傷害愛自己的人——沈從文聽了，低下頭，像個自己跟自己嘔氣的孩子，不發一聲，實際上林徽因也知道，他一句也沒聽進耳朵裡去。

但不管怎麼樣，沈從文在情感上對林徽因的依賴，更甚於對他的妻子張兆和或摯友徐志摩——雖然徐志摩對沈從文的賞識和提拔，根本改變了他的下半生。但林徽因和沈從文其實才是兩個最相似的人，沈從文從林徽因身上看見最坦蕩的他自己，林徽因也在沈從文身上發現她的嚮往和壓抑，因此他們總會在長滿青苔的生活縫隙中相視一笑，疼惜對方就好像疼惜自己，而且他們都把愛視爲詩意的信仰，從來不計較付出去的愛可能換回來的就只是傷害——所以沈從文眞要是一發不可收拾地愛上林徽因，對我來說沒有不合情合理的，你怎麼能夠阻止一個人去愛他自己呢？

還好沈從文的婚外情只維持了八年。之後他爲了迷信愛情而流失的理性，終於又回

到身邊。而張兆和之前在戰爭爆發的時候死活都不肯隨沈從文到昆明，是因爲知道他和高青子的關係還沒撇淸撇淨，現在沈從文落得形單影隻，加上身體不好，她一時心軟，才答應回來照顧。

記憶之中，年輕時候沈從文追求三姐張兆和也著實費了一番心思，因爲他倆怎麼說都門不當戶不對，張兆和是富商之女，驕橫跋扈是免不了的，而沈從文則是爲了要擺脫貧窮而跑去當兵的湘西客，兩人的背景差距，簡直猶如雲泥，可沈從文堅持不斷，一天一封情書，與其說張兆和後來漸漸喜歡上沈從文這個人，倒不如說張兆和最後慢慢愛上了沈從文的文字更爲恰當——就好像當時胡適身爲校長，卻站在教授沈從文這邊，對拿著一大疊沈從文寫給她的情書向他告狀的學生張兆和說，「這情書我都讀了，寫得實在是好，妳也許應該認眞考慮考慮」。而這情節到現在想起來，我還是禁不住嘴角泛笑，只有心無雜念磊落光明的人，才會熱心地鋤開一方土地，讓愛情自由生長，而胡適就是。

後來文革期間，沈從文多少吃了點苦，但他一句都不隨便說，卽便被發落到天安門歷史博物館打掃女廁，他還幽默的笑著給朋友們安慰，「不就只是打掃茅房嗎，這事平時在家裡也得做的，至少領導信得過我的人品，證明我在道德上還是可靠的。」倒是多年以後，國外的學者重提此事，對他說，「沈老您受委屈了」，他這才一時沒忍住，嚎啕大哭，整整八十歲人了，哭得就像個被誰故意伸出一隻腳絆倒的孩子似的，那哭聲裡頭，有太多的冤屈和不服氣。

而在故宮當文物講解員的時候，多年的朋友看見他拿著一支講解棍，佝僂著腰背，聲音嘶啞地不停在做講解，怕沈從文難堪也怕影響沈從文的工作，只好紅著眼眶，遠遠地躲著——躲著不敢和沈從文相認，躲著不敢和殘酷的時代硬碰，誰會想到這位盡責的不厭其煩的講解員，就是卅年代鼎鼎大名的大作家呢？

好幾次讀沈從文的傳記，裡頭說起北京的冬天要命的寒冷，沈從文在午門樓上辦公，因身分低微，沒被分派到辦公室裡頭去，只能在午門廊道上的隱祕小角落置張桌子，當時他大病初癒，身體極其衰弱，承受不了風寒，尤其是零下十度的氣溫底下，常被穿堂風颳得渾身哆嗦，而且故宮不准烤火，怕生意外燒毀了文物，沈從文也都挺了過去，常常，工作了八九個小時之後，遊客和民眾漸漸散去，他站在午門城頭，看著慢慢亮起來的萬家燈火，一日將盡，可他知道，他的一生恐怕還長著，他聽著太廟傳來松柏林中黃鸝鳥歸巢後雀躍的啼叫，似乎記不起自己是誰，到底在什麼地方幹著什麼？沈從文想起自己在時代的劇變中受過的委屈和恥辱，曾經一度因憂鬱症病發而精神崩潰，已經不可能再回到北京大學當教授了，結果下了決心放棄寫作，接受黨的安排到冷僻的博物館當講解員——

我想起馬悅然說的，當時他是從龍應台口中得知沈從文去世的消息，隨即就給瑞典的中國大使館的文化參贊打電話求證，問對方知不知道沈從文去世了，可對方卻回他一句，誰？誰是沈從文？堂堂一個中國文化參贊竟然不知道沈從文是誰，馬悅然氣得摔下電話，渾身發抖，當天碰巧他人在瑞典學院開會，因爲身分是主席，所以會議結束前，他忍不住用主席的議事槌大大力地敲著桌子，告訴大家沈從文去世了，一面敲一面心疼得直不起身，眼淚差點奪眶而出，因爲馬悅然一直都說，沈從文是五四運動以來最讓他欽佩的作家，如果沈從文的《邊城》和《長河》，還有五十多篇短篇小說早一些被譯成英文，他早就已經是世界級的作家了，所以他對沈從文因爲去世而錯失諾貝爾文學獎，表現得比任何一個中國人還要激動，因爲他知道，那遺憾是怎麼都彌補不了的。

而堂堂一個沈從文，他初初在博物館被分派到的工作，不過是貼貼文物標籤，寫寫文物說明，又或者抄抄陳列卡片，有時候則負責清點古幣，另外還得必須定時定候到草地上拔草。就好像他自己說的，動蕩和曲折，改變了沈從文，把沈從文改變成一個連他也對自己感覺陌生的人，如果不是大病之後的大徹大悟，堅決讓自己這一艘笨重並且陳舊的船隻扭過頭來往另一個方向開去，沈從文這個人恐怕早就歿了，因此他從不覺得講解員的工作讓他丟失身分，反而在知識和常識上，反而讓他對歷史文物的認識愈來愈扎實了，這點顯然是出身草根本性務實的他所喜歡的——後來的沈從文，甚至是有人從背後遞一面銅鏡讓他摸，他連看都不用看，就能說出銅鏡的朝代和年分，還有設計和典故。

尤其是沈從文有極其驚人的記憶力，他在博物館的那陣子，常常中飯的時候整座文物館就落下他一個人，而他因爲節儉，吃得很隨便，很多時候就一小串香蕉和幾塊麵包就草草把肚子給填飽了，然後一個人留在庫房裡，將那些文物來來回回地看，反反覆覆地看，慢慢地竟看出感情來，也慢慢地竟看出學問來。有好幾次，管理員中午回家吃飯把門反鎖，竟把沈從文給鎖在裡頭，待管理員吃完中飯回來發現自己粗心，不住向他道歉，他反而覺得奇怪，好端端地怎麼老向自己說對不起呢？絲毫不覺自己被魯莽地反鎖在博物館好幾回了。

而沈從文的記憶力其實是磨練出來的，起初他也效仿講解員針對每件文物都寫張小卡片，可別人寫的卡片是做資料用的，要整理要編排要分類，然後存起來，往後作爲備忘和參考，可沈從文把資料仔仔細細寫一遍之後就隨手把卡片扔掉了——扔掉，是因爲他強迫自己在抄寫的時候就得把資料都給強記進腦子裡，之後就算把卡片扔了，他對那些古畫和文物的細節都不含糊，就好像那些瓷器、玉器和兵器，用的是什麼的材料，走的是哪一路設計，繪的是哪一代的紋飾，他幾乎過目不忘，就連一張畫，他看了一次之

後就記在腦子裡，畫裡頭有多少個人物，甚至畫中的桌面上擺放了什麼物件，他根本沒有記不住的，他的勤奮和謙恭，成就的不單單是他的知識廣博見識豐富，最重要的是，他完全放下了作家的驕矜和自以爲是，把自己的身分壓得低低的，低到泥地上，最終反而拔地而起，讓人對他這位胡適口中「中國最有希望的小說家」的能屈能伸，沒有不肅然起敬的。

後來沈從文去世了，白髮蒼蒼的張兆和把自己掩埋在沈從文留下來的書信和文稿之中，安靜而哀傷地編撰沈從文的遺稿，半響抬起頭來，才發現歲月已經一聲不響地靠攏過來，在她的眉目之間泛起好大一片霧靄，她這才絲絲點點，計算起她和沈從文的過去，惆悵地說，「過去不知道的，現在知道了；過去不明白的，現在明白了，原來我並不完全理解他，也不知道他和我相處的這一生，究竟是幸福還是不幸——」

我看過張兆和年輕時的照片，皮膚簡直就是我們現在流行的蜜糖色，笑容燦爛得像一隻驕陽下準備啓航的風帆，舉止爽朗，風光明媚，是學校的校花，也是運動場上的健兒，曾經奪得女子全能第一名，男孩們見了幾乎沒有不隨在她背後溜溜地打轉的。就算後來她老了，神情憔悴了，但笑容還是一樣的燦爛，我記得瑞典的漢學家倪爾思，來回北京好幾趟，拜訪晚年的沈從文，那時候沈老患上腦血栓，身體部分癱瘓，但思路還是十分清晰，對答誠懇而得體。沈老是個謙虛的人，卽便他的作品在瑞典有一大票年輕讀者在追讀，但他依然客氣地說，「我的文化程度連中學都沒機會念上，跟那些放洋回來的新派作家是遠遠不敢相比的。」而且老愛說他的作品都只是習作，不夠磅礴，不夠大氣，登不上大雅之堂。可在我看來，沈從文的文字灼如麗天，節奏錚亮而明快，有一股清新的鄉土氣息，就算現在讀起來，也絲毫沒有時代的隔膜感。

最後那幾年，沈從文住在北京崇文門東大街的一座公寓，裡頭有著頗現代化的設備，可他依然顫抖著聲音，回答倪爾思的提問時說，「我對濫用權力特別厭惡，總是同情受到壓迫的人」，說完眼淚隨即冒了上來，張兆和於是馬上將手輕輕地覆蓋在他的手背上，讓他感覺到被支持的力量——我忽然記起有一次在上海喝咖啡，廣場爲了配合一場文化活動，播出一段陳沖朗誦日本詩人谷川俊太郎寫的一首小詩，「活著，現在活著，是敢哭，是敢笑，是敢怒，是自由——」現在回想起來，這詩多麼像是寫給沈從文的啊，眞正的活著，是我看見兩個人的靈魂在依偎，是我看見張兆和的手溫，全心全意地傳到沈從文的身上，是一個人的心跳，跳到另一個人的心上。

而且到現在，讀了這麼多風起雲湧似是而非的愛情故事，我念念不忘的終究是沈從文寫過的愛情，那是多麼純樸的一種溫柔，那又是多麼鄉土的一份纏綿。我第一次讀他寫的《丈夫》，說一個在鄉下種田挖園的漢子，換上一身漿洗乾淨的衣服，背了整籮整簍的紅薯和糍粑，趕路到城裡去見在河灘的菸船上陪客人燒菸取樂過夜的妻子——我還記得，沈從文在小說加了特別生動的一段，說男子知道家裡的女人老七愛吃，特意把去年屋子後院從刺球裡爆出來的栗子，專挑大顆的，一顆一顆風乾之後留到今年，一心要給女人帶到城裡來，可後來女人隨船裡掌班的大娘上岸過七里橋燒香，讓他一人守船，碰巧船上又來了水保，他爲了給人家敬菸，一時心急，打翻了貯栗子的小罈子，於是那圓圓的烏黑得發出金亮的板栗滾得整個船艙都是，他只得各處手忙腳亂地抓，心裡焦急得很，怕板栗滾不見了，怕老七吃不著了——

我讀到這裡，腦子裡滿滿的都是滾動著的烏黑得發亮的栗子，還有那丈夫對妻子花枝春滿的愛，雖然貧賤，雖然粗糲，但她終究是他這一生的天心月圓，是誰也掠奪不走的——也只有這樣的愛，才值得險山惡水，才值得跋涉天涯，但到底跟張愛玲寫的「原來你也在這裡」終究是不一樣的，這樣的愛，你只有在菸灰般一聲不響抖落下來的歲月裡，才漸漸讀得出它層次上的差異，因爲文句的忠厚，因爲情節的樸實，反而加重了那愛的重量，讀了之後沉沉地壓在心口上，久久不肯散去。

而我喜歡張兆和，是喜歡她身上有股颯爽的英氣，跟林徽因的精緻秀氣，甚至和高青子的俏麗靈動，畢竟是不同路數的。我看過張兆和代沈從文寫給三聯書店的信，字體眞正好看，灑脫俊逸，跟少女時候的她幾乎一個模樣，她在信裡詢問起《沈從文文集》的樣書，想確定出版社會給作者預留多少套？如果作者想多訂若干送親友，會否另給優待？印象之中，她用字謙虛誠懇，明明寫的問的，都是瑣瑣碎碎的小事，但字裡行間，隱約透露她不卑不亢的氣質。

還有一次，瑞典推出沈從文的短篇小說和散文選，書名取得也好，就叫作《孤獨與水》，這兩種生活形態，恰恰都是把沈從文的一生給架構起來的——適當的孤獨，是維持尊嚴的一種方式；而把自己活得像水一樣，亦剛亦柔，既可流散，也可攻擊，隨時順應不同的俗世變化，其實才是一個人眞正的本事。我特別喜歡封面設計上的四個中文字，那是張兆和的書法，柔中帶勁，欲說還休，那字體看上去就像是一截濃縮的人生，讓人想起沈從文從文革走來，被批判被勞改，一度因精神過度壓抑而崩潰，好幾次自戕未遂，以及沈從文曾經情深如海，藉文字的澎湃，對張兆和訴說愛的遼闊，說他「一輩子走過許多地方的路，行過許多地方的橋，看過許多形狀的雲，喝過許多種類的酒，卻只愛過一個正當最好年齡的人」。至少我們知道，在沈從文的愛情最豐饒的時候，他遇上過日子正當翠綠的張兆和——寫詩的人老了，走了，湮滅了；但詩裡的少女永遠不老，因爲有時候愛情，一瞬就是一生，卽便那一生，到後來很可能就只活成一個句子。

郁達夫
Yu Dafu

歲月如鉛，少年初靜

吃蛋的時候我偶爾會想起郁達夫。但前提必須是生熟蛋。並且必須以一種老派的，帶點南洋風情的吃法：將兩顆熱水燜得半熟的雞蛋，用茶匙輕輕敲開，倒在淺淺的碟子上，然後撒上醬青和胡椒粉，趕緊端起來呼嚕呼嚕，一股腦兒灌進嘴巴裡——蛋攤涼了就腥了，青春也是。

而我想起的，是少年時代留學日本的郁達夫。想起他夜裡在被窩內的手要是不規矩，伸進了褲襠，第二天就會溜到宿舍的後院，趁房東女兒不留意，手忙腳亂地抓起兩顆雞蛋，活生生地敲破了灌進肚子裡——

有一次被逮著了，房東的女兒故意作弄他，明知道郁達夫也有份輕輕拉開澡房的門，在氤氳的熱氣裡偷偷看她洗澡，卻問他知不知道他那幾個「支那」同學總愛偷看女孩子洗澡，可不可以幫忙勸勸他們不要再這麼做了呀，說完還「噗嗤」一聲笑出來，把另一顆雞蛋塞進他手裡——拿去，那你今天再多吃一顆吧。而郁達夫因爲害臊，漲紅了臉，全程低下眼，兩隻手一直來回搓弄著碗沿，不敢和房東女兒的眼神交接，可他體內生機勃勃的青春啊，正呼呼作響，隨時準備噴薄而出。

因此郁達夫吃蛋，泰半是聽取和他一同寄宿的「支那」同學說起的飲食術，要是夜裡做了傷害身體的事，第二天就得趕緊吃「雞子加牛乳」補回來，這樣才不會精神萎靡，才不會誤了學習。說到學習，郁達夫比誰都認眞，主要因爲家境不好，十七歲隨長兄郁曼陀到日本，爲了獲取官費，他幾乎是日以繼夜，拚了命的在讀書，最終才如願考取「清日特約五校」，在醫學和經濟之間選了後者——即便他眞正喜愛的，其實一直是文學。而那聽起來特別刺耳的「支那」兩個字，則是那時候因爲國家和民族沒落，到日本留學的中國留學生，都普遍被嘲諷被欺負被鄙視，縱使憤慨萬分，也只能忍氣吞聲，烙下難以磨滅的自尊上的疤痕——

郁達夫甚至曾被日本同學往臉上吐過一口痰，而他一點也不動氣，平靜地等到那班日本學生離開之後，才把痰從臉上輕輕抹去。於是這多少令我起了懷疑，郁達夫之後患上的輕微憂鬱症，一半是因爲孤獨而延燒的性壓抑得不到解放，另外一半，會不會是因爲受到歧視而心生自卑，日子因此變得滯重起來，就像樹上的枝椏，隨時啪嗒一聲折斷下來？

而我記得夏目漱石寫的那一部《少爺》裡頭，也寫了和雞蛋相關的故事。他說少爺寄宿的旅館伙食甚差，少爺不過是稍稍提起自己喜歡吃白薯，老闆娘就乾脆省下功夫，每天都只給他準備白薯，於是他只好偷偷在抽屜裡藏些雞蛋，一次吃兩個，好替自己補補身體。

後來有一次，少爺受不了欺壓，決定懲罰仗勢欺人的副校長，於是從袖兜裡拿出預先藏好的雞蛋，痛快地砸到副校長臉上，雖然那雞蛋在當時是多麼的珍貴啊，原本是少爺偷偷藏起來準備留給自己補身體的，卻平白被犧牲了——有趣的是，我發現有好幾位

作家的少年憶述似乎都和雞蛋脫不了關係。在他們年少縱情縱欲，才情無法無天的青春歲月裡，雞蛋是一種補償，也是一種隱喻，偶爾敲開的雞蛋裡頭帶有一絡血絲，不知道為什麼，總會讓人情不自禁地聯想起處女。

關於吃，既然談得興起，那就暫且岔開去——老年的夏目漱石胃不好，卻有著一根名副其實的「甜牙齒」，特別愛吃豆沙年糕這類難以消化的食物，因此他妻子老是絞盡腦汁，得趁他回到家之前，把家裡的甜食東塞西藏。結果夏目漱石每每回到家裡，第一件事就是裝作若無其事地背起手，在家裡來回巡視一周，實則暗地裡翻箱倒櫃，看看妻子又出什麼新花招，把甜食藏到哪個不讓他找著的角落。

少年時候的夏目漱石，食物是他探索生命意義的其中一把鑰匙。他好吃甜食，文章裡處處有意無意，記載他年輕時吃過並且念念不忘的食物，比如一碟三錢五釐的米粉團子，比如一個一錢的包子，甚至還有一個五釐的豆沙年糕——而他鉅細靡遺地把每一樣吃食的價錢都記錄下來，何嘗不是順道把他走過的美食路線事先替大家串聯下來，無意間做了一件好事，留下線索讓大家可以按圖索驥，吃遍他提起過的美食？

尤其是魯迅和弟弟周作人。他倆一直都把夏目漱石視爲天字第一號偶像，初到日本留學，特地租夏目漱石住過的房子，專門找夏目漱石愛吃的甜食，並模仿夏目先生的舉動和喜好，那情懷之熱切之幼稚，和現在的鐵粉骨灰粉比較起來，實在沒有太大的區別。

反而是郁達夫。我想起郁達夫，往往先想到他對美食的奮不顧身，然後才漸漸想起他浪漫頹廢的文體和風流成性的一生。郁達夫對吃十分講究，胃口一點也不文藝，這恐怕是連魯迅先生也都知道的事。有一次兩人吃飯，邊談邊吃，郁達夫竟然不動聲色，吃掉了一斤重的甲魚，還有半隻童子雞。我零零散散讀過郁達夫的日記，最爲吃驚的是，吃，竟然是他每日一記頭等重要的事。他不吃泡飯，卻對平日下飯的小食絕不馬虎。喜愛荷包蛋，喜歡油汆花生米，也喜歡松花皮蛋，說是貪它們親切可口，隨處可得。不像他在東瀛留學的時候，每次看見端上來的四角高盤裡的菜餚，不是一塊燒魚，就是幾塊木片似的牛蒡，常常讓他食之無味，欲哭無淚，極不甘心讓自己的味蕾受盡屈辱。

但如果眞把毛尖說的，懂得吃又愛吃的男人，不會對女人不好，因爲吃是中國人的信仰，有信仰的男人，再壞也壞不到哪，都照辦煮碗搬到郁達夫身上去，卻未必就合適了。郁達夫總是先照顧自己的味蕾，再滿足自己的情欲，最後，才考慮到他身邊的女人會不會覺得跟他生活在一起是件疲累的事。我反而想起的是，李安在《飲食男女》說過類似的一句，他說人生不能像做菜，等到所有的材料都準備好了才下鍋——愛情其實跟人生所有的際遇一樣，都是突發的，都是措手不及的，並且也未必所有的流程都是按部就班的。更何況，就算把菜煮好了端上桌，男人還是免不了會犯上「吃著碗裡看著鍋裡」的毛病，這一點郁達夫最是難以赦免，他的每段愛情其實都和吃串聯在一起，也都透過吃，和究竟吃了些什麼，透露他感情上的玄機。

我想起郁達夫和王映霞初初走在一起，明明日記裡記的應該是約會時的濃情蜜意，可郁達夫記下來的，幾乎盡是追求王映霞時請客下館子吃飯的場面，包括第一次見到久仰大名的杭州「第一美人」王映霞，就是穿著太太孫荃給他寄的寒衣皮袍到法租界吃飯，然後在那個朋友主催的飯局上因王映霞的美麗如遭電殛，當下對王映霞展開熱烈的追求——可後來每一次郁達夫排除萬難把王映霞約出去，他們電影只看了一回，飯倒吃了六次，其中五次郁達夫還把自己喝醉了，他們的愛情始末，看起來是千里姻緣，實則是推杯換盞用飲食換回來，最終卻落得一塌糊塗的男女關係。

因此讀郁達夫的日記，耐心是必要的，只要你不介意把他偶爾當作美食作家看待，那麼一路往下讀，就會不由自主地讀得飢腸轆轆，讀得津津有味。郁達夫最愛記錄的，還包括了他的一日食程，比如「早晨訪川上於沙面，回來在太平館吃燒鴿子」；又或者「順便去寧波飯館吃晚飯，烤了一塊桂花年糕同食」，把那個時代的人情和那個時代關於吃的風趣，都興高采烈地記錄下來，跟他平素寫的散文和小說，那流動的憂鬱，以及空靈的氣韻，還有作品裡惶惶然不知所措的迷茫，意境上終歸有好一些距離。

甚至郁達夫認為人生最快樂的事，莫過於「中午喝了一瓶啤酒，吃了一頓很滿足的中飯」。完美的吃食，和淋漓的風流，包括到妓院尋花問柳，到招待所和女侍應暗通款曲，對郁達夫來說，都是實實在在的一種生活方式，雖然他的坦蕩蕩和不加隱藏，在那個時候的文藝圈子裡，曾經掀起了不小的驚濤駭浪。

我還記得，剛和王映霞結婚那段日子，大抵是想老老實實把往下的日子過好，所以郁達夫就對準備爲他洗手做羹湯的王映霞說，要燒出好吃的菜，就一定要交學費，咱倆先到各大餐館吃幾天，然後一邊吃一邊研究一邊偸師，一定會煮出好滋味。可見性格上，說到吃，郁達夫也有他先天下之樂而樂的一面，在餐桌上更是徹頭徹尾的享樂主義者。他歡天喜地地帶著王映霞到處找好吃的，沒兩下子就把一個月難得掙回來的稿費都吃光了，王映霞心裡著急，可郁達夫一點也不在乎，還笑著安慰妻子，我們現在花些小錢，偸了師往後自己煮，就不需要到外頭吃，又省錢又有滋味，何樂而不爲？

而郁達夫因飯局上喝多了而引起的周身狼藉，一直都被王映霞照顧得妥妥貼貼，有時在飯局上喝得醉醺醺地回來，總要王映霞吃力替他把鞋子脫了，再把外衣解下，好讓他舒舒服服地上床歇著，這事兒每星期少說也有兩三次。第二天要是宿醉未消，王映霞就會溫柔地給他端上一碗滾燙的、從朋友那學會熬的解酒湯，喝下去馬上大汗淋漓，隨即胃口大開，不頭痛不嘔吐，酒也自然就醒過來了。

可惜這一切，都在郁達夫懷疑王映霞對他不忠，藉登報尋妻一舉，欲將王映霞和他朋友許紹棣出軌的事大肆張揚之後正式終結。雖然過後郁達夫又懊悔下來，以自己精神失常行爲失控爲由，答應王映霞的要求，在報館刊登另一則道歉啓事以撤回之前的尋妻啓事，焦急地一心想把心灰意冷的王映霞重新哄回身邊，卻終究不得其果，夫妻從此東西離散——郁達夫的幾段婚姻，到頭來都沒得修成正果。

除了王映霞，郁達夫最常結伴一起吃飯的對象是魯迅。據說魯迅單身的時候也是天天下館子，但再怎麼說，魯迅的收入肯定比郁達夫高出許多，直至有了家庭，娶了許廣平，魯迅這才慢慢收斂下來，減少了下館子的次數。而郁達夫和魯迅的交情，亦師亦友，十分親密，兩人在吃食和喝酒兩方面，口味都對得上，每每魯迅收到學生或朋友贈予的好酒，通常都會轉贈給郁達夫，並且郁達夫在文章裡也寫過，魯迅送他兩瓶從紹興帶出來的陳酒，已有八九年的陳年酒色，郁達夫心裡馬上盤算，這麼好的酒，一定要燒幾道好菜才配得起——最重要的是，那時候的魯迅和郁達夫惺惺相惜，如果人的心疏了，交情餿了，吃得再精細又有什麼意思？

後來魯迅的死訊從上海傳來，郁達夫碰巧人在宴席上，和一堆朋友酒酣耳熱地歡聚，他原本強作鎮定，裝作無事人似的，照樣舉杯起箸，不想破壞大伙的雅興，可憶起舊日與魯迅的種種交往，禁不住中途停下筷子，半垂下頭，用手背支著臉，悲傷得不能自己。

除了魯迅，平素和郁達夫交往頻繁的文人，還有一位沈從文——只是和魯迅相比，沈從文顯然是最不愛下館子的那一個。一來節儉。二來，沈從文賣文的收入怎麼跟魯迅比？我憶起沈從文有一次提起郁達夫請他下館子吃飯，當時沈從文被生活所逼，都已經入冬了，身上僅穿著單衣，郁達夫看了心裡多少有些酸楚，尤其冒著削面如刀的北風踏進沈從文住處，那地方又窄又霉，而且冬天也沒生煤，日子顯然過得十分窘迫。於是郁達夫便請沈從文到附近的館子吃飯，還點了一道姜蔥爆羊肉，味道十分可口，飯後郁達夫掏出五塊錢付帳，店家找回來的錢，全數都塞給了當時懷才不遇的沈從文。

後來沈從文很老了，都整整七十多歲人了，還念念不忘當時的情景，笑得十分天真，像個孩子似的對人說，那時候的五塊錢多大啊，他請我吃了飯還把找回的錢都給了我——這情景沈從文一直記在心裡，逢人就說，生怕自己會遺忘，一定要自己一輩子都

不可以忘記。

倒是關於郁達夫之死，到今天還像一齣扣押著結局的懸疑劇，對他好奇的人，心裡始終揣著一團解不開的謎。據說當時在蘇門答臘，夜裡有陌生人敲門，郁達夫應聲和對方在門邊低低說了兩句，就匆匆交代一聲隨對方出門，結果自此失蹤，沒有再回來。而生命最猛烈的撞擊，也許你也懂得，就是和親密的人沒有預兆的別離，來不及辭行，也來不及交代半句。郁達夫穿著睡衣蹬著木屐，匆匆望了一眼即將臨盆的妻子就轉身離去，屋外的月光灑下來，銀銀白白的，把屋前的路，拉得像一條長長的南洋異族的裹屍布。

感慨的是，南洋的妻子何麗有，則在郁達夫離奇失蹤的十二個小時之後，再給他添了一個女兒，一個從來沒有和離奇失蹤屍骨未見生死不明的父親會過面的遺腹女。那時候的郁達夫還沒到五十歲。一個男人風華正茂的年紀，也是一個男人的第二度少年。他這一生的傳奇，最讓人感慨的就是最後離世時的撲朔迷離，因爲那是一場沒有正式告別的別離，也讓我們看到郁達夫把自己的人格分裂成兩個，一個給了後來化名的趙廉，一個還給原本的他自己，並且兩個郁達夫都一樣的孤獨，而孤獨，總是意味著清醒。

我隱約記起，郁達夫曾經寫過，他每到一個地方都會遺落一些東西，比如指甲，比如頭髮，比如心靈的體驗和肉體的感受。而我們誰不也都一樣呢，我們都是在消耗著歲月的同時，也被歲月消耗了去，像一個提著行李的旅人，我們每一站新的開始，都是別人悵然若失的過去，然後我們掉轉身走進通往站台的走廊，那走廊長得像一座幽靜的洞穴，欲往裡走，愈是冷清，周圍最終唰地一聲，完全安靜了下來。

民間有這麼一說，郁達夫是因爲長達半年爲日軍憲兵擔任翻譯，日軍礙於他知道太多罪證，並且查出化名趙廉的郁達夫的眞實身分，是名作家，也是名烈士，發表大量抗戰救亡的作品，有一定的影響力，才趕在盟軍遠東軍事法庭即將開啓之前，先下手將他滅口，免得他出庭作證。

郁達夫離鄉背井到日本之前，大家對他小時候的事情理解的其實並不多，約略知道他三歲喪父，和寡居的母親同祖母同住。反而是聽說郁達夫在富春的故居，雖然古舊，卻不失清秀，是座石庫牆門的兩層樓房，你如果有機會到那舊居去，甚至還可以隱隱約約，在窗口和樓角，瞥見郁達夫鬱鬱寡歡的童年影跡。那屋子裡郁達夫的文史和資料甚少，倒是讀他的自傳裡讀到，有位自小就照顧他的女傭名叫翠花，對他十分寵溺疼愛，有一次郁達夫因爲看水缸裡的金魚看得入了神，上半身差點滑進並浸沒於水缸，是翠花飛快將他抱起，救了他一命，至於是不是基於這因由而在郁達夫故居灶間安供了女傭翠花的牌位，這緣由終究不可考，倒是對郁達夫的童年，平白添了一絲人情味，知道他原非大家印象中的那麼孟浪和濫情，也有過歲月如鉛，少年初靜。

而我怎麼都不算對郁達夫特別傾心。無論是他一蹴而就的文體，甚或他顛簸跌宕的人生。我後來看周潤發演郁達夫，尤其是郁達夫化名趙廉並改行賣酒之後的那一小段緩慢而迂迴，並且瀕臨結尾的人生，而這恐怕是周潤發演過的從裡到外最文藝的角色了，雖然只客串了約莫兩分鐘的戲，周潤發穿件白襯衫，戴一副窄窄的圓形眼鏡，並且不斷掏出一塊小小的白色毛巾抹汗，那時郁達夫在印尼，南洋天氣炙熱，烈日惡毒，彷彿隨時可以將人燒出一團火來，可中年之後的郁達夫，情欲的火焰興許已經被澆熄了一大半，烈的反而是被激發出來的爲正義爲公道當仁不讓的烈士情義。那陣子逃難的時候，郁達夫和朋友開了一家釀酒廠，釀出兩款頗特別的酒，一款叫太白，另外一款叫初戀——因爲郁達夫說，喝酒就好像初戀一樣，喝得愈多，就愈容易醉。

如果說不同的城市，就會對不同的作家戳出不一樣的雕刻，巴黎教會了班雅明的是迷失的藝術，而日本給郁達夫留下的，卻是瀰漫著不肯退散的孤獨與哀愁，即便後來他落腳南洋，那一片蒼鬱的綠，也綠得彷彿一年四季都是哀傷——郁達夫眞正的風流，並不單單只是在枕席間，而是他後來裁剪掉生命中大量的純風景，突出了他原本準備匿藏起來的故事性，他不是登徒子，也不是眞烈士，正如他兒子郁飛說的，他只是一個讀書人，一個用文字解剖和縫合自己的文人，而一個誠實面對自己的人，又怎麼可能在亂世塵俗中，完完全全的清淨無塵？

周作人 Zhou Zuoren

掃雪的人

照片看上去，周作人的身形還眞有點魁梧——一種秀氣的，文質彬彬的魁梧。但聽說知堂老人在聲線上有點兒吃虧，說話聲音太小，有人形容，像個老太太似的，而且口才不佳，遠遠及不上其兄長魯迅。

於是這多少讓我想起幾年前董橋來馬來西亞領獎兼開講。一坐下來，董橋就說，其實寫書的人不適合在台上演講，還是躲在文字背後自在得多。而董橋的聲線，恰巧和我想像中周作人的聲音有些接近，都偏尖細，而且語速遲緩，中氣似乎有點不足。

所幸董先生仗著澎湃的文字魅力，學識助長了氣勢，喜歡他的讀者，其實也不是衝著他的文學脫口秀而來。倒是董橋的開場白，眞巧，正好擊中當下頗值得商榷之處——新一代的作家，寫得好還是不夠的，還要能夠適應時代，開直播，當部落客，在線上侃侃而談，在線下疾筆揮書，讓文字從書面騰躍而出，然後在線上輕盈落足，拉近和讀者們在線上的距離，這對營造個人號召力和影響力，絕對有一定的幫助。

就好像魯迅——魯迅曾經在北京師大操場演講，當時學生人數衆多，魯迅個子矮小，但脣舌如劍，口若懸河，最重要的還是魯迅的錚錚鐵骨，說話的語氣和對於改革未來的見地，鏗鏘有力，活脫脫就是個當領袖的將才，在庸衆中清醒，在清醒中執拗前進，不但扛得住整個民族面對的現實苦難，在那個時候，更已經是個可以站到台上面對群衆而絲毫不囁嚅不膽怯的明星作家。

反而是周作人——周作人顯然是個躲在文字背後的人。巡迴演講這一類事，終究不是他願意去做的，也應該不是他想做，就能夠做得好的。倒是論文章，誰不知道周作人寫得實在好？而且，比魯迅還要好？他的文章迷人之處，是自有一股與世隔絕的隱士氣，廣徵博引，細膩周全，十分素雅。周作人尤其厲害的是，他可以把所有資料都存進腦子裡，要用的時候才不急不緩，一點一點，有條不紊地給抽出來——因此就算遇上時局動蕩，周作人流落北京，連自己八道灣的老家都不敢回，四處打游擊，常在朋友家裡暫住，而身邊的藏書，抄沒的抄沒，變賣的變賣，留下來的根本就所剩無幾，幾乎都是憑著過目不忘的天賦，才有本事繼續在報章上寫小品換稿費過生活。

但在那當兒，單論與大時代對抗的氣魄，我還是不得不把票投給魯迅，魯迅「橫眉冷對千夫指」的剛正不阿，在形象上絕對是最有號召力的包裝，簡直就是一呼百應的意見領袖，不但撬得開一整個時代的茅塞，也扶得正新時代青年的心志——只是說到文字的溫婉和清秀，我至今仍是爲周作人的文字傾倒。而那傾倒，遠遠比驚豔還要高上幾個層次，因爲周作人的文體根本沒有章法可循，既不承魯迅的劍戟鋒芒，也不屑張愛玲的蒼涼華麗，就算蒼涼，他筆下的蒼涼，也是稍縱卽逝，留下的是他謙和的襟懷，以及讓後人仰望的文字風度——

我讀知堂老人，就是愛讀他淡如薄靄的文字。尤其那淡，是韻味，是氛圍，是迴盪。我印象特別深刻的是，他對張愛玲文句裡警句未免太多了點，而且雕琢修飾的手法太過繁複，多少有點不太耐煩，因此在文章裡稍微用力，給批評了幾句。可張愛玲文字之好，不正是好在情緒的滲透力極強，輕易就騎劫讀者的思維嗎，就像個文字的阿修羅，用最溫柔的暴烈，將讀她的人，統統推落情感的八道輪回——

偏偏周作人推崇的，是「忘路之遠近，夾岸數百步，中無雜樹，落英繽紛」，比陶淵明更隱世、比桃花源更素淨的抒寫方式，因此他文字的光，猶如林盡水源處窺見的一線山口，並不是每個人都看得見那光，也不見得每個人都願意爲那光捨船而入，只是周

作人始終不願意如張愛玲那般，拔出寒風凜凜的冷劍，盡使每一個句子都淩厲得讓人焦慮不安的路數。

對於寫文章，周作人寫文章是認眞的，是自律的，也是心無旁鶩的。就算人在老虎橋監獄，他還是找來一個裝餅乾的洋鐵罐子充作書檯，上面放一塊板當桌子，然後就愜意地在上面寫文章。後來，牢裡有商人朋友出獄，送他一張可折疊的炕桌，他簡直開心得什麼似的，覺得這樣的條件已經足夠用功寫出好文章了。

而我多少天性好奇，喜歡探究所仰慕的作家們寫作的環境和心情，聽說周作人寫文章的速度挺快，並且一般只在上下午寫作，晚上倒是很少寫東西。我還記得，周作人說他怕熱，盛夏時揮汗如雨，就算只是坐在案前抄抄寫寫，對他來說，也是特別難熬的，所以他對南方的印象不是太好，覺得天氣太熱，空氣又潮濕，讓人渾身黏稠，並且終日混混沌沌，無一事可爲，要是眞讓他像郁達夫一樣，移居長年都是夏天的南洋，眞不知道該是多麼遭罪的事。

另外，寫周作人，怎麼避，都避不開魯迅——詭譎的運命一早就安排，將兩人的手足情分捆綁在一起。等到厄運惡狠狠地砸了下來，之前的糾葛、聚散和殘全，又有什麼是看不破，什麼是放不開的？可惜的是，魯迅與周作人兄弟兩人冰封三尺的恩怨，至死未得善解。

後來魯迅在上海逝世，周作人接到周建人給他發的電報，當下心底一揪，馬上託付同鄉帶著電報急急趕到北京西三條報信，到底親兄弟一場，之前的誤會與怨懟，全都在生關死劫面前，一一給擱下。當時周作人跟著就急往魯迅在北京的住處，看見北房坐著神情哀痛的魯迅母親和原配朱安，而那南屋，則是平日魯迅看書寫作的屋子，周作人當即自權，將之改成臨時祭奠之處，牆壁上掛起一張魯迅的畫像，畫裡的魯迅十分癯瘦，約莫是卅歲光景畫下的，前面一張長桌則擺著簡單的祭品，據說也是由周作人一手一腳張羅，尤其是兩兄弟口味相近，都愛甜食，他沒有忘記他哥哥愛吃什麼，不愛吃什麼——

我印象最深的，是書裡提到魯迅原配朱安，雖然與魯迅情分淺薄，可是一臉哀戚肅穆，明明才五十出頭的人，看上去卻蒼老得嚇人，穿著白鞋白襪，還用白帶扎著腿，頭上輓著的髮髻，也端端正正地用白繩束著，緊緊咬著喪夫寡婦應守的規矩，一點也不肯馬虎應付，令我對朱安女士從一而終的堅定，沒有辦法不肅然起敬。

反而是周作人的妻子羽太信子，一直都被大家視爲周氏兄弟失和的關鍵人物，有說是因爲魯迅偷窺羽太信子洗澡，又有說主要是魯迅看不過眼羽太信子花起錢來揮霍無度，是個凶悍而貪財的婦人，遂以長兄身分開聲進諫，結果冒犯了羽太信子，反向周作人告魯迅一狀——魯迅一直都忍氣吞聲不回嗆，後來根據許廣平憶述，魯迅曾取過一個筆名喚「宴之敖」，「宴」字從家、從日、從女；而「敖」字從出、從放；意思很明顯暗示，當時他是被家裡的日本女人搬弄是非攆出家門的——這事誰是誰非，到現在還是一團謎，但兩兄弟爲一個日本女人反目成仇，到底有點可惜，而且老年的羽太信子，因爲精神衰弱，經常對周作人大聲叱喝的八卦，也時有所聞，大家這才知道，她其實並沒有一般日本婦女堅守嫁後從夫的謙恭溫順。

可周作人終究是個深情之人，他最後一次寫信向香港的朋友鮑耀明要求煉乳一罐，也全是爲了罹患胃病，成日嘔吐的妻子作的請求。可惜的是，寄出的煉乳還沒收到，信子已在北大醫院的急救室內病逝——周作人蹣跚地步出病房，在醫院的庭園裡找張椅子坐下，過去種種，如海浪撲岸，一波比一波凶悍，不斷向他撲將過來，他想起當年爲了信子與魯迅翻臉；想起晚年神經衰弱的妻子，不停對他無理取鬧；想起五十餘年的夫妻，到後來雖然義多情少，但那情分也都未被現實的慘厲所消滅，所有的憂患，終究也滲雜讓人不勝唏噓的幸福，因此周作人對信子，實實在在掖著許多我們看不見的真情實意。而知堂老人那些沉澱下來的往事，現在我們一件一件的往回看，竟都溫靜似煙，冰潤如玉，留下的全是愛的遺跡。

常常我們說，老一派的人，對人情世故總有股不要命的固執，一旦執拗起來，恐怕還眞不容易將他們說服。而這一點套在周作人身上，尤其透徹，他一向來把「玉」作爲美的理想，因爲玉的美，總是在最翠綠的時候，慢慢淨潤下來，歸於素淡。周作人由始至終都把人生的美，文學的美，以及人格的美，都以玉的美爲目標、爲參考、爲標準，而玉面上映現的光，不喧譁不刺眼，既含蓄又平淡，很多時候幾乎感覺不到那光的存在，就像一戶得體的小康之家，乾淨，禮貌而周到，在小事上盡責，在大事上守道，把生活和品行都處理得謹小愼微，不越雷池半步——靜境，其實最難，也永遠最難。

就好像知堂老人後期因爲物資短缺，經常要求鮑耀明幫助寄遞食物，心裡終究過意不去，更不想一味承受鮑耀明的恩惠，所以也把珍藏的書畫、信件和手稿，陸陸續續都寄到香港去，裡頭甚至還包括和胡適、徐志摩及劉半農等人的通信，他自己謄錄的文稿，以及大書法家沈尹默給知堂老人寫的「苦雨齋」橫幅，全都一併送給了鮑耀明，明眼人一看，都知道是無價的文獻啊，而背後最主要的因由是，一個愈是落魄的人，愈是急著顧全自己的自尊，更何況周作人是這麼一個具有人格潔癖的人，即便老年處處被紅衛兵制伏，以致舉步遲疑，但周作人讀書人的氣節從來沒有丟失，還是要求自己腰身挺直，誰也沒有辦法將他的臉按倒在黃泥地上踐踏。

而我記得的，是知堂筆記裡，純粹的境界和精湛的功力，這些在我看來，都是難得的文字上的翩翩風度，既儒雅又隨意——文字寫得輕盈隨意特別不容易，裡頭要有多少生活的氣韻在流傳，要有多少修養的氣脈在運行，少點對文字審美的執著，終究不可相通，

而周作人的文章，那明明浩瀚但偏偏克制的氣度，正好把這一小塊缺憾給補了上去。

尤其周作人一生，卽便在最髒亂、囂騷、黝暗的時候，也是一心嚮往閒雲野鶴，嚮往無爲而爲，我讀到他說，「我們於日用必須的東西之外，必須還有一些無用的遊戲和享樂，生活才覺得有意思」——這對本來就深諳眞正的生活美學無非是放慢、放寬、放遠的胡適而言，切切說中了他心裡所想，所以他才會說，「現在値得一看的，也只有周作人的東西了」。就連郁達夫，他和周作人的交往遠遠不及和魯迅的交情深厚，卻也承認當時中國現代散文的成就，以魯迅和周作人最偉大也最豐盛。很多時候，連郁達夫也判斷不來，他們兩兄弟文字之優，到底誰在誰之上，又到底誰比誰深。

晚年的周作人，境況淒淸，唯一的意趣是逗逗窗前草，只希望生活不要再荒蕪下去，實實在在過日子，平平穩穩寫文章，早已經不求喝不解渴的酒，不求吃不飽肚的點心——人總要走到窮途陋巷，才要求踏實，才明白「不求」，才是最矜貴的要求。

周作人最後的日子，常常穿一介很舊的粗布馬褂，一雙在腳底下瑟縮的破布鞋，顯得特別的寒素，可是那時候的周作人，景況愈困頓，寫下來的東西，言辭反而愈端正，已經沒有年輕時候趾高氣傲，眼睛看人總帶點輕蔑，也已經不復當年留日歸來的海外精英般不可一世了。

我記得曾經被提名諾貝爾文學獎，並且三度翻譯《源氏物語》的日本作家谷崎潤一郎，也相當欣賞周作人，兩人不算相熟，但見過一次，周作人給谷崎潤一郎的印象是溫和中略帶陰柔，有一種幽靜而清閒的氣息，這點和魯迅的辛辣和諷刺，實在是大相徑庭。而作爲親兄弟，周作人比魯迅更有貴族氣質，膚色白皙，態度謙虛，舉止間帶著日本文人的儒雅，而且日語發音準確，說得比魯迅還要好，谷崎潤一郎還說，「周作人講話時不太正視對方，總是微微低下頭來，聲音低而細」，這讓谷崎潤一郎對中國的讀書人的謙和，留下相當美好的印象。

可我也一直沒有忘記，知堂老人給自己刻的最後一枚印章，寫的正是「壽多則辱」四個字。當時他已經八十有一，周作人的孫子目睹祖父倒在屋前的泥地上，一大群紅衛兵衝進八道灣十一號，命令周作人跪下，用皮帶大力鞭打，要他老老實實交代崇日賣國罪行，並宣布對他執行無產階級專政，而周作人始終側著身子，用胳膊肘撐起大半邊身子，撐不住了就換另一邊，終究不肯在眾人面前斯文掃地，讓臉貼在泥地上，最後終究還是給在屋外結結實實跪上整整三天，他的孫子看了，噙著眼淚，卻愛莫能助，因爲他明白，到最後周作人堅持的只有一事，他是一個讀書人，一定要維護讀書人的尊嚴。

最讓人不齒的是，老年的周作人，紅衛兵給他訂的生活標準是每月十元，糧店也被警惕，只能給周作人買粗糧，別的都不批准，導致知堂老人一日三餐，餐餐都是玉米麵糊配醬豆腐，結果因爲營養不良，加上長時間躺著，兩條腿很快就浮腫起來——因此不只一次，他攤開皺巴巴的四百字紅格稿紙，寫信給周恩來，然後要兒媳婦避開紅衛兵送到派出所，要求轉交周總理，心裡只有一個要求，希望政府可以給他頒發「安樂死衛生條例」，讓他一死了之——

讀到這裡，我呼一口氣，把書本掩起，實在不忍心再讀下去。被政治迫害的文人，不論背後因由爲何，那淒涼的下場，終究讓人特別感慨，特別心疼，腦海中浮現的，是紅衛兵強硬要給周作人的雙手扣上鐵鐐，他怎麼都不肯就範，低下頭微弱地反抗，「千萬不要這樣，我是個讀書人，我隨你們走便是——」。時代的鞭撻，造化的戲弄，就好像雪地上車馬狂奔而過留下的蹤跡，而周作人，「半是儒家半釋家」的思想，最終卻落得彷若穿著袈裟掃雪的人，不管怎麼掃，也掃不盡那個時代讀書人的千般委屈和懷才不遇。

胡蘭成 Hu Lancheng

浮花浪蕊不辨春

我看胡蘭成，有一部分，是循著張愛玲的眼睛看的。看到最後，難免要嘆息，張愛玲那一雙看穿人情世故，看透男歡女愛的眼睛啊，到頭來原來一點都沒有看清楚自己，她其實愛上的，是一艘在江上緩緩開出來的草船，不過是爲著向她借箭而來——

因此張愛玲後來離開溫州，多少明白了胡蘭成心裡已經藏著別人，而船就要開了，胡蘭成也已回到了岸上，她一個人，撐著傘立在船舷，站著流了好一陣子的淚。那天江邊應該有霧，我猜。張愛玲身上穿的，如果讓我來挑，我會拉開她的衣櫃，讓她穿那件帶點清末風的玄色斗篷，也許還可以加一對煙紫色的絲襪，貼在她腿肚子上，陰陰冷冷地，一路哀怨著往上爬——

於是這樣子從江邊望過去，多少更突出張愛玲幽幽然蕩開來的惆悵。悲傷需要造型。至少日後重新憶起，所有的哀怨和傷痛也都比較有一種具體性。而且我們明白，沒有一份錯置和對倒的愛，是可以完整地梳理明白並說得出口的，眞要陳述起來，也只能旋繞著周邊的情境和風景，永遠都刺不中兩個人之所以不愛了的要害。

就好像我一直想寫胡蘭成，沒有一次不是因爲張愛玲。張愛玲因爲他，委屈似乎是免不了的，甚至遭遇的謾罵與嘲諷，也彷彿是應當的。甚至後來，還被香港文壇全盛時期《七好文集》的才女之一蔣芸，寫了篇文章說她在感情和婚姻上節節敗退，接二——幸好沒有連三，都是錯敗的，也都是草率的，就連嫁給賴雅，因爲背後藏有戀父情結，也就多少有了點接近畸戀的意思，硬是沒辦法給自己選上一個好情人，張愛玲應付愛情的手法之慌張、之生澀、之稚嫩，著實讓人瞠目結舌。

因此人世荒荒，人心惟危，胡蘭成其實一早就收進眼底，張愛玲對於事事物物，只有乾乾淨淨的天眞和喜悅，完全沒有什麼機心，讀她的文章，以爲她對人情世故都瞭然於心，什麼都曉得，什麼都機智伶俐，其實實情並非如此，她對世道人心，都經歷得太少，所以胡蘭成才知道他是有機可乘的，也知道他應該拐一條什麼樣的途徑把張愛玲擒拿下來，用短暫的愛，滿滿地螯傷她漫漫長長的一生——只是我到今天還是說服不了自己去相信，以張愛玲嗜美成癮的個性，怎麼可能爲了一個長相如此貧瘠的男人，竟讓自己低到塵埃裡去？

於是我老愛在這節骨眼上岔開來，岔到曾經看到過的汪精衛的照片上去。就算那照片是黑白的，那黑白於我，也是山雨欲來的，汪精衛近乎霸道的俊美，是黑白也鎭壓不住的，隨時要得掙破紙頁飛脫而出。

後來讀到陳丹青寫，說他老家有位阿姨，是個又精煉又能言善道的右派分子，曾經被關押在提籃橋的監獄，沒想到竟與汪精衛的遺孀陳璧君同一個監獄，出獄後不斷對認識的人說，晚年的陳璧君在監獄裡老是喃喃自語，重複說著同一句話：我丈夫是個美男子，是個美男子。而民國時代，長得溫文登樣的男子也不少，但少的是像汪精衛那樣，好看得如同山河錦繡，俊美得不怒而威，把衆人都震懾住的。因此我很相信，有說汪精衛年輕時在廣州演講，魅力翻江倒海，廣州的女學生對著他「擲花如雨」恐怕是眞的，應該是眞的——俊美也是一項成就，汪精衛的俊美加上政治家天生外放的走進群衆的魅力，理應收到這樣的待遇。

但絕對不是胡蘭成。胡蘭成也喜歡穿一襲深色長袍，但他卻把那長袍的儒雅穿得荒腔走板，每每跨步與行走之間，都掩不住他的奸狡和放浪，怎麼比，也比不上枯瘦乾瘠的周夢蝶，周公率性隨意，把一襲藍布長袍穿成淸貧文人的簽名式，也穿出仙風道骨的時尚感，從來都是我心目中的時尚典範。

另外還有胡適。我記得張愛玲第一次見胡適，僅輕輕幾筆帶過，說當天適之先生穿了件長袍子，對胡適具體的面貌反而不多著墨，讀起來實在不像張愛玲一貫的筆觸。她明明是那種就算到胡適家做客，看見書房一溜高齊屋頂的書架也要描繪一輪，猜忖著書房裡的大書桌是不是特別找人訂製，怎麼竟在面對胡適的時候，轉過頭望向遠處，避開胡適的儒雅不敢正視？想來她要不眞的是把胡適當神明一樣尊敬，說話都盡量避開眼神接觸，要不就眞的是爲適之先生一身的儒雅和一派的溫文給震得心如鹿撞，兩隻腳釘在了地上動彈不得。

而胡適的俊秀，我怎麼都認爲，年輕時候的胡蘭成是遠遠及不上的。我看過中老年之後胡蘭成的照片，他被鎖在黑白分明的時光裡慈眉善目地笑著，可不知怎麼的，我硬是覺得他眼神閃縮，燈光打在他的臉上，更是把他映照得有點心術不正，而且他就算穿起民國長袍，也還是有著一股油滑的江湖氣，平白糟蹋了藏在袖子裡暗中流轉的風流，怎麼也比不上胡適最後一次見張愛玲，臨走前兩人站在台階上，大大的風從赫貞江上吹過來，胡適脖頸上的圍巾裹得嚴嚴實實的，穿著一件半舊的黑大衣，肩背厚實，頭臉也大，望著江上泛起的霧，瞇瞇地笑著，整個人看上去就像一座古銅半身像，把張愛玲看得心生凜然——而這是第一次，我透過張愛玲的眼睛看到適之先生的肩背原來相當厚實，比起胡蘭成有點佝僂，張愛玲一站起來就比他高的身軀，到底

還是有天淵之別的。

但胡蘭成的文章寫得好，好在有斤有兩，有餘韻有轉折，卻也是眞的。他的文字該剛正的時候剛正，該秀媚的時候秀媚，有著舊式文人對文字的愼重與虔誠，即便是取巧和賣弄，那取巧和賣弄也是有根有據有分有寸的，讓讀的人甘心情願地貼著他的文字涉水爬山。

並且我喜歡他白話間文言，讓行文的格調，多了幾分書卷氣，以及恍恍惚惚的懷舊感，這點倒是好的，這點也是我讀著特別歡喜的，隱約有著民國的儒雅，在拓新白話的同時，還抓著文言的愼重與矜持，偶爾還會曇花一般，乍現新舊拼湊的鮮巧詞彙，讀著讀著就眼前一亮。另外，胡蘭成擅長敍述民俗風情，把溫州和杭州的風景和方言都寫進文章裡去，於是文句裡裡波光粼粼，閃現出尋幽探祕的趣致，因此側寫胡蘭成，終究還是要把人品和文品分開來，才算得上得體莊重，也才稱得上公正——

胡蘭成雖然曾經當過汪精衛僞政府的黨要，日軍戰敗後，有過一段流亡東瀛隱匿浙江的日子，可是他的書寫和器識，到底有過人之處。雖然今天讀胡蘭成的人不多，知道胡蘭成的，也泰半因爲張愛玲曾經是他的棄妻，可胡蘭成的文章格局，如果與沈從文和張愛玲比較起來，其實也並不遜色。甚至和木心並列在一起，他的底氣也不虛弱，只不過他審美的眼界，心胸和人格的狹窄，以及自嘲和嘲諷他人的力道，遠遠不及木心大氣從容就是了。所以單以才氣論，他的才氣，在張愛玲面前，或張愛玲在他面前，才是眞正應了那句話：有才能的人，在有才能的人面前，才看見自己的才能。

但我終歸還是替張愛玲不忿。甚至爲張愛玲面對愛情時，氣勢萎靡，喪失文字上的藍血貴族的驕傲和矜持，山長水遠地趕到溫州，要求胡蘭成在她和小周之間擇一而不得的那一股卑微叫屈。即便臨分手，張愛玲尚且把寫了兩個劇本收到的三十萬元給胡蘭成寄了去，幾乎沒有一次，不是她在錢財上接濟胡蘭成，用大量的金錢換來等量的被愛情玩弄和欺瞞，以及自虐式的熱烈的快樂——

我想起被張愛玲屢屢嘲弄過的愛情，最終竟嘲弄到她自己身上來，到頭來只落得胡蘭成牆上一抹抹不乾淨的蚊子血，連他衣服上光明正大地沾上的桌上的一粒飯黏子都不是，胡蘭成也都不願意讓她是。

而胡蘭成的見色技癢和見異思遷，似乎是自小就養成的。他培養自己征服女人的伎倆，甚至比他灌溉他文章書寫的學養還要積極，其實也是有跡可循的。他極年幼就懂得

仰慕色相，喜歡看女人們在護城河邊弄濕了衣衫大力晃動前胸搓洗衣裳，常常一看就是大半天。

還有一次他還不足十歲呢，村子裡有個小姐要到杭州讀書，而且還是他們家親戚，轎子停在大路邊的亭子，他已經會目不轉睛，對那個叫杏花的女子的時興打扮起了愛慕與占有之意，這野草般蔓生的念頭，連他自己也不免要吃上一驚。

而且胡蘭成這一生最詭異的是，總是桃花興旺，把不同的女人擒到身邊來，又把不同的女人撒到身後去，那些女人竟都甘之如飴，也都還處處替他維護，包括張愛玲——張愛玲當年留下一句，「你不要再尋我，即或寫信來，我亦是不看的了——」我一直好奇，胡蘭成除了情書寫得深入淺出，懂得把玩感情上進退有致的技巧，其他方面大抵還是有些我們看不見和猜不著的溫柔吧？一定有的吧？

聽說年輕時候的胡蘭成口甜舌滑，會說女人愛聽的，懂得來來回回玩弄手段，因此才會一生起起伏伏，總共招引過八個女人和他一起在感情的泥淖上打滾。可到了最後，我特別納罕的是，那些和他有過或長或短感情糾葛的女人，渾身沾上愛情的泥濘，怎麼刷都刷不乾淨——怎麼就唯獨只有胡蘭成，到最後竟通體清淨，彷彿漂水而過，從未沾上半點情愛的爛泥和汙垢？

我記得張愛玲待在溫州廿天，胡蘭成巴不得她早些擇日回到上海去，事後下筆，卻柔情萬丈地寫著，張愛玲來看他，就像寶玉到外頭探襲人或晴雯，怎麼接待都恐有褻瀆閃失，實則是他不想張愛玲揭穿他和范秀美的陳倉暗渡，一個男人的風流，如果破綻百出，其實也就是下流了——而張愛玲是個聰明人，聰明人裝糊塗裝得這麼認眞，裡頭不過是因爲還有個愛字。

現在仔細回頭看，不免發覺，胡蘭成對張愛玲，和對其他七位女人實在沒有太大分別，所有的細膩和柔情萬縷，都是充滿機動性，也都是搖擺不定，不打算長久安定下來的。基本上他愛上和看上一個女人，動機不過是深淺不一的利用和過渡，他不是不懂得愛，只是不捨得動用愛，而張愛玲最大的不同，是不同於比其他女人懂得他的「好」——文字上的好，因爲其他女人從來不器重他在文字上翻騰滾躍的風雲，也不去搭理他在文字裡暗藏的野心和企圖心，所以胡蘭成後來說，他這一生只給四個人「敬一炷香」，其中一炷香是張愛玲，也唯獨張愛玲是個女的。

他說，這一炷香，不是因爲張愛玲曾經是他的妻，或曾經爲他在江畔掉過淚，甚至不是曾經二話不說，見他在外頭讓別的女人懷了孩子沒錢做人工流產而找上門來，旋卽轉身當掉自己一圈金鐲子，塞進那女人手裡給她做了手術，而是因爲張愛玲開了他的聰明，讓他看到了他自己——

在愛情面前，張愛玲有一股凜凜然的俠義之氣，她臨分手前還給了胡蘭成一筆錢，一是不愛了，一是對這一段愛而不是這個人還有殘餘的念想，捨不得全盤拋卻去，而既然鐵下心寫下那封訣別信，從此歲月晝長人靜，浪蕊浮花都消盡，後來胡蘭成在日本去世，消息就算傳進愛玲耳朵，相信她也簡靜於色，早已不識歲寒人。

老舍 Lao She

所有從傷口長出來的都是翅膀

第二天早上，老舍把自己洗刷乾淨，換了套新衣服，還轉過身，囁嚅著跟妻子胡絜青要了五毛錢，妻子問他，「你要錢幹嘛？」他說，不是講好了待會要到單位接受檢查嗎？結果中午單位就來了電話，催胡絜青回家，然後胡絜青一進門，就見到整間屋子天翻地覆，他們一邊轟轟烈烈抄家，一邊咄咄逼人對她逼問，「老舍呢？老舍到哪去了？」老舍失蹤了。他並沒有到單位報到。

到了夜裡，有人上門傳話，讓胡絜青到太平湖去一趟，她的心頓時一沉，知道出了事兒，於是匆匆忙忙摸黑趕了過去，當時夜已經很深很深，尤其是湖邊的夜，看上去更是陰森——她後來回想起來，當時她看見老舍躺在湖邊，衣服什麼的根本都沒有濕，不像是投河自盡，而且從他袋子裡頭拿出來的「人大代表證」、「政治委員代表證」，還有一些他手抄的毛主席詩詞，都四散在身邊，都完好無缺，而且他肚子裡沒有水，只是鼻孔有血，看起來更像是硬硬給悶死的——而這些其實不是幻覺，而是疑團。

而胡絜青怎麼都不相信老舍含冤自沉。因爲前一天晚上，老舍被痛打嚴批之後回到家，胡絜青十分擔心他想不開，趁老舍不留神，趕緊把家裡的刀子呀、利剪呀，繩子呀，能藏的都偷偷藏了起來，擔心他做傻事，可他卻悶不作聲，讓胡絜青替他把捂在頭上的布拆開來，好將血汙仔細清洗，這才轉過頭對胡絜青說，「我說妳寫，妳來替我把今天受的委屈說出來」，而他讓胡絜青寫的，說是要交給總理的其實就只有那麼幾句話，「我在舊社會受苦受難，我寫小說，都不算一回事，倒是解放後，解放軍、毛主席、還有周總理又給了我第二次生命，我一定要報答黨的恩情，我一定要把新社會的事情告訴大家——」

幾乎每一句，都是正義凜然的，都是積極正面的，也都是在爲國家說好話的，並且寫完立刻讓胡絜青，還有兒子跟二女兒一起送到總理家，可當時已經是夜半三點，總理已經睡下了，只能托秘書隔天傳達，而當晚老舍一臉漠然，看上去沒事人一般，躺下身說，累了，要休息了，其實他那時心裡頭千繞百轉，暗地裡已經有了盤算，卻怎麼都不肯說與胡絜青知。

至於那湖——那幽靜的太平湖，其實就在積水潭附近，當年市政府急著把湖給填了，說是要建地鐵，現在它遺址上建的，正是北京地鐵總站，而那些小時候常到太平湖游泳的人哪，恐怕都老得七零八落了，可他們到現在回想起來都還是興致勃勃，彷彿那湖還在，彷彿隨時可以呼朋喚友，站到湖中間的木橋上比賽跳水，因爲那時候太平湖的形狀就像個8字形的眼鏡，分成東西兩湖，一邊一座圓湖，中間建了道木橋把兩座湖連接起來——

老舍投的那個湖，是西湖，西湖比較偏僻，人少，而且西湖的湖岸是水稻地，只要一個勁的一路往南走，就會走到護城河。老舍投湖自盡之後，有人突然看見湖面上漂著

好多好多紙片，於是用竹竿兒打了起來，才知道那是老舍親手抄的毛主席詩詞，老舍的字體本來就漂亮就大氣，尤其每個核桃般大小的字，每一張都躊躇滿志，都傲氣凌人，像一幅幅精緻的字帖，在湖面上蒼涼地漂著，而河邊有張長椅，老舍隨身的東西，包括他平素戴慣的帽子和出門依賴的拐杖，都莊嚴而固執地在長椅上擱著，簡直和老舍生前的脾

性一模一樣。

然而老舍死了，死在文革鬥得最是風風火火的時候，難免讓後來的人有點戚戚然，覺得實在對不起中國第一位獲得「人民藝術家」稱號的老舍，雖然那陣子被鬥得最嚴厲的是走資派，還有就是作家蕭軍——奇怪的是，說是鬥蕭軍，其實都是在鬥蕭軍複雜的男女關係，還有他始亂終棄的婚姻，跟他的文學沒多大關係，而老舍，年輕時候，爲了捨棄自我，放下身段，而把原名「舒慶春」改爲「舒舍予」的老舍，根本就不在批鬥的目標裡，只是老舍脾氣特別犟，他說，「文化大革命是觸及每一個人靈魂的一場大革命，我既然是文化人，就一定得參加，這樣日後我才可以寫下來，親眼見證這到底是怎麼回事——」

因此連巴金也替他擔心哪，出事前一個月，兩人在一場被安排露面的活動上見面，老舍還抓著巴金的手，要巴金轉告朋友們，說他是個正直的人，不會有事，讓大家不要擔心。結果他一來到文聯的鬥批改大會，現場就聽見有人喊，把這些牛鬼蛇神都掛上牌子，帶到孔廟去燒戲行頭破四舊，而老舍當場被人扭過雙臂按下肩膀，跪在兩塊厚厚的磚頭上，給他扣上的三大罪狀是：美國特務、反革命分子、修正主義分子，並且指控他在美國銀行存有大批美金，在混亂之中還讓人用戲班子的寶劍劈穿了腦袋，鮮血直流，在他前面，還熊熊地燒著幾堆烈火讓他們烤著，甚至還給他弄個牌子掛到脖子上——老舍是個性子剛烈爲人正直的讀書人啊，這等恥辱如何承受，頓時氣得渾身發顫，覺得那些孩子們不分青紅皂白太無禮，於是站起來把牌子摔掉，結果就說成老舍舉起牌子打人，馬上把他抓起來送派出所，而在派出所內，還因爲說他是反革命分子，硬是被踹多兩腳，叫那時已經皮開肉綻的老舍怎麼受得住？

結果第二天老舍負傷從家裡出門，臨行前不知道是不是預期自己很可能不會再回來了，還特地和四歲的孫女握握手說，爺爺要出門了，讓孫女一定要停下玩兒，來，跟爺爺說再見——然後他就從家裡一直往北走，來到太平湖，一整天都坐在湖邊念《毛主席詩詞》，等到天黑下來，周圍的人都走光了，他這才頭朝下，腳朝上地投進湖裡——可後來記錄下來的歷史，一直避重就輕，把對老舍揪出來在八月天的毒太陽底下拳打腳踢的事淡化，而老舍的死，則輕描淡寫地說是受了衝擊，接受不住，所以漏夜投湖自盡——當然這樣的事在當時也多得是，受不了屈辱而自盡的，其實也不少，只不過他是老舍，是個有名氣有亮節的文人，連周恩來知道了，又心疼又生氣，跺著腳說，「怎麼把老舍先生弄到這個田地，叫我怎麼向國際社會交代啊？」

可惜的是，那時候歷史的議論太多，眞實太少。而老舍之死，單就投湖的細節和被發現的過程，多方證人都閃爍其詞，各有各的說辭，都在和老舍撇淸關係，都反口說老舍這個人其實有點目中無人愛擺架子，可一經推敲，反而牽出更多的疑點和破綻，事情的始末，已經不單單是大家議論中「如果他沒死，當年諾貝爾文學獎的得獎人很可能就是他」的國際關注的大文豪，在文化大革命中非正常死亡的自殺疑團。而重新審思老舍的自殺，除了透過老舍之死挖掘和折射，中國知識分子在心靈思想和精神意識的進程，是不是已經全盤被平反被解放，還是依然徹底被克制被壓抑？

我想起老舍的夫人胡絜青後來悵然地說，凡是投水的人，一概沒有骨灰，她在文件上簽了字，表示同意老舍的骨灰半點都不留，甚至後來進行骨灰安頓儀式，那骨灰盅其實是空的，裡頭只有老舍的眼鏡、一枝鋼筆、一枝毛筆，還有老舍平時喜歡花，所以就把花茶裡的茉莉花撿上來放進去——胡絜青說，她最後一次看見丈夫，只看見丈夫從草蓆裡露出來的腳，而沒有看見丈夫的頭和臉，她記得丈夫的鞋底很白，襪子也是白的，在太平湖養魚的老頭帶著她過了一座小橋，她看見丈夫的外衣服掛在一棵矮矮的樹上——她回憶著說，隨後又來了四個扛夫和一副玻璃棺材，說是要讓她跟著車子到八寶山，她想起老年的老舍益發消瘦，她在老舍出事前一晚到派出所接老舍回家，老舍已經不是她所認識的「駱駝祥子」了，老舍頭上蒙著一塊白布，全都是血，一看見她就使勁地攥著她的手不肯放，她忍著辛酸，和老舍比鬥堅強，一顆眼淚都沒肯滴下，二話不說就攙著老舍上三輪車，還把身上的大衣脫下來給老舍披上，一路摟著身子不停哆嗦的老舍一起回家，卻怎麼也沒有想到，僅隔了一個晚上，她竟得把老舍送上山，明明朝夕相見的眼前那個人，原來說沒就眞的沒了，然後她摸黑從八寶山走回家，她一路走一路回想，那天早上她還特地給老舍熬了粥，且買了老舍平時愛吃的焦圈和燒餅，可老舍一點都沒吃——這時候她的眼淚才猶如山洪爆發，轟隆轟隆地滾落下來。

也因此後來胡絜青說，是誰替老舍收的屍，或是誰把老舍從湖裡撈上來的，已經一點都不重要了，假如一個知識分子在文革時期必須成爲這場革命的絕對犧牲者，那犧牲之後的善後其實並不值得再去追究。胡絜青也是個有文化的人，心裡自然有數，歷史的偉大，不是偉大在流傳和紀錄，而是偉大在當時有沒有誰肯用靈魂去拷問或者去融入那個歷史的「過程性」？所有的歷史，追究其實，不過是一幅巨大的壁畫，而壁畫底下掉下來的一塊塊碎片，斑駁了，破敗了，腐壞了，就算再怎麼修復，也回不到原來的「眞實感」，而老舍的死，其實也一樣——

到後來我反覆讀著歷史上的記載，讀著我有一次人在香港，從尖沙咀天星碼頭搭渡輪過海，到三聯書店買下口述實錄的《老舍之死》，然後把自己鑽進書裡慢慢才發現，所有我們今天讀到關於老舍的屈辱自盡和投湖了斷，全都是從副本重抄的另一本副本而已——人們爲了保護自己爲了粉飾太平，難免依照想像力和主觀意願，去重新組合、編排、修葺和裁剪歷史，於是漸漸的，所有眞相全都因爲過度過濾而開始模糊下來，再也還原不了我們原本答應償還給一個堅貞但被辜負的生命，一個最堂皇的尊嚴。

我記得胡絜青曾經說過，老舍是個特堅強的老頭子，從來不哭，老舍當年只在知道他母親去世，知道從此再也見不著母親之時，才忍不住眼淚，逢人就哭，還常常尚未開口說話，眼淚就先掉了下來，那種一夜之間和三分之二的自己狠狠割裂的痛，我經歷過，所以我懂，我知道那是怎麼樣的一種赤腳走在玻璃碎片上的痛。

而且老舍節儉，雖然愛抽菸，可就只在寫文章的時候抽，平常日子都死命忍著不抽，還叮囑妻子說，家裡就算來了客人，也不需要敬菸，那菸平時留給他自己抽還不夠呢。那時候老舍生活過得有點緊，抽的不是洋菸，而是牡丹牌香菸，有時爲了過一過菸癮，抽兩口就趕緊把香菸掐了，然後等到忍不住的時候又重新拿出那半截菸，用洋火給點上——

我看過好幾張老舍的照片，他的樣貌忠厚老實，說不上特別俊朗，也說不上特別清秀，但第一眼望過去，你就會知道，他臉上的每一寸眞摯，都是對走過的生命累計起來的一點解釋。認識老舍的人都讚他良善，對誰都和氣恭順，他說話的時候，滿口京韻，那一口漂亮的北京話，好像在紫禁城天上飄過的雲朵，純淨而光亮，讓聽的人神清氣爽。也許因爲留過洋，在英國住過頗長一段日子，所以老舍對打扮特別講究，也特別有要求，渾身有掩不住的一股洋氣，常常出個門見朋友都西裝筆挺，並且一定要穿上擦得晶亮的皮鞋，老舍還喜歡在西裝大衣底下，除了結條領帶，還會花心思在脖子上繞一圈圖案風光明媚的圍巾，然後叼著菸架副眼鏡，恰到好處地給中國人示範，那時候英國紳士們的派頭，都溫文爾雅，都用衣服告訴別人他最近讀了什麼書，見了什麼人，到了什麼地方。

而老舍留居倫敦期間，曾經和當時兩人因合租一層樓而結成好友的著名翻譯家

Clement Egerton，一同完成《金瓶梅》英譯本，並且因爲老舍接連在那棟樓出版了好幾本在倫敦寫成的書，以致那棟房在老舍回國之後，還被英國列爲「英國遺產」，以紀念老舍在這住上整整三年。當時的老舍，名氣極大，除了擔任倫敦大學東方學院的中文講師，還錄製了一系列漢語聲片教材，用灌錄唱片的手法，教外國人中文發音和會話，日子過得特別澎拜洶湧，甚至有一次作家樓適夷上他家裡拜訪，問

起他最近忙些什麼，滿族出身的老舍擠出一臉苦笑，回答說，「還有啥？還不是在當奴才，給我們的皇帝潤稿子呢。」於是我們才知道，末代皇帝溥儀的自傳《我的前半生》，背後其實也有老舍的影子，筆鋒與神采，都跟老舍相似。

可誰也沒有想到，一生莊敬自強的老舍，到最後竟應了冰心先生有一次見到老舍的兒子舒乙的時候，突然對他說的，「你爸如果死，肯定是跳河」，因爲冰心一直認爲，老舍筆下那些有風骨的好人，受不住屈辱，最後都是落得投河自盡的下場，而老舍到頭來竟也真的給自己鋪了一條同樣的情節，作爲他人生收尾的那一筆。而且我讀過老舍寫過一篇叫〈詩人〉的文章，彷彿一早就預言了他的下場，因爲他說，作爲詩人，作爲文人，要是蒙受巨大的災難會以身殉葬，投水殉職，這是應有的高風亮節。

誰說不是呢？在那個時候，剃陰陽頭的瘋狂逼害，互相揭發的六親不認，似乎是拿著一條繩子勒緊老舍，這一條繩子斷了，還會找來另一條，老舍雖然說，「革命是神聖的，不是胡鬧，誰給他們這樣的權力」，可最後那些紅了眼的小兵，不發一言，還擺出一臉的莊嚴，緊緊地用一根更粗的繩子勒在老舍的脖子上，漲紅了眼睛，硬是要給他加上一個莫須有的罪名加以批鬥，讓老舍失望地覺得周圍的人已經開始把他撇清將他拋棄，他終將失去終身守護著的「藝文界勞動楷模」的名節和亮節，他知道，爲了維護自己的尊嚴，他必須走，必須把文革加諸於他的痛苦，一字不移，用「死」作爲最直接的翻譯，不修飾，不粉刷，以便完整展示命運的粗暴和殘酷。就好像老舍在他墓碑上安靜地寫著，「文藝界盡責的小卒，睡在這裡」，可那地底三千尺，到底埋葬了多少老舍受過的屈辱？但我其實知道，老舍其實挺滿意這樣的安排，這完全是因爲以他執拗的性格，他不想假手他人了結他自己。

我印象中特別深刻的是，後來有人採訪老舍的兒子舒乙，還特地把訪問地點約在太平湖舊址，整個採訪過程，當舒乙提起，他坐在離父親屍體稍遠的湖邊的椅子上望過去，夕陽原來比他想像中還要黃，而黃昏，也比他想像中還要長，他看著父親乾淨的布鞋，看著看著，禁不住安靜地把臉伏在臂彎，泣不成聲，他想到的是，「像我父親這樣一個正直的人，最後的下場竟然是這樣，我到現在還有一種壓抑不住的悲傷」，而他應該知道，他當時坐著接受訪問的地方，看上去生機勃發，雀躍歡騰，耳邊更是不停傳來各個不同線道的地鐵列車出站時發出的尖利鳴笛聲，當年其實正是老舍投水自盡的那座被填平的湖哪——

不知道爲什麼，老舍的死，還有被歷史點燃復澆熄的殤痕，總是讓我想起，一個文人，一具靈魂，一個時代，一場革命，其實都只是回憶裡一閃而逝的星火，一朵接一朵，比螢火蟲的螢光更微弱，更容易被時間撲滅。我想說的其實是，所有從傷口上長出來的，都是翅膀，都善於飛翔——倘若我有機會問起老舍，我想他會粲然一笑，然後回答，這一生慷慨待他的，除了文字，沒有其他，再也沒有其他。

海子 Hai Zi

海子到我懷裡來

天冷下來了。海子的母親在屋裡架起了火桶，給兩隻不太靈光的腿取取暖。而宛如千軍萬馬的雨，劈劈啪啪地打在屋檐上，下得又凶猛又壯烈，倒是屋裡，一貫的淒清、晦暗、荒涼，並且安靜得像一座墳墓。她從床邊摸出一本《海子的詩》，那詩集一九九五年由人民出版社出版，並且看得出來，因爲時常翻閱，卷邊全都烏黑一片，每一頁紙張都軟綿綿的，像個溫馴的孩子，老是喜歡賴在母親膝前，纏繞不去。

而海子的母親，當時已經七十五歲的老母親，半瞇著眼，鄉音濃稠，先是開始朗讀開篇的那首〈阿爾的太陽〉，讀得很慢很認真，也讀得很吃力，常常要停下來，辨詞認字，甚至遇上好些讀不懂的生僻字，還小心翼翼地在旁邊標注了簡單的同音字，她說，「以前不知道他到底在寫些什麼，後來他出事了，大家都在談論他紀念他，我才開始念他的詩」，接著她又垂下眼睛往下念，念海子最出名的那一首，當中有一段——「從明天起，做一個幸福的人，餵馬，劈柴，周遊世界，從明天起，關心糧食和蔬菜，我有一所房子，面朝大海，春暖花開」。

海子的母親禁不住頓了一頓，抬起頭來，望了一望空洞洞的房子，到現在她其實還想不通，想不通海子這孩子有什麼不開心的？為什麼不跟她商量商量就賭氣而去？為什麼不跟平時那樣，頂多只是和生活鬧鬧意氣，氣一消就什麼都過去了？她長長地嘆了一口氣，最後她還念了一首〈給母親〉——裡面有一句，顯然是海子寫給她的，「母親老了，垂下白髮，您去休息吧」。她抬起眼，平靜地說，「他讓我去休息，可他現在永遠休息了，而我還在人世」，語氣那麼平靜，那麼安詳，沒有一點淚意，而我讀到這裡，眼睛已經一片煙雨——

不是說好了嗎？詩人好歹得把人世間的刺骨和冰寒都看盡，然後一字一句地寫進詩裡，才能超度在朗朗日光底下埋下頭來，在詩裡尋找護蔭的我們？我記得海子在詩裡面寫過，「當我痛苦地站在你的面前，你不能說我一無所有，你不能說我兩手空空」——海子的意思是，痛苦在某種程度上，就是他生命全部的內容，而這其實我能諒解，痛苦本來就是詩人最豐饒的莊稼，如果沒有痛苦，詩人的詩就開不出一畝燦爛的花海，更何況——海子是個仁慈的獨裁者，他對他的詩歌仁慈，卻對他自己的人生，獨裁得接近殘酷。

——而海子離開的時候還是個孩子。像一隻剛出生沒多久，還未來得及將身子舔舐乾淨的牛犢。一個廿五歲的孩子有多大本事呢？滄桑睨著眼，輕蔑地瞅著他，不屑和他混到一塊兒。就連流浪，也嫌他太年輕，瞧不起他只有區區廿五年的所謂人生閱歷，拒絕讓他結伴同行——三月下旬，天氣剛剛暖和了些，那些花兒正舒展著懶腰，都還沒約好一齊盛裝出場，海子就走了。海子給自己選了一個望得見海的河北山海關，靠山望海，春暖花開，這樣的鋪陳跟他過往寫詩的手法一樣，喜歡在意境裡悄悄埋下一顆祕密的種子，終歸有一天，這顆祕密的種子就會爆裂開來，終歸有一天，海子相信，有個和他一樣，年輕得沒有見識過歲月的莽濤瘴霧的孩子會明白——生命的滿目蒼夷，其實從一開始就露出端倪。

然後他只留下一句話就躺了下來，躺在山海關的火車慢行道上，他說，「我的死和任何人無關」。而在這之前，聽說他常常幻聽，老聽見有人不斷在他耳邊喋喋地聒噪，盡說些他不中聽的話，笑他蠢鈍罵他迂腐，並且嘲諷他寫的詩不夠飽滿不合時宜；也聽說，他心裡老放不下初戀的那個女孩兒，千山萬水巴巴地去見上一面，對方見了他，不發一言，端給他的是一盆冰冰涼涼的冷漠，對他說，你不應該再來，他聽了，呆立在現場，久久回不過神來，然後不發一言轉身離開，而他的那一個轉身，誰也沒有想到，其實促成了這一頁沒有內容的遺囑的完成——

於是當海子聽見由遠至近的火車轟隆轟隆，他不慌不忙地調整了一個比較舒適的姿勢，並且把外套脫下疊好，下面還墊著他經常隨身背著的書包，他身上穿的，正是那件曾經被校長批評太過花哨的紅色毛衣，然後他神情有一絲神祕的愉悅，瞇著眼睛躺了下去——那天的天氣，是典型的三月天，陽光淡淡的，不怎麼刺眼，也不怎麼啄人，海子知道，只要他閉上眼睛，世界就會慢慢的、慢慢的安靜下來。海子怕嘈，很怕嘈。

海子死的時候才二十五歲。死亡對海子來說，不過是無數次的編劇和綵排之後的正式演出，他對死亡，從一開始就有一種接近迷幻的嚮往，他有一次對身邊一同寫詩的朋友說，「我前一晚差點將自己幹掉，只是剛巧望出屋外，下雪了，大地一片白茫茫的，眞漂亮，所以我又暫且留了下來。」而且我記得海子跟他的詩人朋友曾經像討論一首長詩的節奏一樣，討論過種種死亡的可行性，海子說，「最體面的死法是從飛機上往下跳，上吊方便是方便，但太難看了」——

因此死亡對海子來說，是一種意境上的追求，是一首一直都在醞釀和修葺當中的詩，早晚是要實現的，並且那完全和老舍因爲承受不住屈辱而用性命做出控訴和反抗，終究是不一樣的。卽便和同樣被歸類爲天才詩人的顧城後來因爲精神嚴重分裂的自殺，他倆親近死亡的目的性和實踐性也迥然不同——顧城的自殺，是因爲他本來就是一個生活技能以及自制能力極低的詩人，所以顧城先用斧頭揮砍妻子謝燁，然後再用同一把斧頭自決，完全是因爲他沒有辦法面對謝燁離他而去之後的生活，他失去的理智裡頭，有太多對生活失去主張的恐慌和對未來力不從心的恐懼，顧城必須繳還銀行的貸款才有地

方可以住，必須付給兒子的撫養費才不會被剝奪撫養孩子的權力——但海子不是。

絕對不是。

　海子留下了一封筆跡娟秀的遺書，條理分明地交代了遺作交由誰來處理比較妥當，他把他的死亡，當作一場計劃周詳的長途旅行，海子最令我背脊發涼的是，他的自殺，是合理地行使了不合理地讓疼愛他的人因他決定讓自己消失而崩塌下來的權力——他完全忽視「愛」這個字的存在意義，並且一點也不理會「愛」他的人將因此背負他一刀朝他們臉上凶狠地砍下去的殺傷力——並且因爲海子是個詩人，他的自殺占盡了詩人的優勢，猶如一首詩歌的完成，藏著淒美的韻腳設計，同時也有著詩人一定的美學布局，在意境上，成全了他渴望讓自己成爲一個永恆的信仰的目的。

我後來來來回回看著海子留下來的照片，他的長相沒有顧城清秀，個子特別矮小，比隨他之後的三個弟弟都要矮小，但他在他那個時代也曾經是個時髦的男孩，愛看電影，喜歡《亂世佳人》，迷戀嘉寶，偶爾也聽木匠兄妹的音樂卡帶，而且在北京生活的海子，看上去竟然沒有鄉村小伙的土氣，總是打扮得整齊而乾淨，喜歡穿著曾經是鎮裡頭有名的裁縫的父親專門給他縫製的合身小套裝，偶爾心血來潮，也會穿一件花哨的紅色毛衣，擠在一群都是藍黑灰白的大學生群裡，看上去難免特別的扎目——

可惜海子並沒遺傳他父親硬朗的外貌，長得一點都不像父親，一點也不。海子的父親查正全，卽使老了，也還是老得蒼捍挺拔，那一臉的堅毅和倔強，從來沒有在歲月面前動搖過，而海子離開之後，依然和妻子操採菊住在海子那間「歷史的房子」——那間寫滿海子成長歷史的房子。而且因爲那是海子的故居，所以老有不同的訪客遠道而來，有些純粹好奇，有些眞的是紅著眼睛，眞正思念和仰慕海子的詩友和讀者，於是海子的父親安靜地打開房子讓大家進去參觀，而常常，海子的父親看上去就好像紀念館的管理員，盡忠職守，不落愛憎，只是沒有人知道，每一次把海子的房間打開，房間就會散發出永遠不會消失也永遠也改變不了的屬於海子的氣味，而海子的父親只能靜靜地坐著，在那氣味中感受著也幻想著海子並沒有離去，他只是到城裡念書去了，學校一放暑假就要回來的，回來家裡的豆腐店幫忙照應——

後來海子的父親說，他前前後後，總共把這房子修了八回，村子裡再也找不到比他們家還要氣派還要敞亮的房子了，「不修咋行呢？不斷有人來看，我總不能讓房子破破爛爛的，讓人笑話。」還好翻修房子的經費，都是從海子詩集的版權費裡挪出來的，孩子的父親一直特別疼愛這個自小就鋒芒畢露的孩子，喜歡海子寬闊的臉頰，喜歡他圓圓的頭顱和善解人意的笑容，並且海子和他一樣，懂得刻苦，也願意耐勞，每次說起海子小時候的模樣，他臉上的表情才有一點點的朝陽，只是對於海子的自殺，他由始至終抿著嘴，只肯回答三個字：「不理解」。一句話就切斷了往下談的意思。

過去這麼多年，他和妻子一直守著門外掛著「海子故居」偌大一塊牌匾的房子，裡面都是海子留下的零零碎碎但窗明几淨的回憶，他們對海子的思念和公眾對海子的懷念，在這屋子裡常常被區隔開來，但又常常被結合在一起，你永遠不會理解一個孩子提早結束自己生命的父母，他們像磁帶屢屢被卡在歲月的唱機裡而歌聲咿咿呀呀被扭曲的悲愴——詩人走了，但哀傷沒有，哀傷長長久久留了下來，而人一走，他所有的私人情感就被攤開來變成了大家的，大家在他生活過的地方和他寫過的詩句裡翻箱倒櫃，企圖找到他自殺的蛛絲馬跡——並且，正如查正全所說，每次有人來探訪，海子住過的房間被打開來，他就好像被推回去記憶的事發現場，那曾經悲欣交集的片段統統被召喚回來，所有窩心的錐心的都在心裡面一次又一次地被汆燙，直至他開始在哀傷中麻木，並且在麻木中開始懷疑，海子在死亡裡活著，而他卻在海子的死亡裡重複死去，一次又一次。

至於海子的母親，每次收拾海子的遺物總是特別開心，斑駁的小皮箱，藍格子床單，尤其有一隻嫩黃色的絨毛小狗特會逗她笑，笑海子是個長不大的孩子，「老大不小的年紀了，還玩貓啊狗啊這些絨毛玩具」，笑完之後又安靜下來，一臉憂戚，然後隔了好一會才說，「可惜東西在，人卻看不見了」。

我想起早慧的海子年少的時候剛剛寫好第一篇長詩，興高采烈地拿給大弟弟查曙明看，查曙明卻不屑地說，「詩歌沒人讀啊，還不如寫小說，好歹還可以賺點稿費。」海子聽了，有點沮喪有點落寞，隔了一會才擠出笑容回應，「也好，那我就寫爸爸媽媽的愛情故事，到時賺了錢，就在高河鎮給他倆蓋棟大大的房子。」那時候的天空多藍。那時候的海子多天眞。那時候大家想像中的生活多單純，不外是希望風箏有風，海豚有海，所有的美好，只要你肯勞動，最終都會水到渠成。那時候的海子，怎麼也想不到他會在二十五歲的時候因爲一段過不去的愛情，躺到了火車軌道上結束了他清澈如水的未來吧？

我想起法國詩人魏崙曾經說過的一個句子，「希望就像馬廄裡一根麥稈在發亮著」，可惜海子並沒有找到他的希望。而如果人生是一行長長的寫在詩歌裡的隱喻，海子其實是在用他清澈的詩句，馬不停蹄地戳破生命的騙局，然後活在一個和夢想格格不入的時代，海子的快樂，是被滅掉聲效的快樂。他的詩人朋友後來走進他的住所替他整理遺物，發現海子的房間乾淨得像一座陵墓，沒有一絲雜物，沒有一絲牽絆，他對這世界似乎從一開始就一絲眷戀都沒有，彷彿隨時鞠個躬就可以扭過身子離開。而海子在考進北大之前，一直是個悶不吭聲但乖巧的孩子，知道家裡條件不好，那時候在離家幾公里外的中學念書，一放假就急急忙忙趕回鄉，趕回鄉和父母親一起下田，一方面減輕家

裡的負擔，一方面可以在勞動的時候和父母親多親近一些，海子是那種連愛，也害怕他的愛會驚動別人的孩子。後來他把那段時光種進他的詩裡，我們讀到他寫金黃色高高堆起的稻穀，讀到他寫黑漆漆的夜裡窗前臨天光的溫暖，知道他是個善良的孩子，知道他把他的愛都掰開來，一顆一顆塞進稻穗裡，因此把那些稻穗才會特別金燦澄亮，才會飽滿得直不起腰來。

而那時候的海子，或許已經提前爲早凋的生命設好布局，他曾經在詩裡透露，「我戴上麥桔，寧靜地死亡，這次不是葬在山頭故鄉的亂墳崗上——」。至於海子的墓碑，建立在查灣村北的一座墳崗，那時候白髮蒼蒼的父母從海子的老家安徽去到北京把海子的骨灰領回家，可是按照查灣的習俗，年輕的自殺者——他們統稱爲「提前歸來者」，都不能夠立卽下葬，必須暫時安置在臨時建起來的墓穴，要隔三年，海子的骨灰才能正式入土。而海子的父親和他的大弟弟前後花了整整兩年的時間，給海子修建墓碑，雖然沒有面朝大海，但畢竟春暖的時候還是看得見花開，並且還立了塊巨大的花崗岩墓碑，上面簡單地寫著，「海子墓」，在小小的山崗上獨樹一幟，彰顯出詩人蒼茫的氣派。

而當地看熱鬧的村民啊，都趕集似的擠到了墓冢，蹲坐在旁邊的水泥台階上閒聊，納涼，抽菸，曬太陽，他們很多都沒有讀過也讀不懂海子寫的詩，對詩人也只有一個模糊的概念，倒是聽領導說，要把海子和海子住過的地方和下葬的墓陵，打造成具有深遠意義的文化品牌，到時就會吸引遊客，製造商機，帶旺這個偏遠的乾旱的小鎮——不是每個鄉鎮都有一個海子，也並不是每一個海子都嚮往自殺並一心渴望幹掉自己以便圓滿一個詩人的形象，他們當中沒有誰深刻地了解海子的自殺對整個社會造成的衝擊和影響，也沒有人認爲其實在那個時代是海子把詩人的形象給神化——詩人是詭異的，也是魔幻的，像個煉金的巫師，是不容易和大伙一樣規矩地生活並且被正常地理解的。

可是海子是寂寥的。詩人和天才都是寂寥的。偏偏海子既是詩人，也是天才。於是他的寂寥是雙倍的。我想起海子年邁的父親，總是一聲不響，叩叩他的旱菸斗，戴上他的破斗笠，每天到海子的墓前打掃，掃得乾乾淨淨的，他是個愛體面的男人，雖然海子不在了，但是他要海子的墓碑一塵不染，莊嚴得體，因爲常常都有海子的讀者摸上門來，說要到海子的墳墓看看去。而海子的墓，其實十分簡樸，海子的父親把一條黃龍盤在墓碑的頂端，據說是爲了順應民俗，而墓身的正面有兩個小龕，是海子生前有一回到西藏，回來的時候背了兩塊嘛呢石，一尊是釋迦牟尼佛像，另一尊是綠度母佛像，這兩塊石頭加起來少說也有廿公斤，大家實在好奇海子當時是怎麼把這兩尊佛像從西藏背下來的，現在則被他父親鑲嵌在右邊的佛龕裡，後來大家漸漸就明白下來，很多事情的下落，其實冥冥中一早已經被安排好了，就只等待時間發落。

即便到現在，還是有好多喜歡海子的人，繞路都要進來查灣看看海子的墓碑，也看看他生前特別喜歡的這兩塊嘛呢石——海子家鄉的老人開始的時候還皺起了眉頭，自殺是多麼不吉利的事哪，爲啥這麼多人還千里迢迢來看一個自殺的人的墳墓？

他們不明白的是，詩人屬靈，偶爾我也會禁不住把海子和顧城聯想在一起，顧城的

「唯靈主義」，還有海子的「意象主義」，其實都不特別浩瀚也不特別澎拜，但卻很容易就鑽進讀詩的人的骨髓裡，順著血液竄遍整個身體。我記得有一次在飛機上讀顧城，讀到他在世最後一篇，寫給他兒子Samuel的詩：詩韻素淡，但詩緣憂傷，像夜色毫無先兆地籠罩下來之前的那一小陣過堂風，再輕再緩，還是會颳得人遍體生疼——詩裡說兒子老是吵嚷著要他回家，而顧城卻只能悲哀地，在夢中的陽光底下將兒子高高地舉起來，舉起來，舉起一個他即將了結的未來。然後飛機平靜沉穩地向前滑行。明明沒有氣流，明明天晴風朗，我卻還是沒來由地感到一陣緊縮，一陣顫簸，一陣長長的說不出的悵惘。人時已盡，人世還長。顧城終究還是選擇了用最暴烈的方式提前跟生命毀約。我猜海子也一樣。

生命本來就蠻橫，本來就不講道理，而寫詩的人太敏銳，把什麼都看得特別尖特別細，到頭來刺傷的終歸是自己。我喜歡寫詩的人，但也害怕寫詩的人，因爲我太明白，所有的溫柔，都是暴烈的前奏，而那暴烈，常常是分裂自己之後再毀滅自己——這麼多年過去了，那些當年和海子一起寫詩的青年詩人們恐怕都老了吧，都大腹便便，都行動遲緩，都喝多了兩杯就當衆扯鼻鼾打盹了吧，可因爲死亡定格了傳奇，海子到現在還像個孩子似的，在我們的想像中歡快地奔跑著跳躍著舞動著，那姿態就和他寫的詩一樣，乾乾淨淨的，清清白白的，在天空裡飛翔，在麥田裡叉腰，當時那些琅瑺作響的快樂都還沒有被歲月偷走，而心疼他的大人，都忍不住想伸出手把他攬過來，對他說——海子別跑，海子過來，海子到我懷裡來。

蕭紅 Xiao Hong

被河水淹沒的煙囪

可那時香港已經是危城了——蕭紅的菸癮依然很大。臨終前在香港，病得奄奄一息，都住進醫院準備動手術了，她還差遣駱賓基去給她買盒火柴，而外頭炮火連天，香港淪陷，能走的人都走了，駱賓基路上耽擱，遲了些回來，她還一度疑心駱賓基也和端木蕻良一樣，打算丟下她不理會，禁不住聽著窗外轟轟的炮聲，靜靜掉下眼淚——直至接過駱賓基遞過來的火柴，她顫巍巍地划了一根，慢慢把菸點上，這才側過頭對駱賓基說，「如果可以葬在先生身邊當然最好，如果不能，埋在一處面海的地方吧，也算是了了件事。」

先生指的當然是魯迅。蕭紅與魯迅之間，長的是情義，短的是交集。魯迅第一次讀到蕭紅寫的《生死場》，驚訝的不是蕭紅的才氣，而是蕭紅竟然可以把死和生靠得這麼近，彷彿雞犬相聞，只要一聲召喚，生死易位，一生的起起伏伏，也就戛然而止，成了定局——

因此魯迅才會四處張羅，非要把這集子給推出不可，並且還坐下來攤開稿紙，熱呼呼地給這書寫了篇序，告訴我們他看到的蕭紅——「她對生的堅強，對死的掙扎，都是力透紙背的。」而這，我是相信的。有些人，就是爲了成就許許多多的人而存在。他成就過的事，他自己可能完全不當一回事，可被他拉拔過的人，卻不可以不把他牢牢地往心裡刻。

這也是爲什麼，接到魯迅病逝的消息，蕭紅從日本坐船趕回來，靈魂飛散，好幾次差點鎮不住自己，恨不得提起腿，尾隨先生一路直奔而去，因爲她在魯迅身上感受到的，除了師恩，還有父愛，而這是她短短卅一年狹窄而黝黯的生命裡，從來沒有誰主動給過她的。

蕭紅是黑龍江人，在終年嚴寒的天氣底下，自然養成剛烈不屈的脾性，即便在理應最春光明媚的年歲，她和美麗，始終遙遙相對——其實應該慶幸的，蕭紅從不依賴她單薄的美麗。一個女人大費周章的美麗，多少會削弱了她的志氣。

況且我喜歡蕭紅，是喜歡蕭紅的不美麗，以及她的素樸和大氣，她其實和所有黑龍江人一樣，好菸好酒，好一切嗆人的脾性，常常一言不合，就轉身摔門離家而去，一個人在天寒地凍的路上走著走著，其實根本沒有目的地，碰巧碰上她弟弟，弟弟請她喝了杯咖啡，蕭紅一張臉漲得紅撲撲地對弟弟說，只要離開黑龍江，她就可以燃燒自己，把自己燒成一盆火，誰都可以靠攏過來，往她身上取暖。

可蕭紅命格顛簸，四次三番，吃盡了愛情的苦，又私奔又逃婚，前後還懷過兩個男人的孩子，並總共被四個男人拋棄，似乎那些連運命都編排不來的曲折，都讓她這麼一個肉薄心窄的女人給遇上了。而蕭紅的幾段愛情，我時常覺得，男人們只是列席者，並沒有添磚加瓦地積極參與，甚至有一兩段愛情，還是她自己賭氣賭出來的——賭氣賭出來的愛情，往往只有委屈，不會與完滿相遇。單就這一點，蕭紅恐怕沒有張愛玲看得仔細。

並且我一直認爲，蕭紅飽滿的只是才情，在情感和起居生活上，她是一個極度貧瘠，極度沒有安全感，並且極度渴望被實物塡滿的女人——愛與飢餓，都是欲望，都是本能，至於永不永恆，那恐怕是後來才需要去思量的事情。蕭軍說他第一次見到蕭紅，

蕭紅懷著孕，身上散發出來並吸引他的，不是女性加母性調混在一起的荷爾蒙，而是被遺棄的孕婦特有的惶恐和淒涼，以及她雄渾、粗暴而原始的求生意志——完完全全，沒有性的意味。

於是我想起習慣低頭的張愛玲，以及張愛玲在愛情面前雖然迂迴婉約，但其實一樣的

需索無窮，她倆明明是那麼的相似，卻又偏偏相悖而行，到死都互不認識。其實她們的生命，有著太多的重疊和交錯，都吃過封建家庭的苦，都有過一個暗地裡伺機破壞和謀害她們的後母，更都有過磨滅不去的成長陰影而自動掐斷身上母性的鏈接，並且，也都遭遇過原本以爲可以從男人身上找到庇護卻沒想到最後反而成爲了男人的庇護——是，所有低聲下氣要回來的愛情，再怎麼花團錦繡也還是荒涼。

於是讀《商市街》，讀到蕭紅隱藏在小說裡囁嚅的她自己，蕭紅其實不太擅長溫婉而纏綿地言情，但我明白，蕭紅對蕭軍用情認眞，是因爲蕭紅用認眞先發制人，擔心蕭軍對她不肯認眞。而且那時候他們窮，蕭紅就買了人家剪剩的絨布頭，徹夜給蕭軍縫了件襯衫，準備讓蕭軍穿著去赴魯迅先生安排的文人飯局。蕭紅不算是一個特別細膩的女人，但她似乎相當享受在卑劣的環境底下，用別人啃剩的骨頭，給愛情熬一碗最甜美的湯頭。

我還記得，她寫她和蕭軍兩人在商市街住在一起的時候，常常就是黑麵包混鹽巴，互相遞來送去，你一口我一口地，草草解決一餐，而且他倆身上，顯然都有著吉卜賽式的流浪基因，走到街上，蕭軍偶爾興起，還會拿著三角琴，在街邊邊彈邊唱，蕭紅就站在一旁笑著看，眼裡溢出來的，都是從崩了一角的水缸裡流瀉的愛意，雖然她心裡有數，她僅有的對愛情的浪漫想像，很多時候都是風霜撲面的，也很多時候都是下一步隨時就要踩空的，但眞正愛著的時候，她是全心全意盛開在哈爾濱教堂告解室裡的一株曼陀羅，在絕望之中滿懷希望。

而蕭紅的小說和她的人生一樣，沒有太多華麗的金句，有的只是在歲月面前自慚形穢的蹉跎，需要用很多很多的分場，來沖淡劇情的粗糙——蕭紅的愛情，就算和不同的男人交手，她其實都很明白，結局終究如同裂帛，只有在不斷的幻滅和撕毀當中，才能夠成全她自己。

蕭紅唯一的風光，是生前落魄蕭條，死了之後，竟分別在三地都建有紀念墓碑——當年蕭紅在香港離世，世局紛擾，端木蕻良並沒有圓滿她的遺願，將她葬在魯迅旁側，而是在呼蘭給她立一座青絲冢，葬的是蕭紅的一縷頭髮，本意是把蕭紅召喚回去，讓家鄉的人至少有個憑弔之地。後來哈爾濱提出建議，不如將蕭紅從香港遷回廣州的骨灰再分出一半，帶回哈爾濱，另立一塊墓碑。但蕭紅從香港遷回廣州的骨灰，原本就只有一半，另外一半是端木蕻良親手挖了個坑，裝進小花壇，埋在淺水灣附近一株粗大的紅影

樹下，一處可以看見海潮和汐浪，蕭紅特別喜歡的地方。並且這隱蔽的地方近幾年還被香港文藝界立了一個地標，取名「飛鳥卅一」，紀念蕭紅最後是在香港結束她卅一年短暫人生。

甚至後來吧，中國作家協會和香港文藝界進步人士還達成共識，將蕭紅再折騰一輪，遷葬至廣州銀河革命公墓——蕭紅的幕碑就立在一行行一列列的革命烈士的墓碑之間，只貼了張黑白遺像，簡單而樸實，這點倒像極了蕭紅的風格。蕭紅不像張愛玲，不是個講究排場和派頭之人，我們猜不到的是，到最後竟是張愛玲的骨灰運至海中央，在舟笛長鳴聲中，被灑進了太平洋，據說主持者只快速地念了段簡短的祭文，連個完整的儀式感也欠缺。

我反而想起張愛玲病死在倫敦的母親黃逸梵，她的墓碑到今天還安安穩穩地立在倫敦郊區一座古老的肯塞爾墓園，當年離世，有人爲她支付了二十五年租期的墓碑費，不過一旦到期，就會把墓碑專賣給有需要的人。幸運的是，後來聽說新加坡《聯合早報》駐英國作者石曙英，受專欄作家余雲和記者林方偉之托，尋訪黃逸梵的故居，才找到墓園的地址，揭開墓碑背後的故事，並決定爲黃逸梵的墓碑再續十年租約，甚至還說，他們活多久，就會爲黃逸梵的墓碑續約多久——

其實蕭紅也好，張愛玲也罷，一旦大去，萬般皆放下，誰還會執著於身後之事？不得不感慨的是，故人風雨，故事總會旋出另一段故事的漩渦，後來也聽說，黃逸梵原來曾在吉隆坡短暫居留，也曾在坤成女中教過手工，並且有個極要好的忘年閨蜜邢廣生，就住在山明水秀的檳城，據說邢女士還將黃逸梵設計的梳妝台和旗袍，都完好地保留下來，遲遲不肯拍賣，說是留個念想。

至於蕭紅的墓，孤稀冷落，看上去多麼像一條寂寞的煙囪——而呼蘭，在滿語，正巧是煙囪的意思。我偶爾在想，當時松花江堤決口，一場洪水幾乎淹沒了哈爾濱，蕭軍在夜裡撐船，趕乘洪水之亂，把因為欠壓房租而被軟禁中的蕭紅，從東興順旅館陽台的窗子翻出來，讓蕭軍用運柴的船隻給救走，蕭軍對蕭紅的愛，到底眞正的有多翻滾——而這一幕，蕭紅一直惦記著不肯放，臨終之前在香港，還對駱賓基說，如果蕭軍知道我在這裡，一定會過來把我帶走的。

我想起少女時候的蕭紅，有一張不知天高地厚的圓圓的臉，還有一雙特大的眼睛，可那眼睛一點也不水靈，也一點都不像張愛玲那樣對衆生睥睨，我記得湯唯在拚了命要閃身進入這個角色的時候說過，蕭紅臨終前，最乾淨的就是她的眼睛，而那眼睛從小就沒有變過，彷彿一出生就看透了一切，也一出生就準備好了去迎接這個世界不懷好意要往她懷裡推塞的一切——

蕭紅嚮往的愛情是溫飽、是解飢、是淪陷在茫茫前途裡的一個熱臉盆，可以洗一把臉，燙一燙腳，而且還說過，她沒有辦法決定怎麼生怎麼死，但她可以決定怎麼愛怎麼活——但愛情終究不是蕭紅的生死場，她只是在愛情的漩渦裡瀕臨溺斃，眞正吞噬她的，是一整個時代裂開的大口。愛情最奇怪的是，對的人總是再三耽擱，而不對的人，卻願意不聲不響，在妳身邊枯守到最後那一刻。

蕭紅常說，將來她不在了，人們記得的應該只是她的緋聞，以及她和幾個男人之間，亂七八糟糾纏不清的男女關係，沒有人會記得她寫過什麼，以及記得她作品裡有多少是她活生生活過的人生。其實不是的。蕭紅低估了文字，文字可以從蠻荒走到繁華，可以顛覆不公正的批鬥，也可以爲那些把自己寫進故事裡卻出不來的人推倒一面牆，引進人們爲她的傳奇雄辯之後亮燦燦的景色——

如果說張愛玲把她的一生活成刺繡精細的斗篷，每一針每一線，再荒涼都是金絲細線，而蕭紅則是把自己活成一場沒有辦法被還原的敗瓦殘垣，在愈走愈窄的歷史迴廊上，磕碰出一簍簍的傷痕。

我們可以一廂情願地潛入張愛玲的小說，無論是流蘇是七巧是曼楨是薇龍，張愛玲都是用她的筆，替她自己的愛情善後。可誰也沒有辦法複製另一個蕭紅，或願意經歷她先被愛情遺棄再將自己生下的孩子也丟掉的決絕與恍惚。活成另一個蕭紅，需要的不是一截華麗的句子，而是一段沉重的歷史——即便她的愛情太散亂，搆不上力道去坍塌一座城，但她對每一段愛情卑微的渴望和誠惶誠恐的虔誠，擔心被拋棄，擔心被嫌棄，擔心被愛情先她而去，其實已經在她自己心裡，澎湃成一條，呼叫不出聲音的呼蘭河。

亦舒

Yi Shu

豈有豪情似亦舒

亦舒臉上有痣。但那痣不長在左眼角之下，也不是小小一顆藍色的，而是在右臉頰，圓圓一顆，不笑的時候看上去，那痣還真有點躊躇滿志的意思——面相學好像有這一說：右臉有痣，顯貴。尤其是女人。而右臉頰飽滿豐潤，則無論做什麼都比人強，很少會有不出類拔萃的。亦舒恰巧就是。但亦舒喜歡的痣不是這樣的。她總是安排她鍾愛的女主角左眼角底下長了顆淚痣，《玫瑰的故事》裡的黃玫瑰、蘇更生和方太初，臉上都長了顆搖搖欲墜的淚痣，並且都在同一個位置，彷彿隨時都會掉落下來。再也沒有比亦舒寫的女人臉上的那一顆藍色的淚痣更讓男人驚心動魄的了。那樣的一顆痣，已經不是那主角造型上的裝飾，而是整個故事整段人生的起始——而這些痣的原型，我後來才知道，原來來自素有美豔親王之稱的邵氏女星何莉莉。當時何莉莉左臉頰上也有一顆小小的淚痣，據說何媽媽嫌這顆痣孤苦相，不吉利，頻頻催促何莉莉把那顆痣給點掉，亦舒知道了，急忙跳出來捍衛這一顆痣，鼓勵何莉莉一定要堅決把痣留下，她說就是這顆痣，才給何莉莉漂亮的臉蛋平添多少故事。

年輕時候，亦舒的第一份工作是當娛樂記者，因此幾乎是混著女明星陪著女明星一起長大的，而亦舒特別鍾愛的女明星，何莉莉是其中一個，另外還有林青霞。我還記得亦舒提起，當年採訪主任派她到機場接林青霞的機，她心裡老大不願意，嘀咕著說，不就是一個在西門町被星探發掘的小女孩嗎？有什麼了不起？後來見到林青霞，頓時驚豔得整個下巴都快掉下來，第一眼就被青霞的眉毛震撼，那麼粗厚那麼颯爽，不相信這世界還眞有這麼美麗的女孩子，身段和五官都無瑕可擊，如果眞要挑剔，也只能挑林青霞的頭髮不夠豐厚。而且青霞的清純，跟當時何莉莉那一派邵氏女明星的俗豔是不同的，林青霞見到亦舒，怯懦懦地喚她一聲「姊姊」，亦舒聽了，整個人馬上酥軟下去，往後青霞說什麼都是好的，而且心裡升起一定要好好保護青霞不准別人欺負青霞的正義，甚至還警告林青霞，無論發生什麼事，妳那兩道又濃又黑的眉毛絕對不准剃，因爲她知道，青霞臉上倨傲的英氣，就是這對眉毛造就的，青霞也聰明，立刻賣口乖，「姊姊叫我不要剃，我就聽姊姊的話不剃。」

亦舒對美，尤其是美女的美，總是特別苛刻，也許因爲她自己長相不算精緻，臉盤太大鼻頭太圓，且有著一副醒目神氣的精明樣，跟美畢竟還是有段距離的，而且圍繞在她身邊的「玫瑰們」，每一個都美得自成一格，每一個都美得咄咄逼人，包括一頭短髮，走路颯颯生風的徐克前妻施南生；包括品味和韻味同樣怡人的前邵氏女星之後轉行室內設計的方盈，據說，《我的前半生》就是以她的故事爲模型；包括亦舒在香港半島酒店喝下午茶見到美得像一隻雪豹的周天娜，然後倒抽一口氣拍著胸口說「幸好我們還有林青霞」的林青霞；包括年輕時可愛得連亦舒都想把她的宣傳產品海報偷偷抱回家的張曼玉；當然還包括和亦舒最疼愛的「震侄」倪震在一起的上下兩任女友李嘉欣和周慧敏，亦舒曾經在專欄裡說，很喜歡周慧敏精緻乾淨，如俄羅斯瓷娃娃般的清麗，可卻對李嘉欣空有外殼沒有靈魂的絕世美顏頗有些意見，暗示倪震李嘉欣不會是適合他的那個人。但亦舒怎麼可能不明白，眞正有本事翻雲覆雨，一出場就可以替自己的人生翻篇洗牌的，絕對是李嘉欣這等百媚千姿，一邊顛倒名流一邊替富商臉上貼金的「綺色佳」，她只是擔心到頭來被傷害的是倪震罷了——美麗也許膚淺，但如果沒有美麗，人生很可能就在淺淺的岸邊擱淺，跳不上遊艇出海看夕陽，尤其那時候的香港，是多麼的講究現實，你如果沒有很多很多的錢，至少要有很多很多的青春和很多很多的美麗。

鏡頭一轉。我記得好多好多年前，亦舒來過吉隆玻，接待她的剛好是某雜誌主編，也是當時頗有來頭的才女，和亦舒一番交流之後，亦舒驚訝地說，「想不到馬來西亞人的中文這麼好啊。」當然亦舒絕無輕視之意，而是馬來西亞對她來說實在陌生，她把我們全當作邊疆外的華僑，懂得讀說中文已經是奇蹟。尤其亦舒十七歲就到香港《明報》當記者，還在念著中學就有報館派排版的員工到學校跟她取稿件趕著下版，廿多歲一給自己籌足學費就直飛英國念酒店餐廳管理，畢業後第一份工作先是在台灣圓山飯店當女侍應總管，然後回港當星級酒店的公關經理，期間還當過電視台編劇，甚至有一陣子還一邊寫稿，一邊當上政府高階新聞官，事業之順遂，還有才氣之高以及名氣之響，實在很難不令人嫉妒。

我甚至想起很多很多年以前蔡瀾來馬來西亞開講，開講前主催的報館循例辦了場記者會，而那時的蔡瀾還是壯年，滿臉紅光，中氣十足，沒點正經地和女記者們打情罵俏，有人問起亦舒，他馬上板起臉孔，臉色一沉，亦舒這女人千萬別惹她，她連官都做過，還有什麼是做不出來的，說完自己又嘻嘻哈哈地笑開來——

亦舒是早慧的。亦舒的早慧帶點殖民地風味，是中西調混，也是特別懂得在太平盛世中投機取巧的。這和張愛玲不一樣。張愛玲的早慧是四歲時母親丟下她遠走英國，傾塌了她心目中幸福家庭的堡壘，隨後後媽嫁進來又對她施於精神上和肉體上的暴力，被逼提早成熟的——相比之下，亦舒的文字，不晦澀不陰暗，春光明媚，亮度都是調得剛剛好的，亦舒對人性的鞭笞也不會太偏激太暴力，她的小說和雜文，寫的只是港女進化史，以及都市女子啓示錄，把她機靈敏銳和尖酸刻薄的洞察注入筆尖，血淋林地教育穿名牌任高職的現代女子，「生活上依賴別人，又希望得到別人的尊重，那是沒有可能的事」——這是眞的，我也一直認爲，女人不斷在感情上歷盡滄桑只會顯老，只有在生活

裡精明幹練才會屹立不倒。

亦舒屢屢自嘲，說自己是文字的公務員，因爲她眞的做到數十年如一日，每天都是天還未亮就起身，一篇雜文一篇小說交替著寫，默默耕耘，湊足給自己設定的交稿字數，剛好來得及上樓叫醒女兒和在大學當教授的老公，並準備好早餐，準時把女兒送到學校去——那時天還濛濛亮，就算天氣再好，我猜加拿大的雲雀都還沒開始叫呢，亦舒卻甘之如飴，褪下香港最高銷量女作家的身分，遠遠避開江湖是非，專心當個十指沾盡陽春水的家庭主婦。

而我鍾意亦舒，除了鍾意她替流行小說架設生動的生活節奏，以及在文字中注射俯拾即是的求生哲學，其中還摻和著的，是我對她的欽佩——特別是她的自律，以及她的敬業樂業。而她的自律對我來說絕對是修道院長老級別的。不拖稿，不拖延，有著老派專業作者的操守和美德；文字的運用手法卻是既新潮又摩登的，傲視同盟，獨步江湖，像踩著Christian Louboutin的高跟鞋在中環小跑步，節奏明快，充滿都市氣息。還有就是，亦舒的創作量實在澎湃洶湧，每年給自己設定至少出六本書的目標，從來不會以作者放假外遊或作者靈感堵塞而任由她的豆腐專欄和連載小說齊開天窗——一個人的時間使用在什麼地方是看得見的，這句話也是亦舒教會我的，而我一直緊記至今，受用無窮。年輕的時候，我也試過同一時間接好幾個專欄，我也有過一邊迫不及待要出去玩，一邊伏在稿紙上急著把格子填滿，然後丟下筆就可以到城裡跳舞風流的輕狂歲月，那樣一段歲月，如果說不美好肯定是騙人的。

而如果說亦舒當年一連三集的散文合集《豆芽集》，啓蒙了我對文字的好奇，其實也不是不正確的。我還記得，少年時年齡比我大上一截的姊姊們每個月把零用錢儲下來買香港的《姊妹畫報》，爲的是看時裝看小黃頁裡的愛情信箱，而我卻每期追讀和亦舒每期一會的都市愛情短篇，那整十來頁的小說，編得實在用心，簡直就是紙上電影，還請來頂尖模特當插圖人物，拍成劇照以推進小說情節，而當中我最喜歡的是個叫倪詩蓓的模特，她巴掌臉大眼睛，樣子特別清純，喜歡發呆喜歡嘟嘴，生動的表情都被攝影師捕捉下來了，清風撲面，養眼怡人，有她擔任插圖人物的亦舒小說，讀起來格外有香港滋味，這位倪小姐好似和張國榮傳過緋聞，後來還輾轉成了香港漫畫家黃玉郎的紅顏知己之類的。

至於八九〇年代的香港，經濟剛剛起飛，到處都是黃金機會，只要肯拚搏有才華，要紅起來並不是太難的事。那時候的我們，亦舒簡直就是我們對愛情對時尚還有對娛樂八卦的「意見領袖」，她見多識廣，更學貫中西，知道的和懂得的，都比我們多很多。而且亦舒愛穿也愛名牌，那時好多時尚品牌，比如迪奧小姐比如香奈兒，都是看亦舒的小說和雜文看回來的，那些品牌名字和潮流趨勢，就好像神祇一般，曾經那麼的遙遠，也曾經那麼的可望不可及。以前我們只要丟一句「亦舒寫的」，就等於現在說是「谷歌說的」，有著一定的鎮壓眾生的權威性，雖然那時候年紀眞小眼光眞淺志氣眞渺，但我

從來沒有後悔自己是讀亦舒長大的。

甚至我對香港的印象，也是一點一滴，從亦舒的小說裡給拼湊出來。張愛玲不是這麼說嗎？我們總是先看見海的圖畫，最後才看見海。我也一樣。我事先讀到亦舒寫的天星碼頭，後來才坐上渡輪想像亦舒寫的丹薇如何寂寞地坐上最後一班渡輪過海。並且先讀到亦舒寫家明與玫瑰的約會老愛約在尖沙咀碼頭海運大廈外的第三支旗桿，後來才一到香港就趕著去尖沙咀找那第三支旗桿——甚至後來才知道，亦舒當年第一次和她的第二任丈夫老莊約會，也是約在那第三支旗桿底下等的。我一直都很高興，在我的青春未正式成型之前，曾經有過亦舒的介入，雖然我並沒有因此變得更尖刻更孤傲更自強不息，但至少我知道，性格控制命運，我今天站在什麼樣的位置，就要對自己什麼樣的性格負責。

而且記得嗎？在男神女神或高富帥白富美這一類粗糙而膚淺的稱號還沒出現之前，亦舒就給了我們那一輩人設定了最有品味的男女人設，永遠的家明，永遠的玫瑰——尤其家明必須是工程師，因此我懷疑亦舒有很可怕的理工男情結，還有玫瑰必須有濃密的頭髮和發育得很好的胸脯，他們穿的是永遠是白襯衫卡其褲，玫瑰除了鑽石，不戴亂七八糟的寶石和玉墜，而家明開得一手好車，手腕乾乾淨淨的，只戴一枚薄薄的白金手表。那時候我當然也讀過范柳原和白流蘇，也知道什麼叫作「我們都回不去了」，可是那樣子的愛情那樣子的時代背景太過流離顛簸，我們嚮往的是大都市雅痞生活和小資情調，如果沒有辦法像遇上朂存姿的喜寶，也必須得像和涓生離了婚之後打落牙齒和血吞重新站起來的子君——因爲最值得愛的女人，是有本事自己愛自己的女人。

而亦舒與張愛玲最相似的地方是，她們眼裡基本上沒有特別看得起的人，甚至連她們自己也不——她們都覺得自己值得更雕欄玉砌的愛情、更姹紫嫣紅的人生，是人生的境遇，怠慢了她們。就好像張愛玲說過，如果把她同冰心擺在一起比，她是說什麼都不樂意的，只有和蘇青這一類大起大落，並且轟轟烈烈經歷過生活的坑坑洞洞相比，她心裡才多少覺得暢快一些。亦舒也一樣。和她同期出道，並且在台灣遠行出版社出過一本《七好文集》的香港才女當中，亦舒唯一欽佩的只有西西一個，因爲當亦舒賺了稿費就到已經在中環結業的Joyce時裝店買進口名牌設計師的衣服，甚至和邵氏的武打明星拍拖還闖進男明星宿舍用剪刀剪掉男明星西裝的時候，西西卻安安靜靜地埋頭寫著《我城》爲香港做紀錄——

這些都是亦舒做不來，也不願意去做的。都說那時香港文壇巔峰時期有三「奇」，第一奇是金庸的武俠小說，第二奇是倪匡的科幻小說，第三奇則是亦舒的流行愛情小說——我常說的是，如果張愛玲的小說是fine dining，那亦舒的流行愛情故事就是high tea，時髦精緻，入口即化，因此讀亦舒的書總是輕鬆暢快的，一趟兩三個小時的短程飛行，就可以讀完一本亦舒，而且亦舒最懂得擅用她的小聰明，知道怎麼避重就輕，知道怎麼借力給力，不會給拿她的書來消遣的讀者太大的壓力。她從來不稀罕自己的小說是曠世巨作，她只希望她的書可以成爲都會獨立女子的勵志指南，無論是愛情、事業或人生，所以她從不會失足讓自己的故事陷入所寫的小說裡，就算有些隱約雷同的情節，也都只是投影而已，絕不會像張愛玲那樣，重複在小說裡撕裂自己然後再縫補自己——每個人一生就只被分派到這麼一個角色，所以如果不借別人的故事還魂，亦舒又如何能夠四十多年自愛自律地一口寫了整整三百本書，依然在心理和情緒管理上一直都窗明几淨、一直都明媚如春？而且亦舒從來迴避華麗而咄咄逼人的詞藻，也從來抗拒激烈得路轉峰回的情節，她不是不懂得用難字，也不是不懂得編故事，她只是爲了方便那些在地鐵上、飛機上、以及在等男朋友出現的咖啡座上讀她的都市女子，希望她們都可以在不渾濁沒矯飾並且容易消化的文字裡，讀著讀著，突然像是被誰刮了一巴掌似的，讀懂了她愛情故事裡其實總結起來不過是一句話的道理，比如「人們愛的是一些人，與之結婚生子的又是另一些人」，比如「如果沒有很多很多的愛，有很多很多的錢也是好的」——雖然不是每個女人都可以是亦舒筆下的蔣南孫朱鎖鎖或姜喜寶或黃玫瑰，但只要夠聰明，在清淡中明哲保身，在都市裡不戀紅塵，也並不是不可能的事。

我偶爾在想，《心經》只有兩百六十個字，卻是濃縮了六百卷般若經典的精華，而亦舒描寫的都市女子愛情故事，已經超過三百部，每一部都精簡、俐落、清晰、舒朗，既不愛用深奧難懂的字，情節也不兜轉不迂迴，亦舒對愛情的見解，對人性的穿透，對職場求生和各種人際關係的掌握，不正是都市女子的隨身《心經》嗎？看明白了，就一生受用，心境清明，無有罣礙與恐怖，並遠離顛倒夢想了。

並且我記得，亦舒以前是很保守的，寫男女之間的相處，甚至比瓊瑤和依達還要拘謹，我從來沒有忘記她寫勗存姿羊毛衫的紐扣扣錯了，喜寶叫他過來，說要替他把紐扣重新扣好，結果喜寶解開扣子，還沒扣上第一粒，事情就發生了——後來年紀大了，亦舒反而解開束縛，她小說裡永遠的家明，相信也應該肌肉鬆了頭髮禿了氣質蒸發掉了，因此看得出來她開始比較樂意用文字在男主角的身體上遊移，喜歡混血強壯的年輕身體，而且喜歡濃稠的毛髮，所以男主角大多長著毛茸茸，地毯也似的胸毛。這些其實都是可以諒解的。誰不眷念青春的美好呢？而眞正的青春，應該是結結實實抓在手裡，用現代流行語術來說，那些旺盛的男性荷爾蒙，必須是雄性晶片，是二維碼一掃就掃得到的才算數。

所以我喜歡的亦舒，是早期的亦舒。莽撞的，衝動的，火爆的，尖酸的，她甚至刻薄地諷刺有些香港男人實在孤陋寡聞，見識太窄，眼界太小，「最遠只到過海洋公園」。我更喜歡她那時專門把古詩古詞拆開來當書名的調皮，比如把「開到荼蘼花事了」，給自己拆成《開到荼蘼》和《花事了》兩本書名；比如把她最喜歡的魯迅先生，因爲感慨對當時中國社會無能爲力而寫的「豈有豪情似舊時」，當成雜文集的書名，甚至爲向魯迅致敬，把先生的名篇《朝花夕拾》當作書名，再用一次，亦舒是個念舊的人，雖然她嗆辣又潑辣的，看起來不是。

我們也都知道，亦舒迷很多很多，都是跨時代的，其中名人也不少，包括香港兩大詞神林夕和黃偉文。林夕把亦舒的小說當作床頭書，黃偉文更可愛，感性起來隨時會爲亦舒小說情節哭得唏哩嘩啦——我們都愛亦舒，因爲亦舒教會我們，人生短短數十載，最要緊是滿足自己，不是討好他人。老好亦舒，她最好之處，是她看透的人世，明明開到荼蘼，卻花事未了，從來都不會過時。從來都不。

三島由紀夫 Yukio Mishima——海水的一半是火焰

一頓飯下來，他和他領導的盾會——維護傳統天皇制度的右翼軍事團隊的四名成員，不但一口氣幹掉好幾瓶啤酒，並且悉數點遍店裡最好吃的招牌菜，包括雞肉咖哩飯、特製肉末、魔芋絲，還有醬油拌蔬菜沙拉。而準備離開這家叫作「末源」，剛巧座落在新橋車站西面柳通大街的料亭之前，小老闆娘一邊結帳一邊對他說，「下次再來喲。」三島由紀夫聽了，不假思索地半斜著眼回答，「妳的意思是，要我從另一個世界再過來嗎？」臉上泛開喝多了幾杯略見潮紅的微笑，神色看上去有點靦腆，有點玩世不恭——而這個樣子的三島，其實比任何時候都更挑逗。

結果隔天新聞一出來：三島由紀夫切腹自殺！整個日本頓時震蕩開來，每個人都陷入愁雲慘霧，而這一天，將永遠釘在很多人的記憶裡——怎麼會這樣？他在日本藝文界的名聲，還有他孤傲不羈的人生，不正都如日中天嗎？我記得那些書店的老闆後來回憶起來說，電視新聞剛剛播報，店裡馬上衝進一大群披頭散髮，從家裡跑著過來的家庭主婦，她們看起來並不像三島由紀夫的讀者，也不像平時會閱讀文學作品的人，但三島由紀夫對每一個日本人來說，是當代不可被取代的精神偶像，她們要把三島所有的書都買下來，純粹當作紀念，或誠心供奉一個逝去的時代也是好的——等到下班時間，真正讀遍所有三島由紀夫著作的讀者這才打著領帶挽著公事包陸陸續續趕了過來，他們神情肅穆，一臉哀戚，一開口就要齊三島由紀夫最初、最偏、最限量的版本，價錢在所不計——而三島由紀夫不知道的是，他的自殺諫世，到今天留給整個日本的，仍舊是一個解不開的謎，以及無盡的疑惑和不安。

這麼多年過去了，歷史昇華爲傳奇，始終還是有人沒有辦法認同三島用暴力結束自己的生命是聖潔的，甚至是應該被崇敬的——當時三島由紀夫先綁架人質，再利用自己在市谷自衛隊總監室切腹自殺的動機，申明他捍衛政治信條而犧牲的大義，然後藉暴力昇華他主張回歸戰前天皇制度的莊重性，以及向所有人示範武士主義至爲重要的道訓——武士道從來就不是殺人之道，而是殺己之道，而三島用自己的血，昂揚自己的鬥志，也藉引刀一死，堅定個人志願，喚醒和警示當時的局勢。所以三島由紀夫的切腹自盡，實踐的是堂堂昭和武士精神，身子跪下，以正坐姿勢，右手握短刀，刀尖指向左肋腹部，三呼「天皇陛下萬歲」，然後大叫一聲，端起刀用力刺進腹部——

我記得三島由紀夫的妻子，事後還專門去慰問被三島自殺前砍傷的自衛隊官員，滿臉歉意地說，「讓你受傷了，實在對不起」，沒想到對方還反過來安慰她說，該說對不起的其實是他，因爲他的存在，妨礙了三島先生想推動的反體制運動，屢遭國家力量所壓制——三島的妻子聽了，感動得泣不成聲，因爲她也是坐在計程車上，聽到電台播報的新聞，才知道丈夫已經離開了自己。

捍衛理想本來就不容易。而一生幸福地活著，更加是不可思議，人生哪裡有一帆風順的事呢？反而虛無，才是一切的盡頭，也是一切的源頭，每個人都一樣，都一樣。所以三島由紀夫特別瞧不起太宰治，也瞧不起太宰治說的，「生而爲人，我很抱歉」，覺得太宰治太頹廢太懦弱，整個人生都是不斷的自己對自己說謊，卽便是跳河自殺，也都還帶了個女人陪他一起——三島由紀夫說過，他討厭自殺的人，他的切腹自盡，到現在我來回細讀文字上的描寫，那畫面還是噴濺得滿紙濕答答的，鮮血淋漓，並且讓三島由紀夫的自傲和自戀，得到了最大程度的釋放——切腹不是自殺，三島曾經說過，那是肉體和精神的同步抗議，兩者在精神上和意義上，都有著層次上的不同。

後來吧，薔薇凋零，死亡褪散，好幾次我讀著三島由紀夫的傳記，看他從少年到盛年一直都趾高氣揚、狂傲不羈的面相，發現他最好看的其實是眉毛——那麼濃密，那麼蒼鬱，那麼嗆烈，並且那麼驚心動魄，簡直就像一部小說的開頭，小說開頭開得好，故事往下推展，自然也就順暢得多，而三島由紀夫後來枝繁葉茂的女人緣，我一直都相信，很多都是他陽剛得讓女人們目眩神迷的眉毛招惹回來的。

尤其是，如果你看過三島由紀夫的手稿你也許就知道，他的字體娟秀得根本就不像是他寫的，有一種婉約的、典雅的閨秀氣質，你完全想像不到寫字的人，竟是一個張揚霸道，喜歡健身，因爲他說健身可以讓身上每一寸肌肉的生長都完全被掌控，並且崇拜武士精神的男人。而且，三島喜歡貓。喜歡貓的男人，再怎麼壞，都壞不到哪裡去，雖然他們大部分，都暗暗藏著比較多不爲人知的祕密。另外，三島由紀夫寵貓，常常放任他養的貓，在書房裡廝混和耍賴，而陪伴他最久的一隻貓，是爲他設計小說《假面的告白》的畫家豬熊弦一郎送給他的雄貓，他把那隻貓稱爲「貼爾」，據說那是童話故事《青鳥》裡頭男主角的哥哥的名字，我曾經讀過三島由紀夫寫他的貓，寫得柔情似水，寫得纏綿悱惻，寫得讓我覺得三島和貓的戀愛，比他和人的戀愛還認眞，完全沒有他在《金閣寺》裡引用「南泉斬貓」的典故，所營造出來的血腥和詭異——他說貓是最憂鬱的動物，牠們不會也不願意爲主人表演技藝，不是因爲牠們學不來，完全是牠們覺得在主人面前表演技藝討好對方，實在是一件很愚蠢的事情。

而三島由紀夫早婚，結了婚發現三島夫人瑤子，對貓有一種說不上來的厭憎，要求三島將貼爾交給住在隔壁的父母照料，但每個晚上，貼爾會溜到三島的書房抓他的窗門，於是三島瞞著妻子，像老鼠一樣在書房打了一個洞，方便貼爾自由進出，然後一見了面就把藏在書桌抽屜的小魚乾拿出來餵牠——這樣的深情，我在三島由紀夫留下來的好些照片都看得出，我看見三島由紀夫坐在書房裡，攤開稿紙抽著菸，神情看起來有點像是小說寫到了一半，思路突然卡在某段句子上掙不開來的懊惱，而貼爾背對著鏡頭，昂首望向他，當時這隻毛色奇美的貓，表情料想帶有些撒嬌的意味，於是那畫面看上去就好像一對情侶在進行深情的對視。也有時候，貼爾索性跳進三島的懷裡，胖嘟嘟的臉上漾開來的，全是和情人依偎的幸福與甜蜜，我突然記起維吉尼亞．吳爾芙說過，貓對人類的好壞有著最棒的判斷力，聰明的貓總會跑到好人身邊，三島應該不算是一個壞人——

另外，三島由紀夫一定是知道自己的樣子長得不賴，方頭大臉的，帶有武士的俠氣和書生的爾雅，所以特別喜歡拍照，我最喜歡的三島由紀夫的照片，不是他鼓脹起渾身的肌肉讓當時只有廿八歲的攝影師細江英公爲他拍的《薔薇刑》，那一系列看了讓人窒息的照片不是不好，而是太炫耀太雄壯太肉欲，無非是想展示三島鍛鍊有成的精壯肉體，整體感覺太立體太寫實，也太咄咄逼人，太纖毫畢露，跟我喜歡的三島由紀夫的樣子終究有點差距，我喜歡的三島由紀夫，是他在昭和卅三年坐在帆布椅上在家裡的花園曬太陽的照片，他微微地笑著，專心地在抽著一根紙菸，而那菸短得就快燒到手指頭了，他穿一件短袖襯衫，故意地把兩管衣袖捲起來，以便露出他健碩的手臂，而他的兩隻手臂，毛髮出奇的濃密，暗示他的男性荷爾蒙異常旺盛，但我印象深刻的是那照片的意境，彷彿可以看見秋陽即將落下山頭，那是個歲月無驚的黃昏，院子裡的草木都長得一派茂盛，還有那隻驕傲的貓，背過身不肯面對鏡頭，反而像個哲學家似的，呆呆地望著屋外的夕陽發呆，而三島由紀夫的臉，溫柔得就好像一句讓人生生世世牢牢記住的承諾，整個畫面美麗得有如一張有著濃濃懷舊感的電影劇照，而三島，正是那理所當然的男主角。都說日本的櫻花最美，但花期太短，盛開時節，經風一吹，就散落如雨——三島由紀夫離世的時候只有四十五歲，而且他說過，人一旦活過了四十歲，美麗地死去的願望，就不可能實現了。而三島由紀夫對青春之美的眷戀和嫉妒，到最後變成是非倫理和價值都顛倒的毀滅美學，他後來最熱衷的願望，並且迫不及待將它實現的，就是殺死他自己，趁他僅剩的一絲青春還在苟延殘喘之際。

其實很多時候，退開一步看，三島由紀夫雖然是個具有社會脫離性的人，他依賴這個社會，卻又憎恨這個社會，他常常站在一個超脫社會和擺脫常人思維角度的位置去評價當時的社會，可你也許不知道，三島由紀夫的嚴重自戀和不相信愛情，並不影響他如

何去運用鋼鐵一般的柔情。
就好像樹林和河流雖然靠在一起，但兩者距離月光的距離安全不一樣，我想起和三島由紀夫本爲師徒關係，但又親密得遠超過師徒關係的川端康成——那時候三島由紀夫切腹的消息一傳出來，一大群和三島來往甚密的作家都第一時間趕到，但川端康成卻是以家屬身分，唯一被允許進入事發現場的，雖然他始終沒有見到三島的屍體。之後川端康成抿著嘴，

一臉哀傷落魄，一句話都沒有說地走了出來。短短幾句鐘，他整個人看上去，竟衰老得如此徹底，他想起三島在決定自盡之前，應該是以螺旋狀移動的方式，企圖打開人生既彎曲又矛盾的門鎖，可最終卻沒有辦法開解生命的困局，這著實令他哀傷得不能自己。

而三島離世之後，有好長一段日子，川端康成都沒有把哀傷的魂魄召喚回來，他常常一個人坐在秋陽殘照的庭院，想念年輕時候的三島是多麼殷勤的給他寫信，向他透露等閒不與人說的事情，比如剛剛新婚，三島寫給川端康成的信裡面說，他現在已經適應起初川端康成也跟著替他操心的婚後生活，既不過量飲酒，也不徹夜不歸，他說他很擔心，養成這麼好的習慣，將來的生活可是要麻煩的——川端康成一邊讀，嘴角一邊泛起安慰的笑，像父親疼惜孩子，像師父關照徒弟，更像情人思念不在身邊但知道他過得安好的對象，那混在一起的感情，恐怕連川端康成自己也說不清，他一直在想，整個日本文壇，如果眞要替自己找一個接班人，實實在在也就只有被諾貝爾文學獎提了三次名的三島由紀夫了，因爲他在三島瑰麗奔放的文字，以及壯烈澎湃的題材，看到了另一面被隱藏的他自己。

等到三島離世的十七個月之後，平時很少獨自出門的川端康成，突然跟家人說，他要獨自出去散散步，後來夜色安靜地籠罩下來，時間都過了晚間九時許了，仍舊不見他歸來，家人禁不住起疑，後來才發現，其實川端康成一直都在屋內，他鋪了張棉被，睡在盥洗室裡，旁邊有瓶打開了的威士忌和酒杯，而他嘴裡——含著浴室的煤氣管。

我不鼓勵人們放棄自己，就好像川端康成其實也十分厭惡自殺，在多麼艱難的時刻，挺一挺，終究都會過去的，你也許是一座孤島，但漂浮的孤島總會碰上另外一座，相信我，一定會的。而川端康成只是活得夠了，所以留下的幾句話裡頭說，「自殺而沒有遺書，是最好不過的事。無言的死，就是無限的活。」可見川端康成對於鋪陳自己的死亡，太過溫和，太過謙卑，終究不如三島。三島是用一把鋒利的武士刀，把自己插入世界的文學史。而川端康城的死，精緻而含情脈脈，印證了人們說的，詩人或藝術家的自殺，是所有的死亡圈套中，最富有戲劇感和悲劇性的。

川端康成晚年的時候告訴他的夫人，他最不想看見的是，人們像看熱鬧一般，看著他扭曲著痛苦地死去——這除了關乎對美的不離不棄，也包括了對維護尊嚴的堅定不移，就好像常常一大群人在慶祝新年，川端康成卻獨自走開去，坐到了火盆旁邊，一邊伸手在火盆上烤火，一邊在火光閃爍之中，學習向年輕時孤芳般冷洌的自己告別。

而三島，三島顯然是個多情的人，他在情愛上的徘徊，猶豫，踟躕，一直都在拉扯著他敏感的神經，而他則是那一片明明在顫抖著卻不願意停歇下來的風景。我記得他曾經在東京一家名人經常光顧的喫茶館 Brunswick 對美少年丸山明宏驚爲天人，而丸山明宏雖是男兒身，但他的美貌卻讓人驚豔，後來也因扮女裝演出而聞名，當年因爲看了招募《美少年》廣告來到 Brunswick，而一心成爲歌手的丸山明宏初時對三島表現得相當冷淡，我讀到他們初次見面的對話，聽起來眞像互有好感的男女在調情，三島想請明宏喝杯飲料，明宏冷淡地回應說，「我不是藝伎，不必

了」；三島聽了就調侃說，「這樣很不可愛哦」，明宏則別過頭去，乾脆回答，「我長得漂亮，不可愛也無所謂」。

這樣的對話寫進小說裡將會是多麼的活色生香，多麼的風光明媚啊。一直到後來，他們的交往因爲三島經常給明宏的演出捧場而熟絡起來，而明宏因爲常扮女裝演出，憑借驚人的美貌而漸漸走紅，三島每次一來，就徑自坐在二樓聽歌，明宏知道三島嚮往法國，知道三島來了，就會特別爲三島演唱法語歌曲，唱完了就轉到二樓，坐到三島的桌子，陪他喫茶聊天，三島稱讚他唱得眞好，他望著三島，對三島說，「別人說的都不重要，你的讚美，一句抵得上千句萬句。」後來三島將日本推理作家江戶川亂步創作的《黑蜥蜴》改編成舞台劇，堅持讓丸山明宏出演劇中妖豔女賊，結果從開映首日到結束，整整一個月的檔期，場場爆滿，捧紅了明宏，也製造了舞台劇的神話。

而三島由紀夫自殺前兩周，他還特地捧了一大束花到茶館送給丸山明宏，並且深情地說，「我專程來聽你唱〈愛的讚歌〉，你眞的很美很美，這陣子打擾你了，我以後也不會再來了」——明宏聽了，心裡一緊，多少覺得奇怪，卻沒有進一步探究，只是欣然把花收下，後來三島在自衛隊自殺的消息傳出來，他也只是當作謠言，轉過頭來嬌笑著說，「別開玩笑了，怎麼會？」直到新聞在電視上播出，明宏整個人搖晃了一下，又一下，又一下，最終費了好大的勁，才讓自己慢慢坐下來，慢慢接受三島真的已經離開，已經到另外一個他嚮往的世界去了。

並且聽說，三島去世第二年，明宏在佛經上看到「美輪」這個詞語，心裡覺得歡喜，並且讓他想起三島，想起三島的頑強和純粹，因爲三島說，當他喜歡一個人的時候，他可以很頑強地把心意表達出來，並且不含任何企圖，純粹只是喜歡而已——於是明宏決定將自己的姓氏改成「美輪」，他還是一樣唱歌，還是一樣的漂亮，只是安靜了許多，而且不再收客人送的花，也不再穿女裝演出，他心裡想著的是，將來總會有一天，他會和三島在某個車站相遇，而三島雙手上，依然會捧著一大束準備送給他的，美麗得叫人愴然淚下的花。

三島由紀夫出生在一個沒落的官僚家庭，是光環被褫奪的貴族，因爲體弱多病，自小被奶奶當女孩兒來養，對古典文藝和詩詞還有音樂什麼的，都有相當深入的研究，剛上學時，更常常爲了說話的語氣和儀態太像女孩子而被男同學取笑，甚至在漸漸長大後掩飾不住喜歡男色的傾向——甚至後來有一位在大學任教的教授接受訪問時提起，他十六歲的時候初次和三島會面，三島目不轉睛地一直盯著他、盯著他、盯著他——三島特別喜歡美少年，那教授少年時既高大又俊朗、並且有著優良的貴族血統，而咄咄逼人的青春，對三島由紀夫一直都有著抵擋不了的迷幻功能。

可惜的是，三島個子不高，他總是對自己的身高不如理想產生自卑，因此他喜歡穿帶跟的皮鞋，也喜歡和朋友們一起到海邊戲水，但外表陽剛精壯的三島，精於騎馬，考取空手道黑帶，擊劍五段，喜歡在凶險和動蕩當中感受到美麗和亢奮，但其實他膽子很小，怕溺水怕被海浪捲走，所以一直都沒有學會游泳。三島後來被找出一封他寫給一位不曾見過面的精神醫生，告訴對方隨信寄上的《假面告白》，書裡面有關同性戀和其他主要情節，其實都是他親身的經歷和眞實的敍述，雖然三島一直否認這部小說是他的自傳，不肯當面承認自己內閉式的性倒錯愈來愈背離正常方向，所以嘗試將自己精神內部的危機投射於作品之中——

直到今天，日本一直都有精神科教授，從未放棄以病跡學的角度而不是文學的角度研究三島的作品和爲人，當然也包括他總是強調的，世界只有陷入慌亂的危機之中，才能顯現出美好的形態。而三島由紀夫對病態美學的沉迷和眷戀，已經提升到只要預想到自己的死亡和殺死自己的方式，也使他對於未知所產生的喜悅而渾身顫抖不已。

所謂生命，對三島來說，是最深層的放逐與剝奪，是兩雙在雨中淋濕的手，始終沒有機會握在一起，他有一句話，曾經像一記左勾拳，狠狠擊中當年十八歲的我，他說，「不被人理解已經成爲我唯一的自豪」——波瀾風徐，蘆葦不驚，少年初靜，這世上又有誰可以眞正理解誰呢？拍過電影也當過明星的三島由紀夫，他的溫柔，一半是暴力，一半是深情，而他在電影和電影以外的人生，嚮往的卻是強硬的轉折，並且渴望在浮晃而迷惘的欲望當中，體驗生命更激烈、更戲劇性的進程。三島由紀夫的爆破力和滲透力，還有他的韌性和任性，被時代裁判成罪，但他卻把一個寫作人的異端，通過反逆，通過堅持，莊嚴而瑰麗地展現開來——尤其他要你記得，他那攝人心魄的暴力美學，就好像他留下如《薔薇刑》一樣的影像震撼，是劍，也是寒紅——而寒紅，是一種冷極才會凝結而成的胭脂。武士已逝，馬兒呼嘯而去，空蕩蕩的馬背上，顛簸著一枝刺眼而冷豔的紅玫瑰，三島留下的最後一個鏡頭，寒風吹徹，露冷蒼苔——極冷，極冷。

台版後語

幻滅，也是一種成全

《鏤空》有III。

有鹿文化社長許悔之在電話上給我的第一個建議就是，應該替書名加一行副書名，既然已來到第三本，而且台灣讀者多少都對《鏤空與浮雕》I和II有了基本的認識，加一行副書名，會給這本書注入一股新能量，同時也會刷新讀者對這本書的印象——就好像電影，也常會在續集以副片名，標榜嶄新的故事方向，比如《黃飛鴻之男兒當自強》、《笑傲江湖II東方不敗》、《英雄本色III夕陽之歌》——悔之社長還隨口舉了幾個例子，加強我對書名加上副書名的概念。

向副書名借力，突出並拉動內容所蘊藏的張力，這建議我其實並不抗拒，因為在結構上，並沒有模糊掉書本的主題和體系，反而給讀者提供多一重視角，去切入和解讀書裡面的三十位人物——也趁機給大家布下思考的線索，鏤空以外，浮雕之後，有時候，「幻滅，也是一種成全」。

正如《鏤空與浮雕II》推出之前，我已經向馬來西亞有人出版社表態，如果《鏤空》有III，那III必須是一場結束——觥籌交錯，人影交疊，把鏤空過的人物都召集起來，像是開了一場虛擬的派對，讓他們在不同的年代穿梭，也讓他們在彼此的生命擦肩而過，他們不一定都彼此認識，但我相信，他們應當隱約知道，在我對他們的想像與實驗當中，總有看得見的鋼索和看不見的線索，讓他們在時間與空間的錯位上，有過一刹那的重疊和撞擊，然後沿著歲月留下的水跡，彼此窺探對方虛虛又實實的人世構圖——

可輾轉之後還是決定下來，《鏤III》極有可能還不是完結篇。原本的意思，浮雕最後四十位人物，合拼《鏤I》和《鏤II》的風流群像，加起來也就剛好是一百位。而一百，並不是數字美感上的炫耀，而是一種象徵意義上的圓滿。但後來和馬來西亞有人出版社討論，始終不得不妥協於現實的考量：《鏤III》如果把四十位人物都一併加進來，也就等於頁數必須大幅度增加，而頁數的增加對於紙本書來說，友善度將明顯減低，因爲這也意味著書本將更厚更重，而印刷成本也無可避免地相對提高，並且到最後實在沒有辦法不轉嫁到讀者身上，造成書本的標價唯有往上再推，無論怎麼說，這都不在出版意願之內。

於是有人出版社立即和台灣有鹿文化進一步溝通，有鹿給了個豪氣的答覆，「如果還有《鏤IV》，有鹿還是會樂於推出」——意思是，加不進《鏤III》的十位人物，絕對可以保留，收入下一本《鏤IV》裡頭。如此一來，這一本《鏤III》的編輯方向必須立刻做出扭轉性的調整，更集中地把主線劃分爲二：輯一，「鏤空」的全是愈曲折愈燦爛的導演與明星；輯二，則主要向敬仰的文人名家致意。

因此在明星與文人的分布上，我更喜歡看到的是，明星們如何在名與利的擺蕩之中，穩定自己的信念，甚至在壯大夢想的同時，也偶爾停下來，用溫柔款待自己的每一個停頓與拐彎；至於先把自己撕裂之後再拼湊，如此決絕地把生命和時代都寫進書本裡的文人，我更欽佩於他們勇敢地跑到時代的最前面，推動和保護他們認爲必須捍衛的道德價值或藝術理念——他們最讓我著迷的，是一路帶領著他們負重前行的那一股精神力量，到最後都化作至堅毅的氣魄，折疊之後收納進一句句剛正的句子裡頭，啓發後來的我們。

只是作爲偏好把自己喜歡和尊崇的人當成素材，在浮雕他們的同時，其實也在鏤空自己的作者，總會有些固執，是改不掉也不願意改掉的——我喜歡看烈火般熾熱的青春男女在河邊洗澡時臉上露出猶如小孩大熱天戲水般雀躍的笑容；喜歡看吉他手在台上演奏時深情地把身子趴近然後把臉貼前去仿佛用心在聽那吉他小小聲在對他說著什麼的專心；喜歡看女明星美麗的臉在回憶起某一段滄桑的記憶的時候明明已經不那麼確定卻還是執意一往情深的神情。

而在影像的晃動和文字的段落上，遇上這些背後帶著某種特殊動機的情境，以及這群氣質詭祕並且背景異於尋常的人物，總會強烈地觸動我某一條交接神經，抽動我對他們的各種想象。也因爲這樣，我喜歡波折號多過句號，喜歡錯閃多過定格，喜歡波光粼粼多過塵埃落定，並且已經不自覺地把這些喜歡，變成書寫的一種習性。

就好像我總刻意埋下線索去鋪陳和營造，讓所寫的人物之間，彼此有一種惺惺相惜，有一種在相忘於江湖之前，藏著那麼一小段的相濡以沫——比如環環相扣的碧娜·

飽許與林懷民；比如當年辛辣的亦舒初會剛出道清純的林青霞；又比如凌厲的木心之於驕傲的尊龍；再比如天心月圓的李叔同疊影黯然懺情的周星馳，他們分別輯錄在不同階段的《鏤空與浮雕》，但之間親密的牽絆和遙遠的呼應，總是特別讓我嚮往。

而這三十位人物的加入，在「鏤空」與「浮雕」的過程，我所樂於捕抓的，顯然不再只是他們形貌上的絕代風華，反而更側重他們歷練上的路轉峰迴，比如楊惠姍和胡因夢，她們都經歷過浴火重生的人生，都活出磨滅掉身上的星光之後，更波瀾壯闊的自身。又比如李宗盛和陳昇，他們都在生命的不同轉折，決定和之前擁抱風流的自己逐步斷裂——斷裂有時候並不需要縫補，因爲斷裂，其實在某種程度上，和幻滅一樣，也是一種成全。還有周星馳和尊龍，當他們呼喚過的雷電風雨都漸漸停歇之後，所有曲折的瑰麗的傳奇的一生，就好像朝結冰的湖上開了一槍，那槍聲在冬天空曠的湖面上安靜地迴蕩，聽上去分外淒愴。

而我敬仰的文人，他們以不同的形式，把贏回來的，終其一生和夢想搏鬥的勛章，轉換成最眞實的文體格式，向我展示書寫的各種方式——比如林懷民年輕時如何在澎湃的激流中，用嚴苛得近乎暴烈的動作，揭開一座島嶼的僻靜與荒涼，然後讓臺灣用舞蹈，昂然迎接全世界的驚歎與尊敬。比如老舍，他的文字隱隱掖藏著被歷史點燃復澆息的殤痕，總讓我聯想到，一個文人的靈魂被鉗制在一場時代的革命底下，那些從傷口上長出來的，其實都是振翼欲飛的翅膀。還有三島由紀夫藉一把武士刀，刀尖指向左肋腹部，剖開文學的濃豔異色，和他的文字一樣驚心動魄——而文字和造型藝術，其實有著一定的牽連。我一直相信，讀熟了一名作者的文字，也就等於讀明白了他的審美觀，不管是人性的審美，生活的審美，還是藝術的審美，並且他的文字造型，確立了他對美的放縱和包容。

必須一提的是，我放牧出去的文字，屢次替我結下難得的善緣，讓我得以和敬仰的善知識，進一步接觸和認識，這是最令我心懷感念之事。就如《鏤空與浮雕III》，因爲裡頭收了一篇寫楊惠姍老師洗盡燦亮的明星鉛華，返心靈之璞，歸藝術之眞，全心投入把琉璃藝術打造成文化品牌，並創立華人世界最具規模的琉璃藝術工房，她的堅持和剛毅，從來都讓我欽佩，因此冒昧透過琉璃工房大陸事務首席代表陳建明的接洽與聯繫，懇切希望可以邀請琉璃工房的藝術總監及創始人之一楊惠姍老師爲新書寫序，萬沒想到楊惠姍老師竟爽快地答應下來，而且據建明說，楊惠姍老師除了爲之前張毅先生出版的文集寫序，其實並沒有爲其他作者的新書寫序的先例，今次破例提筆，此份善緣，著實讓我感動。

此外，也特別感謝台灣讀者給了《鏤空與浮雕》最溫暖最大度的包容，更感謝蔣勳老師以及「有鹿文化」許悔之社長從《鏤I》、《鏤II》到《鏤III》，給予我的鼓勵、提拔和扶持。當然還有台版責任編輯魏于婷，謝謝她的體貼和細心，讓《鏤空與浮雕》一部比一部在形貌上更立體也更完整；另外，我總是極度驚豔於台版封面設計朱疋瑰麗但蒼涼的手筆，透過她設計的封面，建立起對這本書的另一種觀看立場，像一扇入口，帶領讀者盡可能地接近鏤空與浮雕背後的眞實，卻又與眞實曼妙地拉開一段距離。尤其要感謝九十位被我「鏤空」與「浮雕」過的人物，是他們的破敗與風光，還有他們的絢爛與荒涼，讓我恍然明白，風流人物組成的群像，原來也可以串聯成一幅延綿的風景，而我在置身事外的同時，其實都一直置身其中。一直都在其中。

鏤空與浮雕 III
幻滅，也是一種成全

看世界的方法 231

作者　范俊奇
插畫　農夫（陳釗霖）

封面設計　朱疋
版型設計　吳佳璘
內頁排版　華漢電腦排版有限公司
責任編輯　魏于婷

董事長　林明燕
副董事長　林良珀
藝術總監　黃寶萍

社長　許悔之
總編輯　林煜幃
副總編輯　施彥如
美術主編　吳佳璘
主編　魏于婷
行政助理　陳芃妤

策略顧問　黃惠美．郭旭原．郭思敏．郭孟君
顧問　施昇輝．林志隆．張佳雯．謝恩仁
法律顧問　國際通商法律事務所／邵瓊慧律師

出版　有鹿文化事業有限公司
地址　台北市大安區信義路三段106號10樓之4
電話　02-2700-8388
傳真　02-2700-8178
網址　http://www.uniqueroute.com
電子信箱　service@uniqueroute.com

製版印刷　沐春行銷創意有限公司

總經銷　紅螞蟻圖書有限公司
地址　台北市內湖區舊宗路二段121巷19號
電話　02-2795-3656
傳真　02-2795-4100
網址　http://www.e-redant.com

ISBN：978-626-7262-18-4
EISBN：978-626-7262-21-4
初版一刷：2023年6月

定價：450元

國家圖書館出版品預行編目（CIP）資料

鏤空與浮雕．III：幻滅，也是一種成全
范俊奇著．── 初版．── 臺北市：有鹿文化，2023.06
面；公分．—（看世界的方法；231）
ISBN 978-626-7262-18-4（平裝）

855　112005840